極上エリートは溺愛がお好き

目次

極上エリートは溺愛がお好き

1　素顔は秘密の意外な出会い

（ここで合ってる、よね？）

　手元のスマホが示した位置情報を再チェックして、紗奈《さな》は小洒落《こじゃれ》たデザインの暖簾《のれん》を思い切って潜《くぐ》った。柔らかな照明に照らされた居酒屋に、足を一歩踏み入れてみる。

「あ、こっち、こっち！」

（よかった、合ってた……）

　妹の親友の優香《ゆうか》は笑いながら、手を振って招き、横の席を指差した。見ると、隣の席が紗奈のためにわざわざ確保してある。

　それを見て覚悟を決めた紗奈は、そちらに向かってゆっくりと歩み始めた。

　客の間を、すみません、と言いながら進む店は、さすがに評判がいいだけはある。木の天井からはお洒落《しゃれ》でレトロなライトがぶら下がり、大勢の客が照らされていた。陽気な客があちこちで、笑い声をあげている。

　紗奈の向かう先でも、もうすでに結構な数の若い男女が楽しそうに談笑中だ。

　そこへ、紗奈はドキドキしたまま近づいていった。

「こちらは、えっと、杉野《すぎの》さんです」

「よろしく……です」

幹事の女性に紹介されると、すかさず条件反射でニッコリと笑えた。

だがさすがに緊張気味だからか、声が少し掠《かす》れる。それでも今すぐ逃げ出したい胸の内は心の底に、ギュウウと押し込んだ。そして自分のために空けてあった席に、丁寧に礼をしてから腰掛ける。

（ふう、久々に緊張するわ、これ……）

左右の席には、若い女性たちがずらりと並んでいた。

そんな、どう見ても社会人になりたての出席者に囲まれていても、紗奈はまわりにしっかりと溶け込んでいる。

それどころか、今日の飲み会参加者の中では、一番若く見えてしまっていた。

「結奈《ゆな》、何飲む？」

「じゃあビールで」

紗奈の名前はもちろん、優香に呼ばれた〝結奈〟ではない。

フルネームは杉野紗奈。工作機械メーカー、ＱＮＣテックス社の秘書室に勤務してもう五年になる。

つまり、紗奈は新卒どころか、今年二十八歳になるのである。

けれど今夜はわけあって、紗奈は今年新卒である妹の結奈のフリをして、飲み会に参加している。

「本当にごめんなさい、ちょっと道に迷っちゃって……」

紗奈は努《つと》めて自然に振る舞い、周りに笑いかけながらも、心の中で諦めの溜息をついた。

（はぁ、何やってんだろ、私……今日こそはドラマの続き、観ようと思ってたのに……）

予定では、今夜も家でまったりドラマを観る、お一人様時間を満喫するはずだった。それがなぜだか今現在、都内の居酒屋でピカピカの新卒お嬢様たちに囲まれている……

「唐揚げ追加、頼むね！」

「こっち！ ビール一本足りないよ」

などと元気な声が店内を飛び交い、狭い通路を店の人たちがせわしなく通り過ぎていく。

そんな中、熱気のある若い男女に取り囲まれつつ、茶色い木椅子にチョコンと座っていると、どうしようもなく居心地が悪くなってくる。

それもそのはず、今日の飲み会の趣旨は新しく社会人になった妹の同級生、某お嬢様大学出身の女性たちと社会人の男性たちの集まり――つまりは飲み会とは名目で、要は合コンであった。

普段の紗奈は、会社の付き合い以外はこんなところに出向かない。勤務中はともかく、私生活は割とのんびりである紗奈は、飲みに出ることなど滅多になかったのだ。

そしてただ今彼氏イナイ歴をドンドン更新中なのだが、三十手前のこの歳でもいたって気にしていなかった。だがそんな紗奈と違って、妹の結奈は切実に恋人を欲しがっており、今日の飲み会も、昨日から張り切って念入りに支度をしていたらしい。

昼頃、電話がかかって来た時には、熱を出して寝込んでいる結奈に一時間以上も愚痴られてしまった……

『……というわけでお姉ちゃん、ちょっと私の振りして代わりに合コンに出てきて。今日もどうせ暇よね？』

「は？　いや、ちょっと、今日の飲み会って同級生なんでしょ？　出てきてって……いくら何でも無理がない？」

『何言ってるの、ノーメイクのお姉ちゃんなら私とクリソツだし、大丈夫に決まってるでしょ。知らない人ばっかりだし、優香にフォローしてもらえば誰も気が付かないわよ』

「だからってなぜに、私が？」

『今日のメンバーは、ツテでいいトコの人ばかりが集まってるのよ。出会いの場は大切にしなきゃ。でもってついでにカッコいい人がいたら、名刺とか携番とかゲットしてきて。お・ね・が・い！』

「ええぇ……？」

結奈がこの話を持ちかけてきた時は、そんな無茶を優等生の優香が承知するわけがない、と思った。だからうっかり『分かった、優香ちゃんが賛成してくれるなら、出てあげてもいいよ』と返事をしてしまったのだ。

ところが優香から返ってきたのは、まさに想定外の返答だった。

日程調整が大変だった今日のメンバーに、欠員は出せないから……と、優香の真面目な性格が思いっ切り裏目に出た。『お姉さん、どんと任せてっ！』とあっさりフォロー役を引き受けられてしまったのだ。

そして悲しいことに、妹に指摘された通り、紗奈は思いっ切りベビーフェイスだ。

少し長めの髪は、今は妹に似せてふんわり緩《ゆる》くウェーブをつけてはいるが、本当はストレートで幼く見えるし、どことなく甘い顔立ちは、若々しい、と言えば聞こえはいいが、やはりこれも実際年齢より幼く見える。

おまけに体形も小柄で、ヒールのあるミュールやパンプスを履いていないと通勤ラッシュ時などは人に埋もれてしまう。

紗奈自身は、ここに来るまでも電車に揺られながら、いやいくら何でも新卒は無理があるんじゃないの？　と思いながら出向いたのだが……

（……なんで誰も気が付かないわけ？　私って化粧してないと、そんなに若く見えるのかな……）

周りの自分よりうんと若い女性たちを何気なく見渡すと、やはり場違いな気がする。

（でも……気にしない、気にしない。えっと、さすが今話題の居酒屋ね、内装も凝ってるし）

ここまで来たからには、と覚悟を決め、無理やり気持ちを持ち直してみた。すると、目の前のテーブルに美味《おい》しそうな料理の数々が、次々と運ばれてくるではないか。旨味《うまみ》のある肉汁がジュワと焼ける匂いや、お酒の芳醇《ほうじゅん》な香りなど、食欲をそそられる音や香りが、こちらまでフワ～ンと漂《ただよ》ってくる。

（……ここはせめて、しっかり食べてから帰ろうっと。こんな飲み屋街までわざわざ出向いた労力は、無駄にはできないわ……）

紗奈は、ようし、と周りに合わせてお箸を取り、突き出しを味わった。おいし～い、と見た目を裏切らないその味に目を輝かせる。とりあえずは目の前の料理を楽しむことに決めた。

しばらくしてお腹が美味《おい》しいもので満たされてくると、最初はコチコチだった緊張感がかなり薄れる。何とはなしに壁に陳列するお酒を眺めていたら、隣の優香に、お姉さん、ほら、グラスグラス、と目で合図されてしまった。

え？　と意識を現実に戻せば、いつの間にか向かいの男性がこちらに笑いかけている。そしてその手には、ビールの瓶が握られていた。

あ、いっけない、と慌てて向かいの男性にグラスを差し出す。

「それじゃあ、新しい出会いに、カンパーイ」

「カンパーイ」

「カ、カンパーイ……」

（コンパなんて滅多に出なかったけど、こんなノリなの……）

合わせるのに必死で、背中に冷や汗が流れる。

でも、自分は一応れっきとした大人の女性なのだ。社会人五年目スキルをフルに発揮して、ニッコリ笑って周りに合わせる。

（はあ～、妹よ、急に熱が出たのは可哀想だけども……）

人数合わせに引っ張ってこられた姉は、もっと悲惨な心境だ……

そうは思いながらも、ようやく気持ちに余裕が出てくる。遅ればせながら、今度はテーブルの向かいに並んだ男性陣をチェックしてみた。みんな結構、良さそうな人たちだなぁ、と今日の集まりのレベルの高さにひたすら感心する。

だが、向かいの席を順々に追っていた目線は、一人の男性の顔まで来ると、ピタ、と止まった。

（……って、あれ？）

紗奈のガラスの心臓の鼓動が、大きくドキンと跳ね上がった。

テーブルの一番奥に、見覚えのある顔を発見したのだ。

（うそっ！　あれってサイファコンマ社の方じゃ……？　名前は確か、羽泉《はいずみ》さん、だっけ……？）

紗奈は少し遅れて来たために紹介はされていないが、間違いない。

艶々《つやつや》のサラッとした黒髪に、涼しげな切れ長の目、端麗で精悍《せいかん》なイケメン顔。

服の上からでも分かる、均整の取れた逞《たくま》しくすらっとした体躯《たいく》と、堂々としたその態度は威圧的なほど迫力がある。

つい先週、紗奈の会社のＩＴ会議に出席していた彼は、顔のいい男が少し苦手な紗奈が珍しく気に入った取引相手だった。彼は愛想はないものの、ものすごく頭のいい人だ。紗奈が羽泉をしっかりと覚えていたのも、会議中の彼の姿がひどく印象的だったからだった。

（確か、エンジニアチーフ？　だったっけ？）

それは紗奈の会社で会議前に提出された、専門用語だらけの新システム導入報告書がきっかけだった。システム部の部長を呼んで説明させても要領を得ないことに閉口した社長から、『次の会議には秘書室の誰かが出席して、要点を報告してくれ』と要望された。

それに応えるべく白羽の矢が立ったのが、紗奈だったのだ。

そういうわけで先週は、チンプンカンプンな分野の会議に放り込まれてしまった。

そして当日、資料と出席者たちを必死で照らし合わせて臨《のぞ》んだ会議は、思いもよらずスムーズに進んだ。

それは、テーブルの向かいで黙ってグラスを傾けている男、羽泉の力量によるものだった。

彼は、新システム導入の指揮を取るサイファコンマ社の席で、白熱する会議の要所要所で発言し、会議を見事に動かしていた。気が付けば出席者全員が彼の言葉に耳を傾けており、議題がみるみるまとまっていった。それゆえ紗奈を大いに驚かせたのだ。

『こんな若いのに、すごい！　うちの部長、タジタジじゃない？』

彼の年齢はどう見積もっても三十前後。会議出席者の中では若手にもかかわらず堂々と中央の席に座っていた。

そんな彼も今日はプライベートだからか、前髪をサラッと自然に下ろしてある。グラスを持つ手の爪は綺麗に切ってあり、その男らしい骨張った長い指に、思わずドキッとしてしまった。

心臓はそのまま、ドキ、ドキ、ドキと少し速めに鳴り出す。

（落ち着いて、紗奈、幸いあっちはまだ私に気付いていない……と思いたい……）

世間って狭過ぎると、目をチラチラやってしまいそうになるのを、無理矢理とどめる。

そして何気なく優香たちとの会話に混じって、そちらを意識しないように努《つと》めてみるのだが……

――こんな賑《にぎ》やかな場なのに無愛想なのは変わらないんだと、いつの間にか目の端に映る彼に、どうしようもなく惹かれてしまう。

そのうち、向かいの女性が恐る恐る彼に話しかけた。だが彼は、相変わらず愛想笑いもせず、簡潔な返事を淡々としているようだった。

見るからに緊張している若い女性は、そんな彼の態度に戸惑っている。

今夜の彼は先日のスーツ姿とはガラッと変わり、黒いジーンズにラフなシャツ姿だ。袖をまくったシャツからは健康そうな逞《たくま》しい腕が覗《のぞ》いていた。

居酒屋の狭いテーブルの下で窮屈そうに手足を伸ばしているその姿は欠伸《あくび》こそしないものの、時々遠くを見る目が、早くこんなところから解放されたいと語っているようだった。

どうやら彼は、合コンに興味はないようだ。

先程から、隣の茶髪の友人らしき人と熱心に話し込んでいる。

二人ともすこぶるいい男なので極めて目立って、そこだけ異世界のようだ。

（やっぱり、私に気付いてない……よね？）

新卒に混じって出席している自分に気付かれたとして、その後、会社でまた顔を合わせるのは勘弁して欲しい……

飲み会がくだけた雰囲気になってきたのをこれ幸いと、紗奈はわざと席を何度か移動した。

奥の席から動かない彼らから、さり気なく遠ざかっていく。

（もうそろそろ、抜けてもいいかな……）

これ以上の長居は、ガラスの心臓に悪過ぎる……

みんなほろ酔いになってきた頃、優香にそっと「帰るね」と断って、トイレに行くフリをして店の外に出た。

（ハア～、どっと疲れたー。さあ、妹よ、義理は果たしたわ。姉はここでおさらばよ！）

解放感に浮かれて夜の飲み屋街に漂《ただよ》う美味《おい》しそうな匂いを、スーと吸い込むと、最寄駅の方向にクルッと身体を向ける。

「帰るのか？　駅まで送ろう」

「え？」

低い声が、耳のすぐ側で聞こえたので驚いた。あ、とうっかり身体のバランスを崩しそうになる。

途端に、ガシッと逞《たくま》しい腕に後ろから肩を支えられ、いつの間にか広い胸に寄りかかっていた。

「っ、ごめんなさい」

「いい。駅はこっちだな」

聞き覚えのある深みのある声と、紗奈好みの惚れ惚れする男らしい横顔が、鮮やかな電灯に照らされて浮かび上がった。すると胸がドキンと跳ねて、顔が熱くなってきた。けれど赤くなった頬は、赤や黄色の明るい電灯看板のおかげでカモフラージュされたようだ。

慌てて姿勢を正すと、彼は目で、付いて来い、と合図してくる。

「この辺は酔っ払いが多いから、女性の一人歩きは危ない」

「あ……」

繁華街は明るく大勢の人が行き来しているが、確かに飲み屋から千鳥足で出てくる人たちも少くない。

相変わらず会議中と変わらない無愛想な顔だし、言葉は簡潔だ。

けれども、紗奈を気遣ってくれているに違いなかった。

（もう少し愛想良くしたら、すっごくモテると思うんだけど……）

さっきの店でも、何人もの女性にチラチラと見られていたし、少数だが勇気ある女性たちに声も掛けられていた。

それでいて、どことなく声を掛けにくい雰囲気を、この男は醸《かも》し出している。

（……まあ、一応勤めてる会社も知ってるし、送ってもらっても大丈夫かな？）

よく知らない男性に送ってもらうなんて、本来なら絶対にお断り、だ。

けれども、羽泉に他意はないと思えたし、好みの男性と話ができるかも、と珍しく下心も少し働いた。

駅までならすぐだし、彼は多分自分に気付いていない。

（一回会社で会っただけだし、直接話したこともないし……大丈夫。ここはお言葉に甘えよう）

「ありがとうございます」

「ああ」

軽く頭を下げて礼を言ったら、彼は簡潔に頷いた。そしてそのまま、ゆっくりと歩き出す。

（……やっぱり、思った通り背が高い……）

会社でもさっきの居酒屋でも彼の座った姿を見て、何となくそうかな、と想像していた。

低いヒールのミュールを履いた小柄な紗奈の隣に並ぶと、その腰骨の高さにびっくりだ。

わざとゆっくり歩いて、彼の後ろから、その長い脚と形のいいヒップを確認してしまう。

思わず憧《あこが》れの溜息が、ホウッと口から漏れた。

一方彼は、紗奈が遅れがちなのにすぐに気付くと、こちらの歩幅に合わせてゆっくりと隣を歩き出した。

(歩幅合わせてくれている?　照れてる感じはないから、これは元々の性格なのね……)

そんなことを考えながらのんびり隣を歩いていると、気が付くとそこは駅前だった。

(あれ、もう着いちゃった……)

「あの、ありがとうございました」

改札口でもう一度お礼を言ったら、彼がじっと見つめてくる。え?　と思う間もなく、彼は短く頷くとそのまま雑踏に消えていった。

無口な背中を見送った後、ちょっとほっこりした気分になる。

自然と微笑んで改札を潜《くぐ》り、その晩は上機嫌で帰路に着いた。


「失礼します。社長、そろそろお時間です」

「ああ、もうそんな時間か。じゃあちょっと行ってくる」

スケジュール通り専務と出掛ける社長を見送ると、紗奈は自分の机に向かった。

頼まれていた英訳、報告書のまとめ、書類の整理など、目の前には仕事が山のように積もっている。

「秘書室の杉野です。あの稟議書《りんぎしょ》の件でメールを送りました」と、大事な用件はメールだけでなく口頭でも伝えてから、うーんと大きく伸びをする。

（はあ、そろそろお昼かな？　今日はなんか、がっつり食べたい気分だわ）

とっさに、カツ丼が頭に浮かんだ紗奈は同僚に一言声を掛けてから、ズレそうになったメガネの縁《ふち》を押し上げつつ立ち上がった。

（さあてと、昨日は給料日だったし、今週末はドライブに出掛けよう！　明日の天気とかも、お昼を食べながらチェックして……）

などと考えながら会社を出て、お気に入りの定食屋に向かって足取りも軽く歩く。

すると突然、後ろから声を掛けられた。

「杉野さん！　ちょうどよかった。今日こそ昼一緒にどうですか？」

「……ごめんなさい、ちょっと目を通さなきゃならない書類があって。また今度にでも」

書類らしきものが覗《のぞ》いて膨れたバッグを認めた男性社員は、残念そうな顔をして、じゃあまた今度、と去っていく。

Ａ４書類がスッポリ入る手提げバッグは、こういう時に使える便利な小道具だ。

何度も誘ってもらって悪いとは思う。

だが、営業の彼は残念ながら好みのタイプではない。なので、誘いを全てやんわりと断っている。

それに彼は、会社での紗奈しか知らない。

紺のピンストライプのすらっとしたスーツ姿に結い上げた髪形、ハーフリムの上品な眼鏡をかけた紗奈は、誰が見ても「できる女」だ。

メイクもバッチリ、肌も輝いて、一見優等生タイプの美女である。

今、先週末に会った飲み会の若者の集団に紛《まぎ》れたら絶対浮くだろう。

素顔はベビーフェイスだが、実は紗奈はものすごく化粧映えのする顔だ。

この姿でいると店員の愛想が途端に良くなり、女性陣からはなぜか敬語で話しかけられてしまう。

（……いいんだけどね、どっちも私だし……）

紗奈の視力は、眼鏡をかけなくてもいいのだが、仕事柄、こっちの方が箔《はく》が付いてちょうどいい。

会社用の顔は、月曜から金曜まで。土日は素顔で過ごしているのだが、最近はドライブに出掛けるのを楽しみにしている。

（今週末のドライブは、どこに寄ろうかな？）

お気に入りのサイトで目ぼしいところをチェックして、「週末の天気、土曜晴れ」の予報に、ニマニマしながら昼食を食べ終える。そうして上機嫌で週末のプランを練りながらオフィスの廊下を歩く。

すると、見覚えのある一団がちょうど会議室に入って行くところに行き合った。

（ああ、午後一番の会議ね。今日こそ仕様書の草案、まとまるといいけど……）

そんなことを考えながら彼らを見送っていると、ひときわ背の高い、スラリとした男性が紗奈に気付いた。目が合うと軽く、顎《あご》を引いて挨拶《あいさつ》をしてくる。

（えっ？　今のって私に……だよね？）

彼は週末に居酒屋で会ったばかりの男性――羽泉だった。確か先週の会議では名前を紹介されただけだ。会社で会うのはまだ二回目のはず。なのに、あれだけの人数の出席者の中、発言もしなかった自分を覚えていたのだろうか？

（うそっ！　まさか、あの居酒屋で気付いた、ってことはないよね……？）

トンデモない予感が、頭をよぎる。

（ないっ、絶対ないっ、きっと偶然よ！　ぐうぜん……多分……きっと……）

急いで否定したものの、自信のない心の声は最後は消えそうになる。

スーツのよく似合う彼にかろうじて会釈《えしやく》を返したものの、まだパニックはおさまらない。

彼が気付いていませんように……と心の中で祈る紗奈であった。

◇　◇　◇

（あ～、疲れた時の一杯は、身体に染みるわぁ）

その週の金曜日の午後。紗奈は会社を出る前に、梅昆布茶を片手に書類チェックに励んでいた。

定時で上がる前に何としてもこれだけは、と処理すべきメールがゼロになった時、タイミング良くスマホのアラームが、ブーッと鳴った。

（やった、今日も持ち越しなし。さあ、帰ろう）

「お疲れ様です」

「杉野さん、お疲れ様です」

同僚たちの元気な声を後に会社を出ると、脇目も振らず金曜の夕方ラッシュの中を足早に進んでいく。

紗奈の会社は自社ビルだが、製品デモセンターも兼ねているので車を停める駐車場が完備されている。ギリギリ都内ではあるが、神奈川県の駅が最寄り駅だ。

駅のホームでプルルルー、とドアが閉まる合図の音が鳴り響く中、小走りで電車に飛び乗った。

ヘッドフォンで音楽を聴いている学生たちやサラリーマンの群れに、割と小柄な紗奈の身体がギュウギュウと埋まる。人々の隙間から見える車窓には、自分の澄まし顔が映っていた。

——のだが、内心ではこれから始まる週末への期待感で、ニマニマである。

(ふう、今週も無事終わった～。さあ、早く帰って明日のドライブの準備をしなくっちゃ)

週末ドライブに憧《あこが》れていた紗奈は、熱心にお金を貯めて何年か前に念願だった新車を購入した。

そして、愛車のために駐車場が近くにあるマンションにわざわざ引っ越したのだ。

それ以来、天気の良い給料日の週末は、一日中ドライブするのが紗奈の楽しみだった。

(今月は昼食代が結構浮いたから、お小遣いもあるし……)

夕食の残りをお弁当にして貯めたお金で、ドライブのついでに名物料理店などにも寄ることもあった。

車の維持のために、住むところはマンションとは名ばかりの年季の入った小さな建物にしたし、かつかつの生活だけど、それでもドライブはやめられない。

(芝桜ちゃん、待っててね。ふふふ……)

不気味な笑いを浮かべながら通い慣れた家路を、足取りも軽くコツコツと歩いていく。

今週末は、芝桜を見に行く、と紗奈は決めていた。

目的の芝桜のある公園は、去年初めて立ち寄ったスポットだ。一面に咲き誇る芝桜は、少し離れて見るとまるで丘に花の絨毯《じゅうたん》を広げたようで、その幻想的な景色に心まで春の桜色に染まった。思いがけない贈り物を受け取ったような気持ちになれたのだ。

その日は、一日中ウキウキした気分で過ごしたのを今でも覚えている。

だから今年も花見を、何ヶ月も前から楽しみにしていた。

(ゴールデンウイークにかかると道が混雑するし、早めに観に行こう。今にも開花しそうな感じの、微妙に綻《ほころ》んだ蕾《つぼみ》も可愛らしいし……)

春が来た来た、と心の中で歌いながら、マンションの玄関ドアをガチャリと開けた。

チェーンロックをしっかり掛け、靴を脱いでバッグを小さな折りたたみ机の上に置くと、ほっと一息つく。

今日も幸いなことに、問題のあるお隣さんには、遭遇しなかった。

紗奈の隣人は、何ヶ月か前に越してきたサラリーマンの中年男性だ。

いつだったか、平日の仕事帰りに初めて挨拶《あいさつ》をされ、そのままマンションの廊下で延々と身の上話を語られた。初対面であるにもかかわらず、だ。

離婚したばかりで食事に困っているとボヤかれ、前の奥さんの愚痴を散々聞かされるともう早く解放されたくて、紗奈は丁寧に断って退散しようとした。すると、今度は、僕も杉野さんみたいな人に夕食作って欲しいなあ、とか言い出したのだ。寒気を感じ、挨拶《あいさつ》もそこそこにドアを閉めて退散したのだが、男はそれ以来、醤油《しょうゆ》がないなどと言っては紗奈の部屋のドアを叩いてくる。

今時醤油《しょうゆ》なんて隣人にもらうだろうかと思いつつも、毎週繰り返されるパターンに辟易《へきえき》して、三週目からは用意した醤油《しょうゆ》をすぐに渡すようにしている。

(なくなった下着も、全部ベランダに干してあった物だしっ)

下着が数枚見当たらなくなっても、最初は自分の勘違いかな？　と大して気にしていなかった。

……が、さすがに同じことが続くと、これはもしかして？　とようやく気付いた。外から見えないよう、物干しをベランダの端に置いていたのだが、建物が古い造りのため隣との防火壁に隙間があって、手を伸ばせば取れないことはなかった。

今は家の中で洗濯物を干しているので、それ以降の被害はない。

だがさすがにこれは気味が悪いと思い、駐車場代が上がることもあって、引っ越しを検討し始めたのだ。

この頃隣人に会わないことに内心ホッとしつつも、今日こそはネットで賃貸情報をチェックしようと思っている。

(ひとまずお腹も減ったし、ご飯にしよう)

コンビニ弁当を食べ、お風呂の後に毎日チェックしている経済番組を熱心に観ていると、ふあぁ～、とつい大きな欠伸《あくび》が漏れてしまう。

(今週も忙しかったし、明日は早起き。さあ、今日はもう寝ましょ……)

真っ暗な天井を眺めながら瞼《まぶた》が重くなった頃、小さな忘れ物がひょっこりと頭に浮かんだ。

（あっ、浮かれ過ぎて賃貸情報チェックするの忘れてた。ま、いっか、明日明日……今更、スマホいじるのもめんどくさいし……）

閉じていく瞼《まぶた》の重みに逆らえず、紗奈は久し振りにいい気分でぐっすりと眠った。

◇　◇　◇

そして待望の週末。

インターチェンジから高速に乗ると、紗奈は車の音楽のボリュームを上げた。今日の目的地はカーナビが要らないので、好きな曲をアナウンスに邪魔されずに楽しめる。

（はー、お天気もいいし、最っ高！）

久しぶりの遠乗りに胸が弾んで、流れる曲につられてうろ覚えなサビ部分を、ラリラ〜、と適当に歌い出す。

こうしたドライブに紗奈がハマったのは、大学時代だ。

初めてできた彼氏が車好きで、時々ドライブデートをしたからだった。

大学のサークルが一緒だった元カレは、紗奈がお化粧するようになってからしばらくして、しつこいほど猛アタックしてきた男だ。それまで紗奈に興味など全然なかったくせに、見かけが変わった途端の強引な誘いに、初めはご冗談を、ぐらいにしか思っていなかった。

だが当初はうんざりしていた紗奈も、彼の情熱《しつこさ》にほだされ、一回ぐらいならデートしてみても——と流されたのが運の尽きだった。

元カレは、パッと見は好青年だったが、男としては最低な人間だったのだ。けれども、初めてのお付き合いで舞い上がってしまった紗奈は、彼の短所や嫌なことに目を瞑《つぶ》ってしまった。一年が過ぎた頃には、デートには色々なところに連れて行ってくれるまめな人だ、とさえ思うようになっていた。だけど普通の彼氏彼女の関係だと思っていたのは紗奈だけで、元カレには実は本命として狙っている子が別にいたのだ。

彼の就職が決まると、さっさとそちらに乗り換えられてしまい、気が付けば何と紗奈の方がその彼女から浮気相手扱いされていた。大学の帰り道で彼女に待ち伏せをされ、彼は迷惑してるから察しろだの、連絡するなだのいきなり言われた紗奈は、まさかの展開に混乱した。

『えっ、でも私、一年前から智樹《ともき》と付き合って……』

『何言ってるのよ。私と智樹は入学直後からの仲なのよ。ずっと付き合ってくれって言われてたし、智樹が一流企業に就職できたって言うから、正式に付き合ってあげることにしたの』

『うそっ……そんなコトって……』

同じ学科だった彼女とは元カレも含めて共通の知り合いが多く、紗奈は大学時代の知り合いとはそれ以来一切連絡を取っていない。

それに結局元カレは、紗奈のお化粧をした時の見た目が気に入っていただけだった。紗奈自身はどうでもよかった、というか本音は素顔じゃ連れて歩くのはちょっと、だったらしい。

『講義のノート助かったし、課題手伝ってくれたし、紗奈はまあ嫌いじゃないけど』

初めてを捧げた相手は二人が過ごした一年を、あっさりとこの一言で片付けた。

まあ、よく考えてみたら、浮気相手扱いされた娘《こ》からも他の娘《こ》からも、彼宛ての電話やメールがしょっちゅうあった。友達と言うから信じていたけど、実は紗奈の方がメール一文で切られる立場だった――というよくある話だ。

当時は割とのんびりした性格の紗奈も、初めてできた彼にこんな振られ方をして、信じられないと傷つき、ドーンと落ち込んだ。

だけど幸か不幸か、その当時ちょうど紗奈は就職の時期を迎えていた。いつまでも引きずって、こんな男のために人生を棒に振るわけにはいかない。悔しい気持ちと理性を総動員して、これは経験値を積んだのよ、世の中あんな男だけじゃない、と思うことにしたのだ。

(失恋ぐらいみんな経験してる。タイミングはちょっと良くなかったけど、きっとリセットできるわ!)

泣きはらした目を誤魔化すために、ますますお化粧の腕に磨きがかかった。そして元カレからアプローチされた最初の頃に、どこか違うと感じていた心の声を無視したことを、猛省した。

(同じ失敗は繰り返さない。次の恋は絶対後悔しないように、感じたことは素直に信じよう……)

それに、化粧を施《ほどこ》すようになってからの周りの反応を見て、自分の見かけを変えることは武器になるとも悟ったのだ。こうして、紗奈は見事今の会社に就職できた。

その当時は一人暮らしを始めたばかりで、本当に余裕がなかった。学ぶことがいっぱいあったので、悲しかったことは忘れてしまえ、と仕事に打ち込めたのは幸いだった。

だんだんと仕事に慣れていき、彼氏なんて気を使う存在がいなくてかえってよかったかも、と思うまでになってしまったのだ。

そうして紗奈は多忙ながらもコツコツ努力を続け、鬱憤《うっぷん》はせっせとお金を貯めることで紛《まぎ》らわした。そして二年前、憧《あこが》れだったこの愛車をついに手に入れたのだ。

(元カレとのことは痛かったけど、ドライブの魅力を知ることができたし)

お出掛けデートは本命との予行練習だったらしいが、車一つで今まで遠いと思っていた名所に気軽に行けるドライブに、紗奈は堪《たま》らなく魅了された。

過去は過去、と割り切れた今は、随分恋愛については慎重になったし、社内恋愛は絶対しないと決めている。こうして、ちょっぴり自分は強くなった、と過去を振り返った紗奈は、新芽がまばゆい山道を上機嫌に登っていく。

(あ、スポーツタイプNの赤だ。いいなぁ、お金があったら次は、絶対あんな車よね……)

見事なハンドルさばきでカーブを曲がって下りてくる憧《あこが》れの車に、一瞬気を取られるものの、すぐに意識を目の前の道に集中する。こんな風にスポーツカーやサンルーフを開けたクーペなど、色々なタイプの車をドライブ中に見かけるのもお楽しみの一つだ。

一体この都会のどこに隠れていたのか、と見ているだけでも楽しくなってくる。

同じドライブサイトを参考にしているのか、たまに一日何度か同じ車を見かけることもある。袖振り合うも多生《たしょう》の縁ではないが、親切なおばさんからドライブに快適なルートを教えてもらったこともある。

この芝桜もおすすめされて、フラリと立ち寄ったスポットの一つだった。

（うわぁ、なんか去年より、綺麗さが増しているような……）

陽気な春の日差しに包まれて、自然の美しさを存分に堪能すると、高揚した気分のまま駐車場に戻って来た。帰りはどこかに寄ろうかな？　など考えながら車に向かって歩いていると、見覚えのある赤い車が目に留まる。

（あれ？　人気なんだなぁ、この車、最近随分見かけるよね……）

ドライブでいろんなところを回っていると、自然と人気の車種が目に付くようになる。この高級スポーツカーも最近人気のようだ。前面のフォルムも後面のスポイラーもカッコイイ、と足を止めてじっくり眺めてしまう。

スポーツカーは見ているだけでも眼福だわ……と見事なカーブを描く車体に見惚れていた紗奈は、運転席に人が乗っていることに、やっと気が付いた。

（あっ、まずい、ちょっと不審だったかな）

すっかり夢中になって、口を開けて見惚れてしまっていた。

運転席から人が出て来る気配がして、ジロジロ見ていて気を悪くさせたのなら大変と、慌てて自分の車の方向に歩き出す。

「おい、アンタ、一人なのか？」

「えっ？」

何となく聞き覚えのある、バリトンより心持ち低い声。思わず振り向けば、赤のスポーツカーに寄りかかり、シャツとジーンズをモデルのように着こなした黒髪の男性がじっとこちらを見つめていた。

（えっ⁉　見間違いじゃないよね？　どうしてこの男《ひと》が、こんなところに……？）

「……羽泉、さん？」

「名前覚えてたんだな。下の名前は、翔《しょう》だ。杉野さん、アンタの下の名前は？」

「へ？　名前？　私の名前は紗奈、ですけど」

「ああ、やっぱり。居酒屋にいたの、アンタだよな？　後で名前確認したら、会社で紹介された名前と違ったから驚いたんだが」

（あーっ、これはマズイ！　新卒に紛《まぎ》れて飲み会に参加する、変な女だと思われたかも……）

会社の取引相手に、不信感を与えてしまったのかもしれない。

「あの！　あの時は急病の妹の代わりで……」

「そうか、身内の代わりだったか。名字が一緒だったからそうじゃないかと思った」

（ふぅ、よかった、セーフ、セーフ。不審者扱いはされてないみたい……それにしても……）

「よく、あの時、私だって分かりましたね。妹の同級生は誰一人気が付かなかったんですけど」

「俺は一度顔を見れば分かる。妹さんの顔も知らない」

「あの、あんなこと、毎回しているわけではなくてですね……」

誤解を解こうと早口になってしまった紗奈に、彼は面白そうに笑って答える。

「ああ、ずいぶん緊張してたな。居心地悪そうだった」

（えっ、嘘、笑った！　すごい、かっわいい！）

笑顔が想像していたよりもずっと爽《さわ》やかで、おそらく年上なのに可愛いと思ってしまう。

つられて紗奈も、彼にニッコリ笑いかけた。

「そんなに分かりやすく態度に出てました？　自分では上手く隠してたつもりなんですけど……」

「ああ、他に気付いた人はいない。アンタ、上手く笑顔で誤魔化してたな」

「よかった。結奈に知られたらまた怒られちゃう。それでなくても名刺の一つももらってこないなんて、って拗《す》ねられたのに……」

「ははは、面白い妹さんだな」

（わあ、笑顔全開だ……）

思ってもみなかった羽泉の気さくな態度と笑顔に、紗奈の胸は高鳴った。

（ほんっと、イケメンだわ、この人。こんな風に笑って話しかけられたら、ドキドキしちゃう）

モデルばりの容姿に思わず見惚れる紗奈を、彼は笑顔で誘ってきた。

「なあ、アンタ、一人なのか？　この後暇なら俺に付き合わないか？」

「えっ？」

「ドライブが好きなんだろ？　美味《おい》しいコーヒーとケーキ奢《おご》るから、ちょっと付き合え」

「ケーキ……」

イケメンと二人で美味《おい》しいケーキ。

普段は警戒心バリバリの紗奈だが、今はスッピンに近いし、会社の取引相手だし、第一、彼から変な電波はまるで感じられない。

彼の会議中の姿に惹かれていたこともあって、素直に頷いた。

もちろんケーキは美味《おい》しいボーナスだ。

「よし、アンタの車、これだよな。カーナビにこの住所入れられるか？　多分ここからだと二十分ぐらいだ。その店で落ち合おう」

そう言って、紗奈の車まで歩いて送ってくれた彼は、紗奈がカーナビをセットしたのを確かめると、念のためとスマホの番号交換をして「じゃあ後で」と頷いて自分の車に向かった。

カーナビが示した行き先はカフェである。何だか思っていたのと随分違うドライブになってきたが、これもまあ、ドライブの醍醐味《だいごみ》だ。

彼とこうして偶然出会うのは、これで二度目。

不思議な巡り合わせが、吉と出るか凶と出るか。

気持ちは自然と弾んでいて、自分はこの思い掛けない出会いをラッキーだと感じているんだ、と自覚してしまった。そんな心を勇気付けるように、流れている曲のメロディーを口ずさむ。そしてカーナビのお姉さんの指示通りに車を走らせると、美味《おい》しいコーヒーあります、と書かれた看板が見えてきた。

（あらまあ、可愛いカフェ。緑が綺麗……）

緑の渓谷に羽泉の赤い車が映えて、綺麗なコントラストを生み出している。

車に寄りかかって待っていた彼は、車から降りてきた紗奈を見ると、上半身を起こして、ふっと笑った。

「迷子にならなかったか？」

「カーナビがあるのに、なぜ迷子に？」

彼の気さくな態度と笑顔につられて、思わず言い返してしまう。

「そうだな。俺はコーヒーが飲みたいんだが、約束通り、何でも注文していいぞ」

そんな紗奈の態度に、なぜか彼は嬉しそうに答える。

（あ、やっぱり素敵な笑顔……）

最初に声を掛けられた時も、車に寄りかかる彼を見て、雑誌に載っているモデルのようだと思った。

こうしてじっくり見ていると、男らしく精悍《せいかん》な顔を無性にカメラに収めたくなってくる。紗奈は思わず一歩下がり、「ねえねえ、ちょっと」と言いながらスマホを取り出した。

初めは驚いたように目を見張った彼も、紗奈の目的を察すると面白そうに、ニヤッと笑いかけてくる。

「なんだ？　俺の写真が欲しいのか？　高くつくぞ」

「何言ってるのよ。もうちょっと、車に寄りかかって、そうそう、はい笑って」

（嫌がってない。よかった……）

なぜ急に、こんな強引なことを思いついたのか？　自分でも不思議に思いながらも、パシャ、と撮った画面を一緒に確かめる。

「わあ、あなたって、ホント綺麗に写るのね。まるでモデルみたい……」

「俺だけ撮ってもしょうがないだろ、ほらこっちに来い」

「へっ？」

肩に大きな手が回ったと思うと、二人の目の前に彼のスマホが。

……そのまま、パシャ、と二人の写真を撮られていた。

（びっくりした、急に接近するから。あ、でもタイミング的に……）

「ちょっと、今の絶対、私、変顔してた！」

「おあいこだ。どれどれ……別に普通に可愛いが？」

「え!?　……なんか恥ずかしい、ねえ、これは消去！」

スマホ画面を覗《のぞ》くと、彼は笑っているのに自分は目を見開いたびっくり顔になっていた。どうしても納得がいかないと、彼の手からスマホをもぎ取ろうと試みたが、悲しいかな身長差……いくら背伸びしても全然届かない。

「だめだ、俺はこれがいいんだ」

ほら、行くぞ、と促《うなが》されて紗奈はう～と低く唸《うな》ってから、ハッとした。

（私、取引先の人に何じゃれてるの？　っていうか敬語、敬語忘れてる！）

「あの、羽泉さん、先程は失礼しました」

焦りまくって取《と》り繕《つくろ》った紗奈に、羽泉は思いっ切り不満顔だ。

「なんだ、いきなり改まって。翔でいい。それにここは会社じゃないんだ、さっきみたいなタメ口がいい」

（えっ？　いくら何でも年上の男性を、それも会社繋《つな》がりの人を呼び捨てするのは、今更だけど、無理な気が……）

オンオフが結構激しい紗奈ではあったが、いくら会社ではないとはいえ、考え込んでしまう。

「俺はコーヒー、紗奈は何にする？」

「へっ、えっ？　あの、私はここの手作り紅茶と、今日のおすすめチーズケーキにしていいですか？」

「却下、やり直し。敬語なし」

「ええっ！」

「やり直し」

「えっと、羽泉さん、あの……」

「翔、だ」

「……翔、紅茶とケーキお願いします」

「五十点」

紗奈が渋々言うと、羽泉――翔はまだちょっと不満げながらも店員を呼んでくれる。

「すみません、オリジナルブレンドコーヒーと、手作り紅茶のケーキセット、チーズケーキで」

「はい、畏《かしこ》まりました」

（……呼び捨てにしろって、本当に？）

穏やかな目で自分を眺めるこの男性は、会議中も飲み屋でも無愛想の一言に尽きた男と、本当に同一人物なのだろうか？

（この人、プライベートは、会社とまったく違うんじゃ……）

でもきっと、これもこの人の素なんだな、と何となく嬉しく思った。

紗奈だって、今の自分は会社にいる時の自分と全然違う。

作っているわけではなく、あっちの紗奈は会社バージョンというだけだ。

だけど理性的に考えてしまう紗奈は、仕事関係と私生活をミックスした交遊など、今まではなかった。勢いで付いてきてしまったものの、ボーダーラインがあやふやなこの状況に、どうしていいか分からない。

胸はドキドキするし、気持ちはそわそわするし、態度はマゴマゴしてしまう。

何だか落ち着かないなあ、と周りをぐるっと見渡すと、そこで初めて自分たちがテラスの端にある、渓谷の絶景を見下ろす眺めの良いテーブルに着いたことに気付いた。

「わぁ、すごい！　綺麗……」

空気も幾分《いくぶん》ヒンヤリしており、涼しいそよ風が首筋を撫でていく。

「後で沢まで下りてみるか？」

「えっ、下りて行けるんですか？」

「……却下、やり直し」

「へ？　……あの、下りていいの？」

「駐車場からぐるっと回れる」

「ぜひ、ぜひ行ってみたいです」

「……その、言葉遣いを改めるなら、連れてってやる」

「えぇ⁉　……分かった。翔、沢に下りてみたい」

「よし、靴は大丈夫か？」

「大丈夫、ドライブにヒールのある靴なんか履いてこないわ」

「そうか」

彼は注文したコーヒーを美味《おい》しそうに飲みながら、リラックスした様子で長い脚を組み、目を見つめて答えてくれる。

相変わらず返事は簡潔だが、ぶっきらぼうな感じはしない。

会社や飲み屋で見た時とは違って、長い手足を気持ち良さそうに伸ばした姿は、とても落ち着いて見える。綺麗な指が組まれた手は男らしいのにどこか優美で、形のいい顎《あご》を手の甲にのせて、のんびり外の絶景を楽しんでいる。

艶々《つやつや》の髪や長い睫毛《まつげ》は、午後の柔らかい日差しに照らされて透き通って見えた。

彼の整った顔をこんな間近で見ていると、さらに胸の鼓動が高まってくる。コーヒーカップに目を落とす姿も憂《うれ》いを帯びたように見えて、その優雅な姿に、なんて綺麗な男《ひと》なんだろう、と見惚れてしまう。

こうして向かい合って座っていると、〝彼は会社関係者〟という意識がだんだん薄れてきた。

代わりに、長い間埃《ほこり》を被っていたはずのトキメキが、鮮明に蘇《よみがえ》ってくる。

（うわあ、こんな感覚、久しぶり……）

胸がトクン、トクンとしながらも、じきに普通の口調でしゃべれるようになった。

「そういえば、紗奈はこの間の会議には、どうして出なかったんだ？」

「ああ、私は秘書室勤務なのよ。前に出席した時は、報告のために臨時で拝聴させてもらったの」

「なるほど、随分熱心にノートを取ってるから、てっきり若手の育成かと思った」

「残念ながら、専門外よ」

「まあ、俺もそれほど詳しいわけではないがな」

「えっ、そうなの？　てっきりガチガチのエンジニアだと思った……」

「はは、そうか。なら俺のハッタリも効果があったわけだ」

（確かに、専門のエンジニアの意見を聞いてはいたけど、どちらかと言うと会議が脱線するたびに軌道修正してるほうが多かったっけ……）

そして、双方の妥協点を上手く探り、最後は方針をきちっと纏《まと》めていた。

（つまりは管理職ってこと？　エンジニアチーフってそういう意味なのかな？）

こんなに若いのに、やはりすごい人だ。

こうして初めて二人きりで話をしてみて、それが分かるような気がした。何だか上手い具合に乗せられてるし、いつの間にか名前呼びを許している。

無愛想な人かな？　と思っていたが、無駄な話はしないだけで、決して無口ではないらしい。必要なことは全て丁寧に答えてくれるし、彼からもどんどん質問してくる。

(なるほど、意味のないおしゃべりや、興味のないことへは寡黙《かもく》になるのね)

こうして二人でしゃべっていると、彼の人となりが垣間見えてきた。

黙っていても堂々としているので、気が弱い人は威圧感を覚えるかもしれないが、味方であれば、彼に任せておけば大丈夫――そんな信頼感を抱くだろう。

そして、仕事に関しては妥協を許さない厳しい目。

この間の報告書の疑問点をさりげなく質問してみると、しっかり答えが返って来た。

「ああ、それは製品番号での検索から……」と、紗奈にも分かるように、専門用語を使わずに噛み砕いて説明してくれる。彼の説明を聞いて、自分の解釈が合っていたことに安心した。

緑の渓谷をのんびりと眺めながら、景色にそぐわないビジネス談話が弾む。

(やっぱり、ビジネスに関してはすごく詳しい……何だか楽しいな)

気が緩《ゆる》んだ紗奈がケーキを食べ終わると、気さくに「行くか？」と沢への散歩に誘われた。

「今日の芝桜、綺麗だったな」

「はあ、もう最っ高だった。綻《ほころ》びかけの蕾《つぼみ》と、ちょうど咲いたばかりの桜でピンクに染まって……早めに来てよかったわ」

「初めてか？」

「今日で二回目。ちょっと時間はかかるけど首都高で朝早く来れば、そんなに混まないし」

「そうか。ドライブ、好きなんだな」

「ええ、結構驚かれるんだけど、運転は苦にならないの。いろんなところに行けるし」

「そうだな。紗奈、こっちだ、足元気を付けろよ」

さりげなく手を差し出されたが、慣れていないので一瞬躊躇《ちゅうちょ》してしまった。

だが、「ほら、ぼうっとすると危ないぞ」と注意を促《うなが》された隙に、さっと手を掴まれる。

（きゃあ、手が！）

もう何年も前のことなのに、元カレにひどい扱いをされたせいで、少々男性不信気味なのだ。

だけど、翔に手を取られても、いつも男性に触れられると身体を走る悪寒は感じない。

（あれ？　私、この男《ひと》のこと、警戒してないんだ。こんなイケメンなのに……）

顔のいい男性はたいていの場合、いやに女性を軽く扱うか、馴《な》れ馴《な》れしい人が多いと思うことがしょっちゅうだったのに、彼はそんな様子がまったくない。

それに彼は、紗奈が薄化粧でも全然態度が変わらない。元カレとは大違いだ。

比べてはいけない、と思いつつも、翔の態度は気取らず誠実だと紗奈には思えた。

この男《ひと》とは、沈黙も気にならないくらい、一緒にいて安心できる……

翔とは今日初めてまともな会話を交わしたはずなのに、ずっと前からの知り合いのように、隣にいてとても居心地がいい。

心からリラックスできる雰囲気に、気軽なおしゃべり、そして二人の間に時々流れる心地よい沈黙をも楽しんで、都内とは思えない静かな森林を歩く。

沢に下りて清流をバックに写真を撮ってもらうと、ますます打ち解けた気分になり、一緒に駐車場に帰って来た。

「紗奈、来週暇か？　海にドライブに行こうと思ってたんだが、一緒に来るか？　近場だがな」

「えっ、いいの？　あの、本当に？」

翔にまた誘われた！

その事実に内心の驚きを隠せない。

「ああ、多分午後からになるが、来週土曜でいいか？」

「うん。ええと、誘ってくれてありがとう」

「どういたしまして。じゃあ、また来週な」

翔は優しく微笑み、「詳しい時間はまた連絡する」と相変わらず簡潔な言葉を残して、車に戻っていく。

そのまま車に乗り込むと、ゆっくりバックをしながら車を出す翔を、紗奈は軽く手を振って見送った。翔の車が見えなくなると、唇から溜息が漏れる。

（ふう、男の人と二人きりでこんな風に過ごしたのって何年ぶりだろ？　ドキドキしたけど、なんか思ったより嫌じゃなかったな）

ほんの少しだけど、自分の男性に対する見方も変わったような気がする。

帰りの運転中も、素晴らしかった芝桜より、翔と過ごした短い時間の、その楽しかった記憶だけがふわふわと頭に浮かんでくる。

自然と口元が緩《ゆる》んで、ニマニマ笑いが止まらないまま紗奈は帰路に就いた。

ふわふわした気分はその日の晩まで続いていた。

（来週かあ、晴れるといいなぁ）

落ち着かない気持ちのままシャワーを浴びて、パジャマに着替える。

（あ！　そうだ、今日こそは忘れないうちにっと）

浮かれるあまり、また忘れるところだった。今週のおすすめ物件は……と、ゴロンと寝転んだベッドの中で、賃貸情報をスマホでチェックしていく。

次はセキュリティーがしっかりしたところがいいな、と条件を頭の中で整理してみる。

（幸い会社は都心から外れているし、同じ路線ならもうちょっと遠くても大丈夫かな？　ちょうどいい物件、なかなかないよね……）

熟考しているとだんだん眠たくなってきた。寝落ちする前に手を伸ばしてスマホを戻すと、馴染んだシャンプーの匂いのするベッドに滑り込む。

半開きの瞼《まぶた》で天井を見つめていると、来週末、晴れるといいな……とつい考えてしまう。

今までになく今日の出会いに浮かれて、ウキウキと楽しみにしている自分がいる。

翔に掴まれた手を何気なく眺めていると、何だかまたドキドキしてきた。

咄嗟《とっさ》にベッド脇からスマホを取り、翔の笑顔が写った写真をじっくりと眺めてしまう。

（もう、いい加減大人なんだから、十代の頃みたいにそんなはしゃがないの！）

自分自身に言い聞かせても、次の瞬間には口元が緩《ゆる》んでしまっていた。

（あんなカッコいい人なんだし……社交辞令かもしれないんだから、ダメになってもがっかりしないようにしよう……）

スマホを、カタン、と元の場所に戻し、胸がキュンとする自分にしっかり予防線を張っておくのも忘れない。

（……あっ、しまった、返事する前に彼女がいるか聞いておけばよかった……前回の二の舞だけは、絶対避けたい。今度会った時にはちゃんと聞かなきゃ）

そろそろ寝よう、と自然と瞼《まぶた》に浮かぶ笑った顔に、お休みの挨拶《あいさつ》をする。

紗奈はその晩、騒《ざわ》めく胸中を宥《なだ》めて、ようやく穏やかに眠りについた。

2　セカンドギア

水曜日のお昼休み。今日は絶対忙しくなるからと、紗奈はお弁当を自席で勢いよく食べていた。

その間も、次々に仕事の確認が入る。

「すまんが、ドイツ支社の生産需要見込みの報告書、次の会議までに頼む」

「営業に回した来期の生産目標数値表のコピー、どうなった？」

夕食の残りとお茶を持参してきて正解だった。このままだと忙しくて販売機にジュースを買いに行く暇もない。お箸をせっせと動かし、最後にお茶をすする。

（さてと、充電完了）

そうしてさっさとランチを済ますと、机でパソコンと睨めっこしながら、卓上の電話に手を伸ばす。海外支社との電話を続けながら受話器を耳と肩の間に挟みこみ、パソコンで直接報告書の修正をする。

『……ありがとう。それではこの報告書を翻訳して、今度の会議の資料として提出します』

『よろしく、リードタイムの短縮に繋《つな》がればいいんだけど。じゃあまた』

（はあ、この件は見通しがついた。次、次っと……）

毎年大忙しのこの時期は、ドラマの続きとドライブを唯一の楽しみに乗り越えてきた。だが、今日の紗奈は一味違って、鬼気迫るものがあった。

（約束の時間までに一旦家に帰って、化粧を直したい！）

そう、紗奈のこの仕事への打ち込みようは、全て翔から届いた一通のメッセージに起因するものだったのだ。

午前中、翔からメッセージが届いた時には、本当に驚いた。

『今晩空いてるか？　たまたま約束がキャンセルになったから、夕食を一緒にどうだ？』

（ええっ！　今晩ってっ）

用件だけの、翔らしい簡潔なメッセージだった。

週の半ばの夜に予定などあるわけもなく、心待ちにしていた土曜の約束よりも早く会える、ともちろんOKしたものの……

翔に会うのならば、何となくだが作り込んだ会社仕様のこの顔より、素顔に近い状態で接したかった。翔との食事を楽しみにしているくせに、気合を入れてお化粧をしない、という矛盾《むじゅん》に自分でも変だと思ってしまう。

もちろん、この会社用の顔の方が男性受けすることは分かっている。

紗奈だって、どうせなら可愛く思われたい。

(だけど後でガッカリされるのは……もっと嫌だわ)

憧《あこが》れに近い今の気持ちなら、たとえ翔の態度が変わっても、落ち込みはするだろうがダメージは少ないはず。

……とはいえ、たったひとときを一緒に過ごしただけなのに、すでに翔に入れ込みかけているという自覚はある。少なくとも傷つくのが怖いと感じてしまうほどには、だ。

彼は週末のベビーフェイス《すがお》を見ても驚いてはいなかった。だからこそ、彼に夢中になる前に線引きしたい気持ちと、態度を変えなかったことに期待したい気持ちの間で、揺れている。

そして今、この二つの矛盾《むじゅん》した心が、紗奈を馬車馬《ばしゃうま》のような勢いで仕事に駆り立てているのだ。

その気迫に満ちた姿に、周りは話しかけてはいけない空気を感じ取っているらしい。見えないねじり鉢巻を頭に巻いて、黙々と仕事に励む紗奈の邪魔をしないように、抜き足差し足で後ろの通路を通り抜ける同僚の姿も見受けられる。

電話に応答する声や書類をめくる音、パソコンのキーボードを打つ音で常に賑《にぎ》やかな秘書室で、紗奈の机の周りだけは、静寂な湖のようにシーンと静まりかえっている。

（ようし、次、どうか電話に捕まりませんように……）

機械のようにせっせと仕事を片付けていく紗奈がミラクルを願った甲斐あって、その日の午後は電話が鳴らず、集中して仕事ができた。

終業時間を五分過ぎた頃には粗方《あらかた》メドがつき、よし、さあ帰るぞ、と勢いよく席を立った。

「お疲れ様です。お先に失礼」

「お疲れ様です」

後輩たちの尊敬の念が混じる声を後に、ヒールの音も高く颯爽《さっそう》と会社を出る。

ところが駅の方角に向けて歩き出した途端に、今、一番会いたくない相手に捕まってしまった。

「杉野さん！　待って、よかったら今晩食事でもどうですか？」

（うわぁ、なんてついてない……）

「ごめんなさい、今日は先約があって」

こんな受け答えをする時間も惜しいくらい自分は急いでいるのだが、営業男はそんなことなどお構いなしだ。

疑わしそうに紗奈を見て、問い詰めてくる。

「……水曜の夜にですか？」

「ええ。急いでるから失礼します」

こんなに断ってるんだから、少しは空気を読んでとばかりに歩き出そうとしたのだが……

「ちょっと待って下さい。食事くらい一回付き合ってくれても……いい店知ってるんですよ。奢《おご》りますから、さあ」

いきなり腕をグイッと引っ張られて、身体中をブワッと悪寒が駆け巡った。

咄嗟《とっさ》に半歩後ろに下がって、やんわり相手から遠ざかる。

この自分が誘ってるんだから、という強引さが元カレと重なって、紗奈はこの営業男が苦手だった。顔がわりかしいいこともこの男は自分でよく分かっているようで、しょっちゅうわざとらしく髪を掻き上げるのも、受け付けない。

それに、常に押し付けがましい印象を受けてしまう。

何だろう？　どうしても、好きになれない……ぶっちゃけ紗奈のタイプではないのだ。

（翔も強引だけど、なんか絶対違う……）

この男は元カレと同類――紗奈の本能がそう告げている。

「申し訳ないんですけど、今日は本当に先約があるんです」

「じゃあ、その相手にここで電話してみて下さいよ。できないなら付き合ってもらいますよ」

（ハア～、この人、ホントしつこいし、めんどくさい）

どうしてここまで、相手の意思を無視できるのだろう。

だんだんと苛立ちが募ってくる。

（営業はこのくらいの押しがないと、仕事が取れないのかもしれない……けど、私にとっては迷惑でしかないわ！）

家ではのんびりしたい紗奈とは、絶対合いそうにない。

無視しようとも思ったが、会社の同僚なのだから確執が残るようなやり方はダメだと考え直した。

「ちょっと待ってて下さい。相手も仕事中かもしれないので、メッセージで聞いてからにします」

「ええ、どうぞ」

連絡を取れるものなら取ってみろ、と言わんばかりの男の態度に腹を立てつつ、スマホで翔に『今、話せる？』とメッセージを送る。

すると、まもなくスマホの着信音が鳴り出した。

『紗奈？　どうした、都合がつかないか？』

「違うの、同僚に食事に誘われたんだけど、今夜は先約があると言っても信じてもらえなくて」

『何？　困っているのか？　相手はそこに居るのか？』

「ええ」

『電話を代われ。相手と話してやる』

「えっ？　でも……」

『大丈夫だ。ほら、代われ』

初めて電話越しに聞く翔の低い声にドキドキしながら、大丈夫かしら？　と思いつつ営業男にスマホを差し出した。

「彼が話したいそうです」

「えっ……？」

営業男は困惑しながらも、「もしもし」とちょっと虚勢を張ったような態度で、電話に出た。そんな男を横目に、紗奈は翔の落ち着いた声を聞いた安心感で、ふう、と一息つく。

「そうです……分かりました」

最後は消え入るような声を出した営業男のセリフに、紗奈はハッと顔を上げた。

（あ、終わった？）

「杉野さん、電話」

突き返すようにスマホを渡され、どうなったんだろう？　と思いながらも出てみる。

「もしもし、翔？」

『そこで十分ほど待っとけ。今行く』

「えっ、ちょっと翔？　何？」

聞き返した時にはもうすでに通話は切れていた。

（そこで待っとけって、どういうこと？　そこって、ここよね？　会社のビルの真ん前の道路脇……）

「杉野さん、今の電話の彼と付き合ってるって本当ですか？　写真とかあります？」

ふん、と鼻息も荒く、営業男は聞いてきた。

（え、付き合ってる？　あ、もしかしてそう言って助けてくれたのかな）

「写真ですか？　ありますけど……はい、これ彼の写真」

真紅《しんく》の愛車に寄りかかる翔の写真を見せた途端、スマホを覗《のぞ》き込んだ男の顔が、はっきりと引きった。どうやらこの男は紗奈の相手が自分よりいい男なわけがないと決めてかかっていたようで、スマホの画面越しに微笑む翔を見て、明らかに動揺している。

翔と付き合ってるのか、という質問には、わざと答えない。

紗奈には相手の勘違いを否定して、せっかく手に入れた今の有利な状況をひっくり返す気はさらさらなかった。

「……これって、タイプNですか？」

「ええ、彼の車です」

一目見て言い当てたということは、この男も車に詳しいのだろう。

自分だって、ローンは嫌だったから、何年も掛けてせっせとお金を貯めて、やっと今の車が買えたのだ。とことん値段比べをしたおかげで、翔の車がどれくらいするのかも、もちろん分かっている。

紗奈の車の何倍も高い翔の車は、憧《あこが》れはしても気軽には買えない車だ。

言葉に詰まった相手との会話が途切れると、遠いところで車のクラクションが鳴る音が聞こえる。

（どうか、顔見知りに、見つかりませんように……）

一刻も早く、ここから立ち去りたい。

ジリジリと過ぎる時間に焦《じ》れながらも我慢して待っていると、少しして、ドルン、ドルルルと、スポーツカー独特の低いエンジン音が近づいてくるのが聞こえた。

音につられて道路を見ると、冴《さ》えた銀色のスポーツカーが横をゆっくりと通り過ぎていくところだった。

「すげ、スーパーカーだ！」

営業男の目は車に釘付けだ。

(うわあ、すごい、本物を見たのは初めて……)

一台でマンションが買えてしまうほどの、最高クラスの国産スポーツカーだ。

紗奈たちだけでなく、道を行き交う人々が注目する中、その車は会社の前の道路脇に止まった。

(あれ？　あの、見覚えのある背中……)

「翔！」

「えっ、まさか……」

運転席から降りてくる背の高いシルエットは、銀色のスポーツカーに相応《ふさわ》しい、すらりとした姿の水も滴《したた》るいい男だ。こちらに向き直った今日の翔は、この前の会議で見かけた時のような、みんなと同じスーツ姿ではない。

三つ揃いのいかにも高級なスーツを身に纏《まと》い、長い脚を動かして優雅にこちらに向かって来る。

(う……っわ、すごい、カッコいい！　それに、なんかこういう高級スーツ、着慣れてる？　っていうか、なぜこの間のスーツより、こっちの方を当たり前に着こなしてるように見えるの？)

恐るべしイケメン効果！

非日常の世界を背負った翔は、ビル前にいる紗奈たちを認めると、ツカツカと近寄ってくる。ポカンと開いた口を慌てて閉じて、チラリと横を見ると、営業男の顔はポカンの表情で固まっていた。

「紗奈、待ったか？　で、俺に会いたいっていうのは君か？」

髪もきっちりまとめて、堂々と歩道を歩いてくるその姿は、上品な服を着こなしていても野獣のようなオーラを纏《まと》っている。上背《うわぜい》のある翔に迫力のある目で見下ろされて、開いた口を慌てて閉めた営業男は、タジタジとしながらも答える。

「ええっと、そうです。あの、杉野さんの彼氏さんって……」

「ああ、これは失礼、私《わたくし》、羽泉と申します。紗奈がいつもお世話になっています」

どこから見ても文句なしのいい男である翔と並ぶと、営業男は態度はもちろん、容姿の点でもかなり見劣りする。

「は、あの、いえ……自分はこれで、失礼します。あの、杉野さん、お疲れ様ですー」

翔を呼び出すほど自分に自信があったはずの営業男は、比べられるのは勘弁とばかりにその場から逃げ出した。

「では、行こうか、紗奈」

そんな男を尻目に、翔は紗奈の腰をさりげなく抱いて、車に向かう。

紗奈は、しつこかった男から解放されたものの、ほっと息をつく間もなかった。

（腰、腰に翔の手が……）

いきなりの密着に、心臓がドキンと大きく跳ね上がる。

翔の手に抱かれている腰のあたりに、意識が集中してしまう。

営業男に見せつけるためだとしても、これはよっぽど親しい仲でないと紗奈基準では完全にアウトの振る舞いだ。

(普通は知り合って間もない関係なら、しょっちゅう身体に触れないよね？　確か、付き合いだして間もなくは肩に手、深い関係になったら腰、じゃなかったっけ？)

恋愛市場からあまりにも遠ざかっていたせいで、自分の知らない間に世の中の常識が変わってしまったのだろうか？

(……まあ、翔だし、嫌な感じしないし……いいかな。むしろこんな親密なエスコートされるの、初めてで嬉しいかも……)

翔は丁寧に車の助手席のドアを開けて、満足げな様子で待っている。

翔の接近に上機嫌な自分に驚きながらも、翔がドアを開けてくれた助手席に小さな声でお礼を言って乗り込んだ。

バタン、とドアが閉まると同時に、翔と新車の匂いがフワッと漂《ただよ》ってきた。

「悪いな。一旦家に帰って堅苦しくない服に着替えるつもりだったんだが、今日は役員会議でな」

「ふふふ、助かった。翔、ありがとう」

「どういたしまして。さて、約束の時間まではまだ大分あるが、お腹の具合はどうだ？」

「結構空いたかも。残業したくなかったから、気合入れて片したし」

「はは、そうか。俺のためだと、自惚《うぬぼ》れていいか？」

悪戯《いたずら》っぽく聞いてくる顔を見て、紗奈もちょっとはにかんでしまった。

「……分かってるくせに」

「紗奈の口から聞きたいんだ」

「当たり前でしょ、楽しみにしてたんだから」

「そうか、俺も急なキャンセルを、誘えるチャンスだと思ったぞ」

「え！　あの……誘ってくれてありがとう。本当に今日は助かったわ。先約がなかったら危うく強引に連れて行かれるところだった」

「もう大丈夫だ。あの男にも、彼氏のいる女性に手を出さない常識はあるだろう」

「ふふ、そうね」

紗奈は確信していた。

あの営業男は、翔の姿を見た以上、今後紗奈を誘うなどという無謀な真似は、絶対しないだろう。先程と打って変わって紗奈を優しい目で見つめてくる翔は、本気を出すとかなり近寄りがたい雰囲気になっていた。

（なるほど、会議の時は結構抑えていたのね。だから無愛想に見えたのか……）

鋭い目をした翔の本気がチラリと垣間見えて、あの無愛想な顔の意味がやっと分かった気がした。

「ねえ、翔、さっき本気で脅《おど》したでしょう。口調は丁寧だったけど、目が笑ってなかったわよ」

「バレたか。まあ、アレだ、紗奈が本気で困っているのが分かったからな」

「アレは大抵の人が萎縮《いしゅく》しちゃうわよ」

「そうなのか？　まあ、友人にも注意されて、気を付けてはいるんだがな。紗奈は俺が怖いか？」

「怖い？　翔を怖いと思ったことはないわよ。可愛いと思ったことはあっても」

「可愛い？　……そんなことを言われたのは、身内以外は初めてだ……」

（あれ、なんか困惑してる？）

困ったような顔の翔に、思わずプッと噴き出した。

「おい、なんでそこで笑う？」

「えっ、だって今の顔、ふふっ」

「……お前……紗奈、こら、いい加減笑いやめよ」

「あっはは、ごめん、なんか止まんない！」

「おいっ……ふっ」

ついに彼も笑い出してしまい、ひとしきり二人で笑いあった。

目尻に溜まった涙を拭いていると、赤信号で車が止まった途端、翔に不意に抱き寄せられ、髪にキスをされた。

（えっ？）

不意打ちに、紗奈は目をまん丸にする。その驚いた顔を見て、翔はニヤッと笑った。

「はっ、やっと笑いやんだな」

紗奈の顔が上気していくのを横目で見た翔は、信号が変わってもまだ笑ったまま車をスタートさせた。それはカップルなら当たり前の、甘さを含んだベタなシチュエーションだった。

なのに恋愛経験値が低過ぎて、スマートな対応の仕方が分からない。

（ど、どう反応すれば……）

心は早くもパニック状態だった。

焦るばかりで、首筋まで熱くなってきた。

そんな紗奈の様子が翔は感覚で分かるらしく、「はは、パニクってるな」と運転しながら優しく呟《つぶや》く。

車はいつの間にか高速に乗っていて、都内に向かって進んでいた。

車内には甘くソフトなピアノとサクソフォーンのジャズが、二人の秘めやかな沈黙を見守るように、そっと静かに流れ出す。

それを上機嫌で聴きながらハンドルを握る翔の男らしい横顔を、紗奈は見つめる。

耳に心地よい音楽と、テールランプの群れを追いかける夕方のラッシュアワー。

窓越しに流れる景色を見つめながらも、車内に漂《ただよ》う甘ずっぱい空気に、何だか気恥ずかしくなってくる。

気分はふわふわ、身体もソワソワで、手元のスカートをわけもなくいじってしまう。

二人の間に、穏やかな沈黙の時間が流れていく……

いつしか、甘く切ないメロディーが心に響いて、やっと胸の動悸が落ち着いてきた。

紗奈はスカートをいじっていた手を止めると、何か話題は……としゃべり出す。

「えっと、どこに向かっているの？」

「俺の自宅だ」

いきなり翔の自宅に向かっていると聞いて、今までリラックスしていた顔に心持ち警戒の色が浮かんだ。それを見た翔は、からかうように言い足す。

「ちょっと着替えたいしな。なんだ、警戒しているのか？　俺は紳士だぞ」

翔はまったく動じていない。

（……私ったら、ほんと、もうちょっとスマートな対応はできないの……？）

爪を出してフーと警戒する猫のような自分の態度が、何だか馬鹿らしくなってきた。

そこで、さっきちらっと頭を掠《かす》めた疑問を口にしてみる。

「……そういえば、どうやってあんなに早く迎えに来れたの？」

「ああ、会議会場が横浜のホテルでな、バイパスで帰る途中だったんだ。高速に乗らずそのまま真っ直ぐに来た」

どうりで、あんなに早く来れたわけだ。

「魔法でも使ったのかと思ったわ、あっという間に来てくれたから」

「あれ以外に困っていることはないだろうな。今日はたまたま近くにいたからすぐに来れたが、何かあったら電話しろよ」

「えっ……と……」

（そうか、こういう手もあったんだ……）

翔に恋人役を頼めば、マンションの隣人問題も収まるかもしれない。

だが、どっちみち引っ越しをしたい気持ちに、変わりはない。

思わず目をそらした紗奈に、翔は敏感に反応した。

「おい、何かあるんだな。……そういえば、紗奈の車に不動産屋の名刺があったな。引っ越すのか？」

（うっ、鋭い！　なんか、この人には隠し事できないな……）

「えっと、まだ正式には決めてないんだけど、今リサーチ中かな」

「何で引っ越すんだ？」

「……駐車場代が上がったのと、ちょっと隣人トラブルが」

「ああ、まあ隣人は、選べないからなぁ」

「ええ……」

これ以上この問題を口にしてしまうと、せっかくのいい気分が台無しになりそうだ。

なので、わざと話題を変えることにした。

「ねえ、この車って、翔の車？　この前の車はどうしたの？」

「……一応名義は俺のだが、俺が買ったんじゃない」

「え？　どういうこと？」

「父さんが、自分が乗りたかったもんだから、俺の誕生日プレゼントを口実に買って来たんだ。いい歳して、自分名義にするのは世間体がとか何とか言って、押し付けられた。乗らないと車の調子も悪くなるし、時々通勤に使っている」

「へえ……」

まったく、何考えてるんだあの親父、とかブツブツ言いながら苦い顔をする翔に、また噴き出しそうになる。

慌てて顔の筋肉に力を入れて、それは大変ね、と相槌《あいづち》を打ちながらも内心、一体どんな家族だ？ とも思ってしまう。

（これって確か、ものすごく高い車よね？ 口実とはいえ、誕生日プレゼントって……家族からの贈り物って、普通、もっとささやかなものじゃない？ ネクタイとか、靴下とか……）

マンションが買えるほどの値段の車を、プレゼント……

他人の家の台所事情とはいえ、慎ましい一般家庭育ちの紗奈にはびっくりな話だ。

「いくら何でも、こんなこと毎年しているわけじゃないぞ。今回はサイファコンマ社の立て直し祝いも兼ねてらしい。それより紗奈は、夕食は何がいいんだ？」

（へ？ サイファコンマ社の立て直しって……？）

会社に関わるような言葉に、紗奈は敏感に反応した。

エンジニアチーフの翔は、社内で何か重大なプロジェクトを任されていたのだろうか？

（だけど、他社のことだし、突っ込まない方がいいのかな）

翔も会社の内情は、あまり話したくはないだろう。

それに、翔の言葉で、お腹がかなり本格的に空いていることを思い出した。

花より団子ではないが、紗奈にとっては翔との夕食の方が重要だ。

「う～ん……今日はハンバーグ、ハンバーグが食べたい！」

素直に、お腹の空き具合から閃《ひらめ》いたメニューを口にしてみる。

「……紗奈、何でもいいんだぞ。もっと、ほら、あるだろ、美味《おい》しそうなイタリアンとか……」

「あ、向かいにドニーズがある、あそこのハンバーグが食べたいな」

「マジか……本当にファミレスでいいのか？」

「今日のお腹は、ハンバーグ定食を望んでるの」

「……分かった、今すぐ行きたいのか？　それとも待てるか？」

「お腹空いたわ。今すぐ行きたいな」

「そうか……」

目を輝かせた紗奈を見て、翔は「なんでこんな予想外なんだ。普通はイタリアンとか、フレンチとかを好むものじゃないのか？」と困惑気味な言葉を漏らした。

こうして、首都高から下りてすぐに見えた看板に釘付けの紗奈のため、翔はUターンをして、駐車場で車を止めてくれた。

「いらっしゃいませ〜、お二人様ですか？」

頷く翔を見るバイトのお姉さんの目は、ハート形だ。

それもそのはず、着替えを諦めた翔は、三つ揃いの高級スーツに革靴姿。

若者や子供連れで賑《にぎ》わうファミリーレストランの中で、高級ファッション雑誌から抜け出してきたような翔の容姿は一際目立っていた。

(あ、しまった。つい週末のような感覚で入っちゃった。翔も私も場違い感、半端ないかも……)

紗奈も会社帰りなのでバッチリメイクにバリバリスーツだ。こんな二人が並ぶと、若手のやり手社長と有能秘書に見えるだろう。

だが、翔は熱い視線など気にした様子はない。堂々と長い脚を動かすと、エスコートするように片手を紗奈の腰に軽く触れて促《うなが》した。二人は奥の少し静かなテーブルに案内される。

「こんなところに入るのは、学生の時以来だ。結構いろんなものがあるんだな……」

翔は案内された席から店内をゆっくりと見渡すと、珍しそうにメニューに見入っている。

「私は、これね、季節の限定オススメハンバーグセット」

「じゃあ、俺はこれとこれにするか」

深みのある声で注文を通した後、家族向けのシートで手足を伸ばした翔は、寛《くつろ》いだ様子で紗奈に目を向ける。

「紗奈、それだけで足りるのか？」

「デザートのために取ってあるのよ。せっかくだから目いっぱい食べようと思って」

「はは、そうか。ここのコーヒー、どんな味かな？」

「期待しないほうがいいと思うけど」

「紗奈と一緒なら、美味《おい》しく感じるさ」

「……翔って、結構恥ずかしいセリフを、平気でサラッと口にするよね……」

「そうか？　恥ずかしいのか？　俺は思ったことを言ったまでだが」

「うっ……」

(それをサラッと言えるのが、すごいんじゃないの……)

普通は口に出したらシラけそうな歯の浮くセリフも、翔が口にすると違和感ないのがすご過ぎる……

感心するやらくすぐったい感じがするやらでもじもじする紗奈を、翔は穏やかな目で見つめながら運ばれてきた宇治茶を手にした。

（ううっ、なんか、だんだん……ドキドキしてきた）

紗奈は別の話題を出すことで、気恥ずかしさを誤魔化すことにした。

「コーヒーじゃなかったの？」

「食後にな。コーヒーばかりだと身体に悪いだろ」

「だからって、なんで宇治茶……」

「緑茶は割と好きだぞ」

「そうなんだ……」

相変わらずの簡潔な物言いだが、明確な回答にいっそう好感が持てる。時々流れる心地よい沈黙にもすっかり慣れてきて、ゆったりとした楽しい時間を二人で過ごす。

互いの皿の味見をし、おしゃべりをしていると、二人きりで話をするのはまだ三回目なのに、昔からの知り合いのような不思議な居心地の良さを感じる。

（なんだろう、やっぱり翔には他の男の人に感じる警戒心が全然湧かない。まるでよく知っている人と一緒に居るような……）

運ばれてきたデザートが結構美味《おい》しそうだったので、試しに「翔も食べる？」と聞いてみる。すると「いいのか？」と思ったより嬉しそうな返事が来た。

笑って頷くと、翔はコーヒーについてきた小さなスプーンでデザートを味見する。

「ん、美味いな」

「ね、美味《おい》しいわよね」

ここは俺が奢《おご》る、いや割り勘で、とレジの前でじゃれ合って、結局は奢《おご》ってもらった。二人とも満足そうな顔で店を出て銀のスポーツカーに乗り込むと、車はどんどん住宅街の中に入っていった。

「紗奈を送る前に一旦家に帰って着替えたい。いい加減、ネクタイが暑苦しいしな」

「翔の家ってこの近くなの？」

「ああ、もうすぐ着く」

頷いた翔に好奇心が湧いて、改めて外の景色に注意を払ってみた。

窓越しに見える景色は、賑《にぎ》やかな駅前を通り越すと、一気に閑静な住宅街に変わる。

（大きな敷地の家が多いところなのね……）

緑の並木や家々から覗《のぞ》く樹々の葉が揺れるのをぼんやりと見ていると、着いたぞ、と声を掛けられた。慌てて正面に向き直り、暗い窓の外をよく見てみる。

するとちょうど、大きな家の門扉《もんぴ》が、ウィーンと開くところだった。

「……これってまさか、全部翔の自宅のガレージ……？」

「ああ、兄が一緒に住んでいた頃は、来客がしょっちゅうだったからな。別のところに客用にもう一台分増設した。この辺は駐禁の取り締まりが厳しい」

そう言いながら、翔は門のリモコンを押している。

緑の生け垣に続く立派な門扉《もんぴ》を通り過ぎると、今度はガレージのシャッターが自動で上がっていく。

翔が自宅と言っていたから、何となくマンションではなく、一戸建てに家族と住んでいるのかな？　と思っていたが、こんな大きな家だったとは……

先週末見た翔の赤い車が収まっているこのガレージは、今運転しているこの車を駐車しても、まだ一台分空いている。外にもう一台分別にあるということは、実際は四台分……と、とっさに計算して内心びっくりする。週末カーレンタルの時代に、何という贅沢だろう……

駐車場代がまたまた値上がりして、引っ越しを真剣に考えている身としては羨《うらや》ましい限りだ。

こっちだ、と声を掛けられ広い背中に付いて行くと、ガレージの奥は直接母屋《おもや》に繋《つな》がっていた。

(あっ、私ったら、考えなしで付いて来ちゃったけど、翔はご家族と一緒に住んでいるのよね？)

初めてお邪魔するお家に手ぶらで来てしまった。さっきの店でクッキーでも何でも買っておけばよかった……と、心の中で小さく叫ぶ。

「翔、えっと、私、ここで待ってても……」

「何を言ってるんだ、客を駐車場に待たせるなんて真似できるか。さっさと付いて来い」

「でも、今日はご家族は？」

「ああ、この家には俺一人しか住んでいない」

「え？　あれ、じゃあさっき言ってたご両親やお兄さんは？」

「母さんは俺が五歳の時に亡くなってる。父さんは再婚してマンション住まいだ。兄はとっくに結婚して家を出ている。この家はもともと母さんの物だった家を、建て直したものだ」

思いがけない翔の事情に、言葉に一瞬詰まった。

「それは、えっとごめん。知らなかったとはいえ、無神経なこと聞いちゃって」

「気にするな。ほらスリッパ」

セキュリティーを解除しながら、翔が微笑んで電気を点《つ》けると、吹き抜けのある広い玄関脇の廊下が、柔らかな照明の光で浮かび上がった。

(なんか、新築っぽい大きな家。すごいわ……ホテルか美術館みたい。それに……)

「なんて素敵なの……」

高い天井に上品な壁紙。廊下の壁に掛かるランプはアール・ヌーヴォー調で、ステンドグラスの温かい光が、ポウッと周囲を照らしている。建築様式もそれに合わせて曲線的で、エレガントな装飾があちこちに見られる。階段の手摺《てすり》のアラベスク模様の美しさには、ひたすら感動した。

そんな紗奈の気持ちを顔から正確に読み取ったらしい翔は、笑って頷いた。

「この家は新築に近い。元の家は老朽化して傷《いた》みが激しかったからな。父さんが新しい嫁さんのために建て直したんだ。だが嫁さんは、直している間に住んでいたマンションの方が二人で住むには手頃でいいと言ってな、結局引っ越して来なかった」

「ええっ、そんなっ！　こんな立派な家なのにっ？」

「で、結局、俺が全部引き受けることになった。兄に譲ろうかと言ったんだが、あいつはもうすでにでかい家を持っていてな。兄嫁《ねえ》さんの趣味に合わないし、要らん、と言われた」

「……何というか、こんな素敵な家を譲り合うって……」

「まあ、生垣とか庭の管理とかに結構手間がかかる。だからマンションの方が楽なんだと。今住んでいるところは夜景が綺麗だしな」

「……何から突っ込めばいいのか、えっと、よく分からないんだけど」

「ははっ、要はここには俺一人、ということだ。——こっちがキッチンだ。お茶でも淹《い》れて適当に寛《くつろ》いでいてくれ。俺はちょっとシャワーして着替えてくる」

「うん、ごゆっくり」

初めてお邪魔するお家なのに、天井が高いせいか、それとも翔が一人暮らしだと判明したからなのか、何だか気分がのびのびとする。

キッチンはきちんと片付いていて、男の一人暮らしとは思えないぐらい綺麗に使われているようだった。

ポットを見つけて、カップを出そうと棚の扉を開けてみる。

すると、センサーが働いて柔らかい照明がカチッと入り、並んだ食器を照らしだした。

(へっ?)

パチパチと思わず瞬《まばた》きしてしまった。

何とそこはただの棚ではなく、長い棚が奥にずっと続いていて、たくさんの皿やコップなどが置いてある。歩いて入れる大きなパントリーだったのだ。

（……そういえば、日本でこういう造りは初めて見たかも……）

父親が商社マンであるため、紗奈は幼い頃から家族でよく海外転勤をしていた。

だから海外の広い家を見知ってはいたが、そんな紗奈でさえこの家のゆったりとした造りや、優雅な装飾に驚いてしまう。その上、家の中には由緒《ゆいしょ》のありそうな古風な飾り棚や、椅子などがさり気なく置いてある。食器も、さっきちらっと見た感じでは骨董品《こっとうひん》らしきものが普通に棚に並んでいた。

（……何だか、ミスマッチなようで上手く溶け込んでる。こういう古い家具や、生活骨董《こっとう》って落ち着くな……）

パントリーに入って目当てのカップと煎茶を取り出し、お茶を淹《い》れる。そして、大きな対面カウンターの横に置いてあった椅子に座ると、翔の支度ができるのをのんびりと待つことにした。

いつもなら、紗奈も自宅で夕食を取っている時間だが、ここはそんな日常からかけ離れた場所にあるように感じる。都内のど真ん中とは思えないほど静かな部屋に、カチコチと壁時計の音がやけに大きく聞こえた。

（……結局家に帰ってお化粧直しはできなかったけど、まさか翔の自宅にまでお邪魔することになっちゃうなんて……）

翔と出会ってから、思いもしなかったサプライズの連続だ。

単調なＯＬ生活を送っていたはずなのに、予想外のことばかり起きている。

まあ、この翔のお宅訪問も含めて紗奈にとっては嬉しい出来事だらけなので、今のところ、流れに身を任せて結果オーライなのだが。

すっかりオフモードでのんびりした紗奈は、天井の凝った梁《はり》や、キッチン、ダイニングとリビングが一緒になった大きな部屋を興味深く眺めた。熱い淹《い》れ立てのお茶を美味《おい》しくいただきながら、しばしこの家の芸術性の高さに感心する。

ふとテレビが目に入ったので、キッチンカウンターに乗っていたリモコンに手を伸ばした。

(今日はロクな番組やってないなぁ、あ、ビジネス番組やってる。今日の為替《かわせ》は、っと)

そうしてしばらくの間は、普通に観ていたのだが……やがて、自宅にいる時の癖で「ベンチャー育成も苦労よね～」などと、笑いながらテレビに向かって話しかけていた。

「随分熱心に見ているんだな」

「ん？」

声が聞こえた方に目を向けると、翔が着替えを終えて真横に立っていた。

いつから居たのだろう……？　うっかりテレビ番組に夢中になって全然気付かなかった。

「っつい癖で！　……えっと、入社した頃とか全然話について行けなかったから、毎日録画して見てたら、だんだん内容が分かるようになって面白くなってきちゃって……」

(しまった、そういやここって翔の家だった……やっぱり変な女って思われた……よね？)

余所《よそ》様の家なのにいつもの調子で、迂闊《うかつ》にも、司会者の言動をヤジって突っ込みまでしてしまった……

会社では気が張っているせいか、オフモードの時はとことん気が緩《ゆる》んでしまう。

それでも普段なら、知り合いの家でもこんなに寛《くつろ》ぐことはないのだが……

（どうも翔と一緒だと、ついつい……なぜに地が、どんどん出てしまうかな？）

だが、今更慌てて取《と》り繕《つくろ》ってみても、しょうがない。

変な女と思われても、自分はこの手のビジネス番組が結構好きなのだ。

「面白いか？」

さっきの実業家のような顔はどこへやら、長い手足を長袖シャツとジーンズに収めた翔はすっかりリラックスした様子だ。

「……うん、新しいビジネスの話とか結構面白い」

「そうか。時間はまだ早いが、明日も仕事だろうから送っていこうと思っていたんだが、このトピックは楽しそうだしな。せっかくだから終わりまで観たらどうだ？」

翔はなぜかとてもご機嫌な様子で、目を細めて紗奈を見つめてくる。

（どうやら、変人扱いはされてない……かな？）

壁時計を確かめると、針はまだ小学生の塾も終わっていない時間を指している。

「……そうねえ、うん、翔さえ構わなければ、最後まで観てく。この話、結構面白いし……」

「俺は構わん。書斎に居るからいつでも声を掛けてくれ」

「分かった。あの、ありがとう」

すっかりテレビに惹きこまれていた紗奈は、結局お言葉に甘えることにした。

（……はあ、面白かった。さて、そろそろ帰らなきゃ）

しばらくしてテレビ番組のエンディングテーマが流れ始めると、満喫した気分でうーんと伸びをし、テレビを消して椅子から立ち上がった。

先程翔は書斎にいると言っていたが、それってどこにあるのだろう？

廊下に出ると、奥の部屋から深く張りのある声が聞こえてきた。

部屋のドアは少し開いていて、明かりが漏れている。

（電話中かな、どうしよう……？）

邪魔にならないよう、でも観終わったことを知らせるために、そうっと顔だけを出して部屋を覗《のぞ》いてみた。

そこには翔が厳しい顔でスクリーンに目をやりながら、座り心地のよさそうなエグゼクティブチェアに背中を預けて座っていた。

柔らかなダウンライトに照らされた本棚には、たくさんの本が収まっている。

（家も芸術的だけど、この優雅な家に住んでる翔ってなんて絵になるんだろう……）

その優雅な姿に見惚れていると、耳に心地よい深い声が聞こえてくる。

「そうだ、前回の交渉でロイヤリティは一・三パーセントまで下げたはずだ。条項をしっかり確認しろ」

その美しい住人は優雅な様子でゆったりと腰掛けながらも、厳しい声で仕事をしている。紗奈が遠慮がちに顔を覗《のぞ》かせたのに気付くと、もたれていた背中を伸ばし、ゆっくり手を上げて、こっちに来い、と手招きしてきた。

（え？　何だろう？）

「ああ、これを確定しないとM&Aの意味も半減する、今すぐだ」

翔は電話を手で押さえると、そっと囁《ささや》くように「紗奈」と呼ぶ。

素直に足音を立てずに近づくと、いきなり腰に長い腕が巻きついてきた。

「ひゃ！」

「紗奈、今の円の動きはどうなっている？　今後の見解はどうだ？」

「へ？　ええと、ずっと横ばいだけど、円高気味になるかも？」

「ん、同意見だ。悪い、今取り込み中なんだが、もうちょっと待っててもらっていいか？」

「あの、タクシーで帰れるわよ」

「いや、俺が送りたいんだ。まだ時間は大丈夫か？」

「もちろんよ、私のことは気にしないで。そもそも無理を言って残ったの、私だし」

ブンブンと首を縦に振りながら、紗奈は頬を染めて小声で答えた。

すると、おもむろに立ち上がった翔は髪を優しく撫で、屈んでそこにキスを落としてくる。

「ありがとう、じゃあ、もう少し待っててくれ」

「……はぃ」

（う、わぁ、また髪にキスされちゃった。まさか翔の癖、ってことはないわよね……）

髪に残る温かさが、ゆっくりと全身に広がっていく。

『Hi, It's Richard, are you there?（もしもし、リチャードです、お待たせしました）』

「Yes, speaking……（ああ、あの件なんだが……）」

翔がスマホを耳から遠ざけて応答すると、電話相手が代わったらしく大声の返答がそこから漏れ響いてきた。

デスクの端に寄りかかって話し始めた翔の邪魔にならないよう、紗奈は忍び足で書斎を後にした。

翔の予告なしの行動には、毎度のことながら本当に驚かされる。

そのままキッチンに戻ってくると、まだドキドキする胸をそっと片手で押さえた。

（そうだ、翔もお茶を飲むかな……？）

どうせ自分のも淹《い》れ直そうと思っていたし、翔も割と好きだと言っていたから……と、もう一度煎茶の筒を手に取った。

そうして新しく淹《い》れたお茶を、そうっと運んでいく。

翔はノートパソコンのスクリーンを鋭く見つめながら、スマホのスピーカーでしゃべっていた。

ゆっくりと近づくと、翔の厳しい顔が一転して、口元が少し綻《ほころ》び目元も優しくなる。

（よかった、お邪魔にはなってないみたい）

そう思いながら、コトンと大きな書斎机の上にお茶を零《こぼ》さないように置く。

翔は「…wait a minute（少し待て）」と相手に断りスピーカーをオフにすると、「紗奈、ありがとう」とお礼を言った。

思いやりのある言葉を掛けられて、胸がふんわり温かくなる。

頷いて戻ろうとすると、後ろで翔の慌てた声がした。

『No, not to you, to my P.A.Yeah, that's…（違う、君への労《ねぎら》いではない。俺の秘書にだな……）』

（翔ったら、秘書だなんて誤魔化しちゃって。ふふふ……）

最近は、外国人にも「ありがとう」が普通に通じるようになってきた。ちらりと振り返ると、からかわれたらしい翔は、電話口で渋い顔をして否定している。

無愛想以外のいろんな翔の顔を、今日もたくさん間近で見ることができた。

こんな風に知れば知るほど、ますます翔を身近に感じてしまう……

リビングに戻った紗奈は、ふんふん、と鼻歌を歌いながら上機嫌でテレビのリモコンを押す。楽しい気分のまま番組を観て笑っていると、電話を終えたらしい翔が、キッチンにカップを持って戻ってきた。

「紗奈、待たせたな。それからお茶、ありがとう。美味《うま》かった」

「仕事は終わった？」

「ああ、おかげ様で助かった」

「へ？　私、何もしてないわよ」

「紗奈の観ていた番組でちょっと思い出したことがあってな。電話をかけたらミスが早く発覚して助かった」

（うわ、なんか嬉しい）

照れたように頬を染めた紗奈は、手を差し出して翔からカップを受け取った。

「そうだったの？　何だか分からないけど、お役に立ててよかったわ」

「お礼に、よかったら俺の車、運転してみるか？」

「ええっ！　いいの？」

「ああ、もちろんだ。どっちの車でもいいぞ」

「……タイプN、運転していい？　スーパーカーはちょっと遠慮しておく……」

「そうか、もちろんだ」

（うわー、試乗もしたことない車、運転できる！）

舞い上がった気持ちで、ミラーや運転席を調節していると、翔が「住所はどこだ？」と聞いてきた。

カーナビで現在位置を確認すると、何と紗奈の駅と同じ小田急線上の駅が最寄り駅だった。

「嘘っ、こんなに近かったの？」

「どれどれ……ああ、なるほど、確かに紗奈の家は神奈川だが、多摩川を越えてすぐだな」

「こんなに近いのなら、電車でも帰れたのに。同じ路線だから二十分もかからないわよ」

高速に乗って来たため、もっと離れていると思っていたが、ナビの位置情報を確認してビックリだ。翔も改めて紗奈の住所を見て、割と近いな、と頷いている。

「これなら三号線を下るのが一番だな」

「そうね。翔、本当にいいの？　私、電車でも帰れるわよ」

「何だ、紗奈は俺とドライブに出掛けたくないのか？　この車も運転できるんだぞ？」

「……前言撤回。翔様、ぜひともこの車を運転させて下さい」

「苦しゅうない。ほら、ガレージから出せ」

こうして、閑静な夜の住宅街を、二人を乗せた車はゆっくりと駆けていった。

長い間、夜のドライブに憧《あこが》れてはいたものの、一人ではやはり心細くて、深夜に運転をすることは滅多になかった。だが今夜は、翔と一緒だ。

濃紺の夜空に華やかな街のライトが流れる。昼間の景色とは違って見える夜の街は、どこか秘めやかな空気をはらんでいて自然と心が、ワクワクと踊り出してしまう。

ライトアップされた看板も街の灯《あかり》も、信号の色さえ違って見えて、冒険心を駆り立てられる。

(ふふふふっ　最っ高！)

車内に、翔が聴いていたらしいラフマニノフが流れ出した。「何か違うもの聴くか？」と尋ねられたけれど、こんな夜にふさわしいBGMに、「この調べは好き」と微笑む。

ロシアが生んだ偉大な作曲家の壮大な音楽が、車内を切ない旋律で埋めつくしていく。

情緒溢れる調べは、耳に心地よい。

黙って過ごす車内の狭い空間が、二人の距離をまた縮めたような気がした。

(……さっきはジャズだったし、割といろんなジャンルを聴くのね……)

翔のことをまた一つ知って、嬉しくなってしまう。

演奏を聴き終わって、普段は何の音楽を聴くのかなどおしゃべりをしていると、車はいつの間にか紗奈のマンションのある街にまで来ていた。

(あれ、もうここまで来たの？)

前方に見えてきた見覚えのあるマンション手前の信号に、飛ぶように過ぎた時間が信じられず、内心驚いてしまう。楽しい時間とは、どうしてこうもあっという間に感じるのだろう？　もうすぐ家だと思うと、寂しい気持ちが胸を過《よぎ》る。

（もうちょっと、遠くてもよかったのに……）

さっきは翔の家が自宅から近いことを発見して喜んだくせに、呆気なくこの街に着いてしまった今は、この近距離感が何だか恨めしい。

そんな自分の矛盾《むじゅん》した思考に呆れながらも、狭い道をゆっくりと進んだ。

すると、あともう少しで着くという時になって、翔が思い出したように聞いてきた。

「そういや、隣人のトラブルって何だ？」

「えっ……」

（はぁ、しっかり覚えてたんだ……）

心配させたくはないが、仕方なく簡潔に話すことにした。

「あの、何回か下着を盗まれちゃって。犯人も何となく分かってるんだけど、騒ぎにしたくないし……」

「……引っ越せ。今すぐ引っ越せ」

「あの、翔？」

唸《うな》るような低い声に、とっさに隣を見た。

するとそこには、すっかり豹変した翔の姿があった。

逞《たくま》しい全身を怒りのオーラのようなものが、ゆらりと取り巻いている。立ち昇るその気迫《オーラ》は、見えざる敵を押さえ込んで、今にも喉に食いつき噛みちぎってしまいそうな勢いがあった。

その上、見る物全てを燃やしつくすような鋭い眼差し。何というか、とにかく思いっ切り迫力がある。

(うわあ、本気《マジ》で怒ってる……)

怒りの矛先《ほこさき》はこちらに向けられたものではないので紗奈自身は平気だが、これは確かに威圧感がある。

(……綺麗だけど、獰猛《どうもう》な獣《けもの》が隣で唸《うな》っているんですが……)

いきなりの翔の剝《む》き出しの感情に、このままではマズイ、と宥《なだ》めにかかる。

「だから今、引っ越し先をリサーチ中なんだってば。翔も何か良さそうな物件を見かけたら教えてね。あ、駐車場、必須だから」

「……分かった、探してみる。後でスマホに条件を送ってくれ」

さすがに次の引っ越し先が見つからないとどうしようもないことに気付いた翔は、不承不承《ふしょうぶしょう》頷いた。

翔の怒りが収まったことに、内心、ほうっと安堵の溜息が漏れる。

マンションとは名ばかりの古ぼけた建物の前で車を止めると、車を降りて、うーんと伸びをした。

すると翔は滅多に車が通らない道路に駐車したまま、部屋の前までわざわざ送ってくれた。紗奈が部屋のドアを開けると、中に変わりがないことを確認させる。

「翔、今日はありがとう。会社まで来てくれてホント助かった。美味《おい》しい夕食まで奢《おご》ってもらっちゃったし、ドライブもすごく楽しかった」

「ああ、どういたしまして。土曜は大丈夫か？　また連絡する」

「ええ、もちろん。じゃあ、おやすみなさい。帰り、運転気を付けて」

（もう少し、もうちょっとだけ、一緒に居たい……）

そんな気持ちを押さえ込んで、名残惜《なごりお》しそうに翔の確認の言葉に頷いた。

するとその想いが伝わったのだろうか。翔にじっと見つめられ、その大きな胸にそっと抱き寄せられた。

（あ……）

「お休み。紗奈」

ドキドキしながらも、翔の大きな背中に、おずおずと手を回してみた。

（大きくて逞《たくま》しくて温かい、大人の男性の身体……）

翔の温もりと匂いに身体を包まれると、ほわんと心の中に安心感が広がっていく。

つい、逞《たくま》しい胸元に甘えるように頬をスリッと押し付けて、おやすみなさい、ともう一度小さく呟《つぶや》いた。直後に耳元で低く「紗奈」と囁《ささや》かれて、くすぐったいと肩を震わせた髪に、また翔の唇が当てられる。

（きゃ……）

温かい息が髪にかかって、嬉しいやら恥ずかしいやらで、またまた真っ赤になってしまう。

そんな紗奈を翔は優しく促《うなが》し、部屋に入ったのを確認してから帰って行ったのだった。

金曜日の終業間際、紗奈は先週以上にそわそわしていた。

「杉野さん、何かいいことあったんですか？　今日はいやにテンションが高かったですね」

「……そう？　もうこんな時間だわね。高野《たかの》部長に頼まれた訳はできた？」

「は、はい」

「じゃあ、室長にチェックしてもらって、忘れずに月曜の営業会議までに担当者へメールしておいて下さい」

「分かりました！」

「お疲れ様」

(ふうー、今日も無事終わった)

営業から頼まれた翻訳はそろそろ若手に任せても、と室長に相談したところ快《こころよ》く承諾してもらった。営業とちょっと距離を置きたかっただけに、担当を後輩に譲ってホッとする。

その上、この間提出した報告書も社長から労《ねぎら》いの言葉があったと褒められたので、今日のテンションは確かにちょっと高めであった。

(明日は土曜日、翔と約束のドライブの日。予報は晴れだしっ、ふふ、楽しみ！)

座り直した椅子で思い切り伸びをして、さあ帰ろう、と席から立ち上がった。

伸びをしたせいでちょっぴりズレた眼鏡を、人差し指でクイッと元の位置に戻すと、お疲れ様、と周囲に声を掛けて颯爽《さっそう》とオフィスを後にした。

金曜の夕方、それもちょうどラッシュアワーのピークだ。

人混みでごった返す駅の構内は、いつにも増して混雑している。向かってくるスマホに夢中な若者たちを、慣れた様子で躱《かわ》しながら、カツンとヒールを鳴らしてようやくホームに辿り着いた。

「あ、杉野さん、お疲れ様。今、帰り？」

後ろから声を掛けられて振り向くと、華やかなスカーフを首に巻いた会社の同僚が、ニコニコと笑って手を振っていた。

「ええ、お疲れ様。今野《こんの》さんは、どこかへお出掛け？」

「今日は飲み会ですよ～。杉野女史も一緒にどうです？」

「ありがとう、でも今日はパスするわ。私が行っても気を使わせちゃうしね」

「またまた、杉野さん狙いの人いっぱいいるのにぃ。国内営業一課の薄川《うすかわ》さんや、海外営業二課の森田《もりた》さんとかも、狙ってるって噂ですよお？」

この人懐っこいおしゃべりな女性は総務課勤務で、自他ともに認める社内一の情報通だ。

人事異動から課長の昼ご飯のメニューまで、社内のことなら知らないことはない、と本人が豪語するほどである。あらゆる人脈に通じているという噂は本当かどうか知らないが、ガセネタか本物の情報かを見分けるのは得意らしい。

同期の気軽さで紗奈とは結構仲が良いが、やっぱり丁寧語で話されることが多い。

その上、時々紗奈を「杉野女史」というニックネームで呼ぶため、社内では他の人にもその呼び名が浸透してしまっていた。

しばらく電車を待つ間、世間話をしていると、紗奈の家とは反対方向の電車が滑り込んできた。

「じゃあ、また」と言ってから、彼女は思い出したように紗奈に素早く忠告してくる。

「あ、そうそう、その薄川さんですけど、あまりいい噂聞かないので用心した方がいいですよ」

そう言って彼女は、軽く会釈《えしゃく》をすると電車に乗り込んだ。

薄川とは、紗奈をしつこく誘って翔に追い返された営業男の名前だ。

（……やっぱり、そうなんだ。顔はまあ悪くないんでしょうけど、いい感じしないもんね）

誘われても受ける気などさらさらなかったが、断るとネチネチ言われそうなタイプだったので、今までものらりくらり躱《かわ》していた。翔のおかげで、これからはそんなことをしなくて済むのでホッとしている。

しばらくして来た電車に乗り込むと、ぎゅうぎゅう詰めの人々の隙間から、紗奈は何とか出入り口付近の手すりを掴んだ。

（明日のドライブは何着て行こう。スカートだと風に煽《あお》られるかな？）

満員電車に揺られながらも、心はすでに明日のドライブでいっぱいだ。

紗奈は早々に頭の中で、着ていく服をどれにしようか選び始めた。

3　フルスロットル

土曜日の朝。午前中に買い物を済ませておこうとスーパーに行った帰り道で、翔から電話がかかって来た。

『おはよう紗奈。今日の件なんだが、ちょっと至急目を通さなきゃいけない書類があってな。面倒だが、俺の家まで来てもらえるか？　それなら仕事が終わればすぐに一緒に出掛けられる』

「分かったわ、だったら運転して行ってもいい？　電車の方が速いのは分かってるけど、その方が帰りの時間気にしなくて済むから」

『もちろんだ。家の前まで来たら連絡くれ。ガレージを開ける』

（うわぁ、翔の家にまた誘ってもらえた！　その上運転していける）

嬉しい誤算に声が弾んでしまう。

「ありがと。じゃあ、いつ行けばいい？」

『紗奈の好きな時でいいぞ。今からでも俺は構わない。昼、よかったら俺の家で食べるか？』

「えっ、本当？　いいの？　嬉しい！　えっと、じゃあ後でね」

『ああ、気を付けてな』

電話を切ってすぐに、翔の家の住所がメッセージで送られてきた。

「迷子になるなよ、って、だからどうやって迷子になるのよ！」

そう言いながらも、翔に早く会える……とスマホをニマニマしながら見てしまう。

しかし画面を軽く睨んでから、しまった、ここは公共の道の真ん中だった、と遅ればせながら気が付いた。すれ違う人に怪訝《けげん》な顔をされて恥ずかしくなりながらも、少し早歩きで家路を急ぐ。ウキウキと弾む心で支度を終えると、翔に『今から出る』とメッセージを送り、その一時間後には、翔の家の前でガレージが開くのを待っていた。

「いらっしゃい。悪いな、わざわざ来てもらって」

「ううん、運転するの楽しいから、平気」

ジーンズにシャツのラフな格好の翔は、この前の週末みたいに前髪を下ろしている。

（翔ってば、今日もカッコいいなあ……）

少し癖っ毛のある柔らかい髪で綺麗な額《ひたい》が隠れると、スーツ姿の時より随分若く見えるのだが、紗奈はこっちの翔もとても気に入っていた。

今日の紗奈は化粧は薄め、というか保湿クリームとリップしか付けておらず、いつもの週末顔だ。

（どうかな？）

翔の反応を注意深く観察するが、水曜の夜とは別人のような素顔にも特に驚く様子はない。

ただ紗奈に会えて嬉しいという気持ちが伝わってくるだけだ。

そんな翔の態度に、ふぅ、よかったぁ、と胸を撫で下ろした。

もやもやとしていたつかえがなくなり、気持ちが、ふわりと舞うように軽くなる。

（大丈夫、翔は私の見かけで態度が変わるような、そんな人じゃない）

そう信じていたものの、心のどこかでは、もしかしたら……という不安が拭《ぬぐ》いきれていなかったのだ。

翔は車から降り近づいて来た紗奈を抱き寄せると、当たり前のように髪にチュッとキスをしてくる。

（きゃあ！　そんなナチュラルに何を突然⁉）

気が緩《ゆる》んだところに予告なしのキスだった。

ふんわりと淡い熱を持った髪に我知らずそうっと触れると、頬がじわじわと桃色に染まってきた。

翔は軽く抱きしめた紗奈の身体をそのまま離さず、ガレージを閉めるボタンを押している。

「ああ、そうだ。紗奈、これを渡しておく。外の門とここのガレージのリモコンだ」

抜き打ちキスで動揺していたところに、思いがけない物が差し出された。

「は⁉　翔っ、待って待って、ちょっと待って、そんな大事な物、なんで私に？」

アワアワと大慌てで、思わず声が大きくなった。

心臓の音まで、トクン、トクンと高鳴る。

（うっ、落ち着け自分……）

「俺がそうしたいからだ。どっちみち二台分余ってるし、あれば便利だろ」

落ち着いた翔の答えに、嬉しいやら、びっくりするやらだった。

「それはそうだけど……けど、もしも私が黙って入って来ちゃったら、どうするのよ！」

「どうにもしないが。そうだな、その時は、紗奈を俺の好きにしていい、という意味だと都合よく受け取る」

「へ？」

「いつでも黙って入ってきていいぞ、歓迎する」

「ええっと……」

ものすごいストレートな翔の答えに、咄嗟《とっさ》に言葉に詰まってしまった。

「俺がいない時はセキュリティーが入ってる。ちなみに暗証番号は０２１１、母さんの誕生日だ。祝日で覚えやすいだろ」

「ちょっと翔ってば、あまりにも早く私に気を許し過ぎよ！　私がストーカー体質だったらどうするのよ！」

「紗奈はストーカーには向いてないだろ。どちらかといえばストーキングされる方じゃないのか？」

「うっ……痛いところを……」

ストーカーに向き不向きがあるのだろうか？

だが確かに、下着を盗まれた辺りからストーキング紛《まが》いのことが始まったのは明白だ。

(待って待って、そうじゃなくて、ええと……)

言い返すセリフを考えているうちに、翔が「手を出せ」と言ってくる。

紗奈はついうっかり、ほいと差し出されたキーホルダー型鍵付きリモコンを受け取ってしまい、手に落とされたそれを、じっと見つめた。

（すーはー、深呼吸、深呼吸……）

大きく深呼吸をして、落ち着け、紗奈、大人の女はスマートに対応せねば……と自分に言い聞かせる。

（翔も一人暮らしだし、確かに、何かあった時には役に立つかもしれないし……）

「とりあえず家を案内する。俺が仕事している間、どの部屋でも好きに出入りしていいぞ。ここが玄関脇の倉庫。傘とか靴とか、かさばるカバンとかはここに入れてる」

「……何か大きくない？　傘を仕舞うにしちゃあ」

「ああ、父さんが、孫のベビーカーが何台か入れるくらい余裕を持たせて、と張り切って設計したからな」

「……そうなんだ……」

今日は翔に会えてからすぐに髪へのキス、リモコンキーのサプライズにストレートな言葉に続いて、次は〝孫〟に〝ベビー〟ときた。冷静に振る舞ってみるものの、胸は高鳴りっぱなしだ。

（静まれ、平静、平常心よ紗奈、できる女はゆとりを持って……）

鍵を握りしめて密かに深呼吸を繰り返す紗奈に、翔は玄関扉を指差し、オマケとばかりにサラッと告げた。

「さっきのリモコンに、玄関の鍵もついてるから」

「翔っ！　ちょっとお！　合鍵なんか、数回しか会ってない女に渡しちゃダメでしょー！」

（ゆったり構えている場合じゃないっ！　ど、ど、どうすればいいの、合鍵っ！　翔の家の合鍵っっ！）

ガレージのリモコンだけでもびっくりしたのに、まさかの合鍵。

それはもう、心は浮き立つように嬉しいが、とてつもなく急展開過ぎて頭がついていかない。

（い、いや、嬉しいけど！　もちろん嬉しいけど、で、で、でもっ）

「ん？　何が気に入らないんだ？　紗奈は俺が他の女に合鍵を渡したほうがいいのか？」

「いやっ！　そうじゃなくてっ、まだデートもしたことない女に、鍵を渡すなって言ってるのっ！危ないでしょおっ？」

自分を指差して、何とか世間の常識を伝えようとする紗奈に、翔はあっさりと告げた。

「デートなら先週末にカフェへ行ったし、この間も一緒に夕食食べたじゃないか。紗奈の勤め先も自宅も知ってるし、スマホもお互い登録済み。何の問題が？」

「え？　……えっと、だから……」

「まあ、朝食を一緒に食べるのは、そのうちとして？」

翔の瞳がからかうように、見つめてくる。

（ちょっ、朝食って……）

一気に顔が真っ赤になったのが、自分でも分かった。

「それとも何か、紗奈は俺が他の女に鍵を渡しても、何とも思わないのか？」

「ええっ？　いや！　あの、それはできればやめて欲しいけど……」

「だろう、需要と供給の見事な一致だ。紗奈は紗奈以外の女に鍵を持っていて欲しくない、俺は紗奈に持っていて欲しい。これで何の問題もないな。ほら、ここは客が来た時の客間だ」

「えぇーっ⁉」

（あれ？　経済学に託《かこ》つけて、なんか綺麗にスルーされた。ちょっと待って、いやでも、他の女性……ダメ！　それは嫌！　あれ？　でも合鍵って……）

心の中は大混乱だ。

結局最後は、嬉しさと諦めの混じった溜息が、ふぅ～と漏れてしまった。

ダメだ、翔には何を言っても上手く丸め込まれる気がしてきた。

（……合鍵って、こんな簡単に渡していいものだったっけ？　絶対違うよね……）

最近、素通りされがちな自分の理性に、動揺のあまり思わず自問自答してしまう。

この展開はおかしいと思うのに、「ほら、二階に行くぞ」と急《せ》かされると、慌てて翔の後に付いていってしまう。

テンパる心はひとまず保留だ。今は、翔の家を案内されている途中なのだから。

吹き抜けから二階を見上げると、見事な曲線を描いた階段の手摺《てすり》が目に映った。

その素晴らしい職人芸に、やっぱりすごい、と手放しで感激してしまう。マホガニー色のすべすべした木を撫でながら、美しい天井のカーブを見つめる。

（ホントすごい。この間は暗くて気が付かなかったけど、なんて凝った造りなの……）

天井からぶら下がる、渦巻き貝のようなアール・ヌーヴォー調の花のランプ。階段の上の廊下にもベルに似た花の形のランプが取り付けてある。長い廊下の壁は白い木のパネルだ。まるで異人館のような造りに、わあ、可愛いと目を輝かせて、そっと触れてみる。

そして次々とベッドルームを見て回るが、部屋はどれも空っぽだった。

「……いったい部屋、いくつあるの……」

「五つだ。夫婦のベッドルームの他、俺たちが結婚しても、いつでも孫を連れて遊びに来られるようにと設計したそうだ」

「ん？　俺たち？」

「……兄と俺だ。何だ紗奈、俺と結婚したいのか？　俺は構わないが、まずは婚約だろう？」

「ち、違う、そんなつもりじゃっ……」

「ははは、ここが俺の使ってる部屋だ」

ホントにそんなつもりじゃ、と言おうとしたが、翔はさっさと次の扉を開いて行ってしまった。

さっきから、思わせぶりな翔の言動を上手く躱《かわ》せない。

いちいち真に受けて狼狽《うろた》えてしまって、ダメダメだ。いつもの大人の女性の対応は、とてもじゃないが翔が相手では無理な気がする。なぜかつい、本音が出てしまうのだ。

（うぅ～っ、でもでも、相手は翔だし、取《と》り繕《つくろ》ってもしょうがないし……）

翔を相手に駆け引きなど、絶対無理だ。考えるのも馬鹿馬鹿しいほど、手のひらの上で、コロンコロンに転がされるのは目に見えている。

所詮自分は恋愛ビギナーなのだから……

勝ち目のない勝負にさっさと見切りを付けて、気を取り直した紗奈は、目の前の部屋を好奇心もあらわに見渡した。

そこは、落ち着いたブラウンの高級な絨毯《じゅうたん》に、大きなベッドが置いてあるシンプルなベッドルームだった。明るく大きな窓には白いカーテンがかかっている。

けれどもノートパソコンの乗った小さい机以外は、他の家具が見当たらない。

「なんか、家具少なくない？　タンスとかはないの？」

「ウォークインクローゼットがあるからなぁ。荷物は全部そっちだ」

「いい、いい、案内してくれなくても。あの、ありがとう、家の中を見せてくれて」

「ああ、じゃあ俺は仕事に戻るから、家の中でも外でも好きにしていてくれ。テレビも自由に観てくれて構わない」

「ありがとう、お仕事頑張ってね」

「おう」

そう言って翔は、階段を下りて行った。

廊下に出ると、まだ開けていない扉がいくつかある。一つを開けてみると、トイレと洗面所だった。さらに広い廊下の奥には凝った開き扉があり、今は閉まっている。

（タオルとか掃除機の入っているクローゼットかな？）

気になったものの、他人の家の扉をこれ以上開けるのも気が引ける。そう思って廊下を引き返し、階段を下りた。どこもかしこも家の内装はすごく凝っているのに、人が住んでいるという生活感がまるでない。

（……でも、掃除だけはきっちりしてあるって一体……）

どういうわけか、家具のない部屋も埃《ほこり》一つ落ちておらず綺麗なものだった。

通いのお手伝いさんでもいるのかな？　と思いながら、ガランとした客間を通り抜け、先日テレビを観たキッチンに入る。

（この部屋はちゃんと家具が整っているんだわ。というか、この部屋だけなのね、整ってるの……）

キッチンのパントリーにもぎっしり食器や食料品があったし、ダイニングテーブルセット、ソファーセットも置いてある。どうやら翔の生活範囲だけは家具が整っているらしかった。

紗奈はリビングの窓に近づくと、引き戸を開けて深呼吸をする。

（わあ！　庭が……なんて綺麗なの）

目に入った開放感ある広い庭の光景にしばらく見惚れて、深呼吸をもう一度した。

この間は、夜だったから気が付かなかったが、家は洋式なのに、庭は思いっ切り日本庭園だ。年季が入った、まるで盆栽の世界のような趣《おもむき》がある。

（もしかして、庭は昔のままってこと？）

苔《こけ》の生えた石灯籠《いしどうろう》も何とも言えない情緒があり、可愛いひょうたんの形をした枯山水《かれさんすい》の池に太鼓橋が架かっている。思わず広い庭にフラリと誘い出されて、ワクワクした気分で石橋を渡ってみた。

辿り着いた先にあった、どっしりとした二体の狛犬《こまいぬ》を、まじまじと眺める。

（これって神社にあるワンちゃんよね？　普通の家の庭で見かけるのは初めてかも……）

牙を剥《む》いて凄《すご》んでいる顔なのに畏怖《いふ》は感じず、むしろユーモアな顔に見えてくる。

（なんかいいなぁ、この子たち……）

なぜか狛犬《こまいぬ》が気に入った紗奈は、こんにちは、と心の中で挨拶《あいさつ》をして、リビングへ戻ってきた。

開けっぱなしにした庇《ひさし》のある窓に縁側のように腰を掛けると、ぽかぽかとしたお日様がとても気持ちいい。

大きな幹の、樹齢を重ねていそうな貫禄ある樹木の枝葉が、暖かい風で揺れている。

都内のど真ん中だというのに、ここは何と落ち着いた空間が広がっているのだろう……

ほのぼのした庭の緑に囲まれて、うららかな気分になる。

太陽の眩《まぶ》しさに思わず目を細くすると、日差しを遮《さえぎ》るよう手を顔の前に掲げた。

もう一方の手のひらには、先程、翔からもらったリモコンと鍵がのっている。

（……これは一体、二人の関係に、どんな意味をもたらすの……？）

思いがけない贈り物を見つめていると、ふと疑問が湧いてくる。

経験値の少ない紗奈では、これから先の展開はボンヤリとしか思いつかない。

一人暮らしの男性の、家の合鍵を持つ。

この意味が、ある程度責任を伴うことになることは否めない。ましてやこんな大きな家だ。

でも、返すという選択は紗奈の頭には浮かびもしなかった。

（あ、あの翔が、くれた物だし）

彼の性格からして自分の家の合鍵を、信頼していない他人にホイホイ渡すとはとても考えられなかった。この手のひらにある小さな重みが、紗奈の心にくすぐったいような、ほんわかとしたような幸せ気分をもたらしてくれる。

そのまま時が経つのも忘れてボーとしていると、青々とした木々の新葉が、風向きが変わる予兆のようにザワザワとさざ波のごとく騒《ざわ》めき始めた。

何かが大きく変わり始めている……

そんな予感が心の中を、ふっと掠《かす》める。

少し強めの風が吹くと隣で揺れていたカーテンが、ふわりと持ち上がった。

(そろそろ、お昼の時間かな?)

縁側の下に揃えて置いてあった借り物の大きなサンダルを脱いで、キッチンに戻る。

するとちょうど翔も、ゆっくりと肩を回して部屋に入って来るところだった。

「紗奈、昼にするか?」

「……ちょうど私も、そろそろかなって思ってた」

「何が食べたい?」

「簡単にお蕎麦《そば》とかがいいかな。この間、ここで見かけたような……あ、ほらそれ」

紗奈は、キッチンに一緒に回り込んでパントリーの棚を指差す。

色々な種類の緑茶やコーヒーが並ぶ中、紗奈にはちょっと手が届かない、上の方の棚だ。

そこに置いてある透明な容器に入った蕎麦《そば》の束を、翔は手を伸ばして取り出してくれた。

「よし、じゃあ紗奈、湯を沸かしてくれ。俺は麺つゆを作る」

「翔、料理するの？」

「うちは一時期、料理は交代制だったからな」

（あっ、そうか！　しまった、私としたことが……）

翔の母親が幼い時からいないことを失念していた。

「あの、ごめんね。私ったらまた考えなしで聞いちゃって」

「気にするな、俺は何とも思ってない。事実だからな」

翔の態度や口調で、それが本当だということは何となく伝わった。

「紗奈は気にし過ぎだ。俺たちが子供の時は家政婦や料理人がいたから、むしろ楽だった。そら、湯を沸かしてくれ」

「ありがとう。えっと、お鍋はどこに？」

こっちだ、と翔が笑って手頃な鍋を取ってくれる。

気を取り直した紗奈たちは蕎麦《そば》を二人で用意して、いただきます、とダイニングで食べ始めた。

「うわ！　翔、美味《おい》しい！　このおつゆ～」

「そうか、口に合ってよかった」

「あの、今からバラしておくけど、私、料理はあまり得意ではないからね。簡単な物しか作れないし」

料理はあんまり褒められた腕前ではないので、早めに断っておく。

「別にいいんじゃないか？　凝ったものを作る必要ないだろ」

「いやでも、私、この麺つゆさえ作れないし」

「そんなの、俺が作るから問題ない」

意外な答えに、ちょっと面食らってしまった。

さっき翔がいろんな調味料を混ぜるのを見ていて、内心で、ほぉ～と感嘆の声をあげていたのだ。もしかして、翔ってこだわる人？　と思っていただけに、あっさりした翔の態度はいい意味で想定外だった。

「よかった、翔って、食にもっとこだわりがあるのかと」

「俺はあるが、紗奈がないだけだろ」

「え？　ちょっと待って、つまり、翔はええと……」

「紗奈はだし巻き卵、甘いのと甘くないの、どっちが好きだ？」

「へ？　私？　別に美味《おい》しければどっちでも」

「俺は甘い方が好きだ。紗奈がどっちでもいいなら、俺は甘いのを作るが、紗奈が今日は甘くない方がいいと言えば、そっちを作ればいいだけだろ」

「え？　まあ、確かにそうだけど……」

「そんなことより、もっと大事なことを聞け」

「ん？　大事なこと……？」

翔は綺麗な顔をちょっとしかめて、こだわってるの俺だけかよ、と少し拗《す》ねたように紗奈を見つめてくる。

（わあ、こんな顔もするんだ）

翔のまたまた意外な感情剥《む》き出しの顔に、つい可愛いと口の端が上がってしまった。

「何笑ってるんだ？　まったく、紗奈、俺に関心ないのか？」

「え？」

（何のことだろう？）

不思議そうな顔で見返してしまう。

「……彼女はいるのか、とか、好みの女性は？　とか、肝心なことを聞け！」

突然の話題に、思わず目はパチクリだ。

「……翔、彼女いるの？」

「なんだその棒読みは。やり直し！」

「え〜、ここでダメ出しするわけ？　翔、こだわり過ぎっ！」

「紗奈がこだわらな過ぎる！　もっと、俺に関心を持て！」

さらに拗《す》ねた表情をする翔を見て、とうとう笑い出してしまった。

「ふふふ、翔ったら。あははは」

「……なんで、こんな反応なんだ」

可愛過ぎる、とか何とかブツブツ言いながら、翔は小さく、はあっと溜息をついている。

（あれ？　つい笑っちゃったけど、翔に彼女がいるのかは、確かめようと思ってはいたのよね？）

考えてみれば、翔と初めてまともな会話をしたその日に夜に、前回の二の舞はゴメンだから彼女がいるのか聞かなくちゃ、と思っていたはずなのに、言われるまですっかり忘れていた。

どうやら自分では気が付かないうちに、随分翔に気を許していたらしい。

取引先の人だからと言葉遣いも結構気を使っていたはずなのに、今ではタメ口だ。

それに一緒に過ごしていても、女性の影がまったく見えない彼に、無意識に彼女はいないものと決めつけていたらしい。

「翔、ごめんね。言い方、間違えた。もちろん彼女なんていないよね？」

「何か……含みのある言い方だが、まあいい。恋人の有無は紗奈の返答次第だ。紗奈は誰とも付き合ってないな？」

「え？　ないけど」

「将来結婚を約束した幼馴染《おさななじみ》がいるとか、ややこしい設定もないな？」

「あるわけないでしょ。そんなドラマ要素……」

「じゃあ、今から紗奈が俺の彼女だ」

「ぶっっ、ちょっと待ってっ！　いつからそんな設定にっ!?」

飲んでいたお茶を思わず噴き出しそうになって、慌てて、ごっくん、と音を立てて飲み込む。

「今から、と言ったはずだが」

「いや、あの、そうじゃなくてっ」

「俺は紗奈が気に入っている。紗奈も俺を嫌いじゃないし、付き合ってる奴もいない。じゃあ、俺と付き合っても何の問題もないな？」

「へ？　あの、問題は、ナイ、けど……あれ？」

「よし、じゃあこれで彼氏彼女だ。皿を片付けて、ドライブデートに行こう」

（あれ？　いい大人同士が付き合うって、こんな簡単なものだったっけ？　もっとこう、色々……）

「紗奈！　返事は？」

「あ、ハイィっ！」

気持ちは嬉しいのに、理性で考え込んでる紗奈は、翔に強い調子で尋ねられて勢いで返事をしてしまった。

（あれ？　あれれ!?　私、今、思いっ切り「はい」って返事しちゃった？）

かなり強引に同意に持って行かれたような気がする。

（でも……強引なんだけど、他の人と何か違う、なぜか嫌いになれない……）

元カレの強引さには最初から抵抗があったし、営業男の強引さには嫌悪しか感じなかった。

翔の態度もはたから見れば変わらないはずなのに、紗奈の受け取り方はまったく違っている。

見た目が好みというだけでなく、翔の持つ雰囲気や性格や人となりに強く惹かれているのだ。

一見無愛想の塊《かたまり》で、本気になった時の目つきは普通に引いてしまうほど迫力があるのに、紗奈はそんな翔さえも気に入っていた。

そして何と言っても、仕事をしている時の翔の姿には見惚れてしまうのにプライベートではよく可愛いと思ってしまう、そのギャップが魅力的だ。

はっきり好きだと言われたわけではないが、翔の好意は紗奈に当たり前のように伝わってきた。

さらに彼女だと言われると、ふつふつと嬉しい気持ちが湧いてくる。

「ふふふ……」

片付けを終えて翔の愛車に乗り込みながら、思わず不気味な笑みを漏らしてしまった。そんな紗奈に、翔は訝《いぶか》しげな顔をしながらも「運転するか？」と聞いてくる。

「何だ、急に」

「今日は助手席がいい」

「そうか。じゃあ、途中で代わりたくなったら、遠慮なく言え」

「ありがと」

じわじわと広がる幸福感に、ニヤニヤしたまま助手席に乗り込むと、彼の匂いがした。

車が車道に出ると、眩《まぶ》しい外の光が車内を照らし出す。

ハンドルを握る力強い姿と、いつ見てもドキドキしてしまう超男前の横顔。

映画やドラマでしか知らなかったトキメキの世界が、今確かに紗奈の隣にある。

思わず、じっと見つめてしまった紗奈に、翔は珍しく照れた顔で、「何だ？」と言いながら笑いかけてくれる。

（うわあ！　翔が、翔が、私の彼氏……）

この瞬間、これは現実なんだ、翔と私って付き合っているんだ、という夢のような事実がやっとこさ一回転して、ストンと胸に落ちてきた。

（うっ……わぁ）

自分から翔を見つめたくせに、返された微笑みが眩《まぶ》しくて、真っ赤になって「何でもないです」と俯《うつむ》いてしまう。

「何で敬語に戻ってるんだ？」

「あ、や、ついっ！」

慌てて「そうだ、仕事の方はもういいの？」と誤魔化すと、「まあ、大体は順調だ」と穏やかな世間話が始まった。

さすがに都内は週末でも、道路が混んでいる。だが、車内で過ごす二人きりの時間に、紗奈は夢心地だ。翔も渋滞には慣れているのか、リラックスした様子で紗奈の話を聞いている。

相変わらずの簡潔な返事だが、時々紗奈を見つめる目は柔らかく、話題が途切れて二人の間にしばし流れる沈黙を気にする風でもない。ご機嫌な様子で、ハンドルを握っている。

紗奈も、翔以外の人なら、音楽が流れているとはいえ沈黙が気になって無理やり続ける会話を、努力して続ける必要を感じない。心地よい静けさを黙って受け止め、フロントガラス越しに流れるビルや景色を楽しく観察する。

(嘘みたい。私、今、翔《かれし》とドライブデートしてるんだ)

二人で出掛けるこの道は、これまで何回もドライブで通った道なのに、こんなに胸が弾んで一分一秒を楽しめたことはなかった。

「そういえば、どこに向かってるの？」

「……今更、それを聞くか。まったく、警戒心がないのか？」

「翔以外の人なら、助手席にも乗らないわよ」

「……そうか、ならいい。今日は静岡へ海を見に行く。ちょっと視察しておきたいところがあってな」

「ふうん……私もあの辺、車走らせるの好き。高速からでも海岸線が見えて、気持ちいいよね」

「そうだな。紗奈、運転したいか？」

「ううん、今日はここから景色見てるのがいい。翔に運転してもらうの好きだし」

「それは光栄だな」

翔の運転は安定していて、安心して全てを委《ゆだ》ねてしまえる。

紗奈はブレーキを踏むタイミングなどが自分と少しでも違うと、緊張してしまって、タクシーでもドアハンドルをギュッと握ったことが何回もある。

(私、自分で運転するのと同じくらい、翔の助手席に座るのが好き……)

この小さな事実に自分でも驚いてしまう。

助手席で、うーんと伸びをして、車のシートをちょっと後ろに倒し居心地のいい体勢になった。

「あ、喉渇いたら言ってね。お水、ボトルで持ってきてる」

「ありがとう、紗奈」

翔の長い腕が伸びてきて、クシャと髪を撫でられた。

すると触れられたところから熱が生まれて、胸の奥にまで一気に広がっていく。

(きゃあ、頭撫でられた！)

いい大人だというのに、こんな子供にするような仕草一つで、胸がドキドキしてしまう。

(私も、翔に触れたいな……)

シャツから覗《のぞ》く逞《たくま》しい腕やハンドルを握る大きな手に、思わず触れたい衝動が走るが、今一つ勇気が出せず眺めるだけで終わってしまう。

そんな紗奈の心の攻防戦を余所《よそ》に、滞《とどこお》りがちだった車の列がようやく流れ始めた。二人を乗せた車は徐々に渋滞から抜け出し、やっと車にスピードが乗ってきた。

しばらくして迎えた高速の長い直線でアクセルを踏み込むと、エンジンが唸《うな》りスピードが上がる。

「そろそろ、海が見える」

緩《ゆる》やかなカーブから青い水面《みなも》が顔を出すと、ますます気分も高揚してくる。

「わあ、これ、『ひねもすのたり、のたり』じゃない?」

「ピッタリだな、与謝蕪村《よさぶそん》か。春の海はやはりこの辺りのイメージだな」

「そうよね」

波がずっとまどろむようにうねっている様《さま》を表した句を、二人で噛みしめる。

遠くに富士山を望んだ春の海は、午後の太陽で水面《みなも》がキラキラと反射している。

青い海が優しく光って、本当に綺麗だ。

穏やかな波は緩《ゆる》やかにうねっていて、海岸に寄せては返す波のしぶきが白い泡を残していく。

「ねえ、翔、海岸に下りてみたい」

「よし、じゃあ適当なところで停めよう」

車を止めると、二人で人気《ひとけ》のない穏やかな海岸へと歩き出した。

(ふわぁ、やっぱり海はいいなぁ。この何とも言えない解放感！)

「サンダルか。紗奈、用意がいいな」

「だって、海に行くって、翔が言ったんじゃない。サンダルじゃなきゃ、ビーチで脱ぐの大変だもの」

午後の日差しが眩《まぶ》しい砂浜へ、紗奈は早速サンダルを脱いで近づく。

「気を付けろよ、ガラスとか」

翔は目を細めて、笑いながら注意してくる。

「この辺は大丈夫そうじゃない？　メジャーな海岸じゃなさそうだし」

(水、冷たいかな？)

恐る恐る足を水に浸《つ》けてみるが、やっぱりまだ冷たく、慌てて引っ込めた。

そのまましばらく砂の上を歩いていた翔も、やがて履いていたマウンテンブーツを脱いで片手で持つと、「紗奈」と水際ではしゃぐ恋人に優しく呼びかける。

なあに？　と振り向いたら長い手が伸びてきて、片手を、きゅうっと掴まれた。

「ひゃ！」

「なんだ、その声。嫌なのか？」

ブンブンと頭を振った紗奈を見て、気を良くした翔は、今度は手のひらを開いて、きっちり恋人繋《つな》ぎで握り直してきた。

（ふわぁ、憧《あこが》れの恋人繋《つな》ぎ！）

みるみる頬に赤みが差して、目元まで赤くなっていくのが自分でも分かる。

翔は歩幅を合わせて、ゆっくりと歩いてくれる。

「いい天気だな。今日は波も穏やかだし」

「う、うん」

（ちょっと紗奈、しっかりしなさい！　これくらい、今どき中学生でも当たり前なんだから……）

紗奈は彼氏がいたとはいえ、こういうベタなお付き合いはしたことがない。

目的地に着いて確かめるように何度も時計を見ては、手頃なホテルに連れ込まれたデートばっかりで、今思えば下調べそのものだった。

（本当のデートって、こんな照れくさいものなんだ。ううっ、ちょっとそこの心臓、さっきから乱れ過ぎよ、少し鎮まって……）

翔の温かい手にしっかりと握られて、ザザ、と寄せては返す波の音を聞いているうちに、過去のことが心の中からすっかり流れていく。

「紗奈、何を考えてる？」

「……何でもない、ねえ、私の顔って子供っぽい？」

「紗奈の顔？　別に、普通に可愛いが？」

何をいきなり、と面食らったような翔の反応に嘘はないと感じる。

「そっか、よかった……」

心がぽかぽかと温かい気持ちでいっぱいになってきた。

(やっぱり、翔には関係ないんだ)

週末に出会った時も紗奈だと気付いてくれたし、会社帰りに会った時も態度が変わらなかった。

翔にとって、紗奈の仕事顔と週末顔の変化は、取るに足らないことらしい。

「……何だか、ちょっと小腹が空いてきちゃったな」

「そうだな、もうそんな時間か」

ならちょっとその辺に寄るか？　と聞いてきた翔のスマホが、羽織った薄いシャツからいきなり鳴り出した。

「すまない、仕事の電話だ」

「どうぞ、気にしないで」

紗奈が、呼び出し名を確かめて顔をしかめた翔に笑って答えると、翔は軽く溜息をついてスマホに応答した。

『You better have a bloody good excuse to call……（余程切迫した非常事態の理由がなければ、切るぞ……）』

(仕事の電話なのに、そんな言い方！)

よっぽど親しい相手なのだろう。

いきなり挨拶《あいさつ》なしの超不機嫌な応対に、紗奈は目を丸くして思わず翔を見上げた。

するとと翔はおもむろに片手で肩を抱き寄せ、そのまま砂の上に座り会話を続ける。

（あ、いつもの超無愛想な翔だ）

厳しい顔に戻った翔は、それでもやっぱり紗奈を離さない。

長い足の間に紗奈を挟んで、身体に片手を回している。

紗奈の肩先に甘えるように後ろから頭を乗せたまま、いつも通り簡潔に仕事の電話を終えた。

（うわぁ、翔が私に甘えてる！）

甘えんぼ感いっぱいの翔の仕草に、心に幸福感がほわんと広がる。

「紗奈、すまない。もう一件だけ電話を入れる」

「構わないわよ」

「ありがとう」

耳のすぐ後ろで翔の声に肌をくすぐられ、内心、電話中だと気にするどころではない。

（ひ、やん、そんな耳の側で会話されちゃあ、ちょっと、こそばゆい……）

「ああ、そうだ。確認しろ。それから、あいつに今日はもう絶対かけてくるなとお前からも伝えておけ。ああ、もう切るぞ」

翔は溜息をついて電話を切る。先程聞こえた会話が大事な企業秘密のような気がして、紗奈は念のためにと伝えておく。

「……ねえ、翔、こんなこと言っていいのか分からないんだけど、私、さっきの英語の会話、全部理解できてるから、もし仕事に支障があるようなら、今度から電話の時は離れた方が……」

「ああ、そうか！　紗奈は秘書室勤務だと言っていたな。いや、別に構わないんだが……紗奈、うちの株とか大手企業に投資はしていないよな？」

「するわけないでしょ。普通のＯＬの私が、そんな株に手を出せるわけないじゃない」

「なら別にいい。ただし、俺と一緒にいて知り得た情報は黙っていること。約束してくれるか？」

「もちろんよ。っていうか、私一応、取引会社の社員なんだから、もっと気を付けて！　私が企業スパイだったらどうするの？」

「紗奈が、企業スパイ！　あはは、そりゃ、最高にセクシーで楽しいな。じゃあ、この可愛いスパイさんには口止め料を払って、黙っててもらわないとな」

「何を言って、う……んっ」

翔の手に顎《あご》をグイッと持ち上げられて、チュッと唇に柔らかいものが吸い付いた。

いきなりアップの綺麗な顔に、紗奈は目を見開いて呆然としてしまった。

半開きの唇に、翔が何度も、チュ、チュ、と軽いキスを繰り返す。

遠くで子供たちのはしゃぐ声が聞こえると、ようやくキスの嵐から解放された。

「今のは前払いということで。続きは二人きりになってからだな。さあ、ちょっと寄りたいところがあるから、そろそろ出発するか」

「……あ……」

真っ赤になって、何かを言いかけては唇を閉じる紗奈の手を、翔はグイッと引っ張って立ち上がらせる。そのまま何事もなかったように恋人繋《つな》ぎをして、駐車場までゆっくり戻って歩く。

（や、こんな突然、公共の場で、真っ昼間から、そんな堂々とキス……）

言いたいことがあり過ぎるが、結局タイミングを逃して言えなかった。

そればかりか、エンジニアチーフってそんなことまで管轄なの？　と先程の電話を聞いて湧いた疑問も、あっさり奪われた翔との初キスで遥か彼方《かなた》に飛んでいってしまった。


「紗奈、着いたぞ、起きろ」

「ふぇ」

いつの間にか自分は寝ていたらしい。

一時間も掛からない山道をドライブしていたはずなのに、知らないうちに海を見渡す温泉街の高台に着いていた。

「ふわあ、ここって……旅館？」

「正解だ。昔旅館だった建物を改装して、温泉街のイメージを壊さないような外観の新館を建てたそうだ。リニューアルして間もない。一度視察に来い、と父さんに言われてな」

「あのスーパーカーを誕生日プレゼントしたっていうお父さん……」

「ああ。ここは父さんたちが経営する、ホテルの一つだ」

（えっ！　経営するホテルの一つって、こんな立派な旅館を？　いくつも？　翔の実家って……）

「……翔って、もしかして、実はお坊っちゃん？」

「今は関係ないぞ。父さんの会社は兄さんが継ぐことになっているからな」

「……なるほど」

だんだんと紗奈にも、あの車のプレゼントと大きな都内の一等地の家の意味が分かりかけてきた。

翔の生家は裕福なのだろう。そして会社はお兄さんが継ぐため、翔は別の会社に就職してあの家が生前贈与のような形で譲られた、というところか。

「この宿は父さんたちのお気に入りらしい。何度も誘われたんだが、顔を出さないと拗《す》ねだしてな」

（拗《す》ねる？　って、えっ……誰が？）

「……まあ、でも老舗《しにせ》の旅館みたいな雰囲気で、ステキな宿じゃない？」

「そうだな。ちょっと寄っていいか？　今日時間があれば立ち寄る、と言っておいた手前、顔を出さないと、後で何言われるか分からないからな」

「もちろんよ。あ、でも、私も付いて行っていいの？」

「当然だ。父さんも兄さんも普段は都内の本社勤務だから、気を使わなくていい」

なるほど、と紗奈が頷いているうちに、車は昔懐かしい面影を残す板石を敷き詰めた、立派な旅館に着いた。ようこそ、とにこやかな笑顔で姿を現した年配の男性は、翔の顔を見ると、ハッと表情を引き締める。

「ようこそ翔様、お久しぶりです。お元気そうでなによりです。社長がお待ちでございますよ」

「父さんが？」

「はい。今日、お越しになられると聞いて、奥様とわざわざ午後からお見えになったのですよ」

「……そんな話、聞いていないが」

「もしかして、サプライズでしたか。これはこれは、失礼しました。私から聞いたことは内緒にしていただけると助かります」

「……支配人、相変わらずいい性格だな」

「ははは。おや、もしかして、お連れ様ですか？」

助手席から降りてきた紗奈を見て、支配人と呼ばれた年配の男性は一瞬驚いたような顔をしたが、すぐに人の好《よ》さそうな表情で、にこやかに笑いかけてきた。

「ああ、俺の連れの紗奈だ」

「これは挨拶《あいさつ》が遅れました。私、ここの支配人をしております、神田《かんだ》と申します。よろしくお願いいたします、紗奈様」

「え、ええ、こちらこそ。私、杉野紗奈と申します。よろしくお願いいたします」

丁寧に挨拶《あいさつ》をされて、慌ててお辞儀を返した。

すると支配人に、さあさあ、こちらへ、と促《うなが》され、広いフロントロビーへ案内される。

翔は自然と隣に並び、手をしっかりと繋《つな》いでくる。

すると玄関口での会話が聞こえたのか、ずらっと並んだ従業員に、ようこそと一斉にお辞儀をされてしまい、紗奈は内心戦慄《おのの》いてしまった。

(きゃあ、何、この手厚いおもてなし！　すごいんですけど)

自分が思っていた以上に、翔の実家は裕福なのかもしれない、と考え始めた時、奥から大きな声が聞こえてきた。

「翔が来ているのか？　どこだ？　フロントロビーだな」

「……父さん、他のお客さんの迷惑になる。ちょっと抑えて」

「おお、翔！　久し振りだな、元気にしているか？　いや、偶然だな、父さんもさっきちょうど視察に寄ったんだ」

（うわあ、翔ってお父さんそっくり！）

翔がロマンスグレー世代にタイムトラベルしたと思うほど、外見が非常に似ている父と息子だった。

週末なのにきっちりスーツを着た精悍《せいかん》なその姿は、目尻が優しく下がって、翔に甘そうな感じがビンビンしてくる。

「父さんも元気そうで何より。ちょうどいいから紹介するよ。この人、俺のお嫁さんになる予定の人、杉野紗奈さん」

「「えっっ!!」」

（えええーっ！　ちょっと待って、そんな話、ひとっこともっ……！）

「ちょ、翔っ、一体何っ？」

「結婚はいいが、まずは婚約からだと言っただろう。何事も順序だ」

「いやっ、そうだけど、あれはっ……！」

慌てて否定の言葉を言いかけて、ハッと周りを見渡すと、従業員全員が好奇心丸出しの顔をしていた。

そしていつの間にか、翔の手はがっしり紗奈の腰に回っている。

翔の顔を見上げると、茶化した様子はなく、茶色い瞳が真剣にジッとこちらを見つめてくる。

(……これはマズイ、ここは大人の対応をしなければっ……)

一瞬で空気を読んだ紗奈は、わざと照れたような声を出した。

「……そんなプライベートなこと、翔ったら恥ずかしい」

「何が恥ずかしいんだ？」

「そうだな、こんなめでたいことはない！　いやあ、ついに翔も結婚かぁ。杉野さん、翔と末永く仲良くしてやって下さい」

「は、はい……」

(ど、どうしようっ、これはどうしたら正解なのっ？)

みるみる頬が染まっていく紗奈は、節度ある女性が恋人を窘《たしな》めるという微笑ましい空気を醸《かも》し出していた。翔も翔の父もニコニコと笑って見ている。

紗奈はといえば、とりあえずは笑顔で誤魔化したが、ガラスの心臓はばっくばくだ。

羽泉家の家長は豪快に笑いながら翔の肩にがっしりと手を回し、一体いつの間にこんないい人を見つけたんだ、と翔を奥に引っ張っていく。

逞《たくま》しい男性二人に半分引《ひ》き摺《ず》られるようにして、フロントの奥へと進む紗奈の頭にはなぜか、ドナドナ、というメロディーが流れ始める。

気が付いた時には旅館のフロント奥の、見事な日本庭園が見渡せるロビーで、羽泉家三人に囲まれていた。そして翔たちの姿が見えると待っていたように立ち上がった女性に、紹介される。

「杉野さん――いや、もうすぐ結婚するのだから紗奈さんと呼ばせてもらおう。紗奈さん、紹介するよ。家内の瑞穂《みずほ》だ。瑞穂、こちらの可愛いお嬢さんは、翔の婚約者の杉野紗奈さんだ」

「瑞穂です。翔君とは義理の親子の関係に当たりますが、小さな頃から存じ上げていましたので、本当の息子のように思っています。主人共々仲良くして下さいね。どうぞよろしくお願いします」

「……杉野紗奈と申します。ご丁寧なご挨拶《あいさつ》、痛み入ります」

紗奈以上に年齢不詳――四十代にも六十代にも見える不思議な雰囲気を持つ、和服美人が、嬉しそうに笑いかけてくれる。

その後すすめられたお茶は見事な黄金色で、いかにも高級そうなのに、緊張のあまり味が全然しない。しかし紗奈はニッコリと笑い返した。

「そうだ、紗奈さん、ちょっと聞いていいかな？」

「はい。もちろん、どうぞ」

微笑んで穏やかに答えたものの、ついに突っ込みがくるかっ？　と内心待ち構える。

(さあ、勤め先？　年齢？　家族構成？　収入？)

なぜか初めて両親に紹介される彼氏のような気持ちを味わいながら、息を呑む。そんな紗奈に、翔の父は目を輝かせて問いかけてきた。

「さあ、あなたはどれだけ翔を知っている？　クイズ、ナンバーワン！　翔の好きな飲み物は何か、知っていますか？」

（へ？　翔の、好きな飲み物？）

「……あの、コーヒーも好きですけど、緑茶も好きですよね。この頃は健康のためにコーヒーを控えるようにしているみたいですが」

「おお、そうなのか。ではクイズ、ナンバーツー！　翔の好きな食べ物は？」

「……和食も洋食も好きですけど、どちらかというと甘口です。結構味にはこだわりがありますよね」

「おおお、すごい。ではクイズ、ナンバースリー！　翔の趣味は？」

「浅く広くのようですが、一番はドライブかな？　スポーツも時々するようですね。料理にも凝ってるかと。最近仕事が忙しくて、それ以外はビジネス一辺倒なようですが……」

（……私って、もしかして、結構翔のこと分かってる？）

質問された内容も、それ以上のことも、翔の基本情報を把握している自分にビックリだ。

「おおおお、では最後の質問、翔の家に行ったことは？」

「え？　成城のお家ですか？　素晴らしいお家ですよね。アール・ヌーヴォー風の装飾が至るところに施《ほどこ》してあって。あ、でも個人的にはお庭の日本庭園も好きです、特にあの狛犬《こまいぬ》たち、可愛いですよね」

「お！　おおおおぉ……」

何やら断末魔のような声をあげて、翔の父はバタンとテーブルの上に伏せた。

予期せぬ出来事に、紗奈は驚き狼狽《うろた》えてしまった。

「あのっ……」

翔や瑞穂は、ピクピクと痙攣《けいれん》している彼を余所《よそ》に、あっさりと告げる。

「大丈夫、これは持病だから」

「いつものことだ」

二人のいたって冷静な言葉にもめげず、翔の父は伏せたまま、こもる声で聞いてきた。

「……もしや、すでに同棲……」

「え!? とんでもないです、違いますっ！」

結婚間近の婚約者扱いされた挙句、そんなことまで言われるなんてびっくりしてしまった。

「合鍵は持っているがな」

真っ赤な顔で否定すると、すかさず翔が追い討ちをかけてくる。

「なっ！ ……そうか、そうなのか、父さん負けた……」

顔を上げた翔の父は、何となく寂しそうな顔をしている。

「あなた、ほら、こんなに翔君のことを理解して下さっているお嬢さんがいるんだから、いい加減、息子離れしなさいな」

「父さん、俺のことは心配しなくてもいい。紗奈がいるからな」

「そうか、そうだな……瑞穂、分かったよ。ここは紗奈さんに任せるのが親の務め。紗奈さん、もう結婚も決まっているのだし、ここはどうかね、翔と一緒にあの家に住んでは？」

（え？ は？ 今、なんておっしゃいました？）

思わず目が点になった。

すると、翔は嬉しそうにすかさず合いの手を入れてくる。

「なるほど、そういう手もあったか。ナイスだ、父さん」

(何ですと？　翔っ？　ちょっ、そこで賛同してどうするっ！)

「そうだろう、あの広い家に翔一人で住んでるなんて、親としては心配でね。紗奈さんみたいな女性が一緒に住んでくれたら、親としてはとても安心できるのだが、どうかね？」

まるで箱入り娘の一人暮らしを心配する父親のようなセリフだった。翔と同じ茶色の瞳で懇願されてしまって、紗奈はタジタジになる。

「え、えっと、突然のことで、私、びっくりしてしまって」

「まあ、あなた、紗奈さん、本当に驚いているわ。可愛いっ」

「そうだ、紗奈さん、聞いてもいいかね？　紗奈さんのご両親は、翔との交際をどう思ってらっしゃるのかね？」

(へ？　うちの両親？　ってあの気ままな二人のこと？)

紗奈の父は商社マンで海外在住組だ。長い間、海外を転々としており、ここ何年かは紗奈も顔を合わせていない。

それに交際も何も、自分たちはたった数時間前に成立したばかりの、出来立てホヤホヤカップルなのだ。

両親どころか、紗奈自身でさえ翔と付き合っているという事実を心の中で調整しているところなのに、いきなりの婚約者扱いに結婚話で同棲持ちかけ。

あり得ないーっ！　と紗奈の理性が叫んでいるが、今のところ見事にスルーされている。

「あの、両親は現在海外在住です。日本にはここ何年か帰国していない状態でして」

「あら、じゃあ、紗奈さんも一人暮らしなのよね。それなら、ちょうどいいじゃない？」

びっくり目のままの紗奈に、瑞穂が笑顔で言う。

そして、真打登場――頼りにしていた翔まで、積極的に紗奈の引っ越し先を自身の家にしないかと誘ってきたのだ。

「紗奈、どっちみち引っ越し先を探しているところだろう。引っ越して来い。ガレージも完備してるぞ。――父さん、母さん。実は、紗奈は今住んでるマンションで、ストーカー紛《まが》いの被害を受けているんだ。ちょうど、友人に引っ越し先の斡旋《あっせん》を頼んだばかりなんだが……本当に父さん、ナイスなアイデアだ」

「そうだろう、そうだろう。紗奈さん、そんな危ないマンション、今すぐ引き払ってもいいんじゃないかな。手配してあげるから、とりあえず必要な物だけでもまとめて、翔の家に移るというのはどうかね？　翔の嫁に何かあったら大変だ」

翔の父は翔に褒められたのが余程嬉しかったのか、今すぐ引っ越しをと、とんでもないことを言い出してきた。

「あの、そんな、お気遣いなく……」

「紗奈、俺も父さんの意見に賛成だ。紗奈の身に何かあったらどうするんだ」

（ど、ど、どうしよう、そんなこと、急に言われてもっ）

紗奈ははたからは落ち着いて見えるが、内心大パニックだ。

（落ち着け紗奈、相手は常識ある大人たちだし、まさか本気でそんなこと……）

「よし、ご両親には私たちからちゃんとご挨拶《あいさつ》をしておくから、心配しなくていいよ。翔、後で紗奈さんのご両親のお名前と住所を頼む。瑞穂、こうしちゃいられないぞ、憧《あこが》れの、例のアレを早速見に行くぞ！」

翔の父の言葉に大きく頷いた瑞穂は、驚きの提案をしてきた。

「ええ、あなた、そうですわね。あ、翔君、私たち今日は泊まるつもりで部屋を取ったのだけれど、せっかくだから、紗奈さんと一緒に泊まっていってちょうだいな。支配人にも言っておくわ」

「おお、さすが瑞穂、なんて建設的なアイデアだ！　翔、孫の名付けはドンと任せろ」

（この人たち、とんでもなく本気だっ！）

「あ、あの……」

「翔、何としてでも、今流行《はや》りの婚前同居に持ち込むのだぞ！　私たちはちょっと寄るところがあるのでな。紗奈さんも、今度また家族でゆっくりお食事でも」

にっこり笑って、翔の父は、もうすぐ孫だ〜、と叫びながら嵐のような勢いでロビーを後にする。

そして、あっけにとられた紗奈が見守る中、急いで車を回してくれ、と旅館の玄関を出ていった。

着物姿の瑞穂は、どうやって裾を捌《さば》いているのか、すすっと滑るように足早について行く。

残された紗奈は呆然として、思わず縋《すが》るような目で翔を見つめてしまった。

「……心配するな、子供の名前は俺たちで決める」

「は？　えっ……!?」

（いや、違うっ！　突っ込んで欲しいのはそこじゃないから！）

そもそも、どうしてこんなことに……とぶんぶんと頭を横に振る紗奈の手を優しく取り、翔は泊まりの準備を促《うなが》した。


「あの、翔、私、着替えとか持ってないし……」

「支配人、ちょっと売店に寄ってもらえるか？　それと浴衣の貸出も頼む」

「もちろんですとも。リニューアルをしてからおかげ様で長期滞在のお客様が増えまして、売店の方も品物を豊富に取り揃えてございます。当館で大体のものは揃いますよ」

案内された売店は旅館内の売店というよりコンビニに近かった。ちょっとしたお土産《みやげ》から食べ物に飲み物だけでなく、文房具や下着類、衣類まで揃っていた。

「……翔、その辺で待っててていいよ。店、思ったより大きいし」

「分かった。そうだ、支配人、確か会議室も新しくなったんだよな。案内してもらえるか？　紗奈、ゆっくり買い物しておいで。俺はちょっと仕事を片付けてくる」

「うん、じゃあ後で」

いくら何でも翔と一緒に下着を買うのは、まだまだハードルが高過ぎる。

最初は思ってもいなかった成り行きに、大いに焦った。

けれども「当館自慢の温泉です」と掛け湯と数々の効能が載ったパンフレットを見せられ、心が大きくぐらついた。そして、季節の料理と今日のメニューのページで目が釘づけになると、翔が図ったように「泊まっていくよな？」と問いかけてきたのだ。

最後の抵抗とばかりに着替えがないと言ったのだが、あっさり売店に案内されてしまった。

本当は、嫌だ、と一言言えば済むことだと分かってはいるのだが……

（だけど、一番の問題は、私自身が嫌がってないコトなんだよね……）

翔は、着替え一式車に置いてあるらしい。

時間の空いた時にスポーツクラブに通っているので、常備しているという。

会議室に向かう背中を見送りながら、勢いよく流されてしまった自分に思わず溜息が漏れてしまう。

それでも気を取り直して店に入ると、想像以上の品揃えと大きなスペースにびっくりした。下着類も、可愛い子供用から年配向けまでほどよく揃っている。

（だけど、これって……）

黒と赤のレースの紐パンを眺めながら、これはどんな人が買うんだろう？　とつい二度見してしまった。無難な桜色のショーツを手に取り、これはマトモかな、と裏を返すと、後ろはかなりの部分がレースで透けている。

（……一応前はカバーされているし、この中ではこれしか穿《は》けなそう……）

心の中で言い訳をしながら、今まで買う勇気がなかったランジェリーを手にレジに向かった。お揃いのブラももちろん一緒だ。

値段が思ったほど高くなく、良心的でお財布に優しいのも、決断の後押しをした。

(だって、これ以外っていったら、あのパンダのパンツしか……)

多分十代向けであろう、踊るパンダのデザインを穿《は》く勇気は、いくら若く見られる紗奈でもなかった。

(……翔、気に入ってくれるかな?)

そう、自分でも信じられないが、さっきから紗奈の心の中では翔をもっと知りたい――そして自分をもっと知って欲しいという強い欲求が、どんどん大きくなっているのだ。

もちろん不安がないわけではない。

(私……大丈夫かな? 朧《おぼろ》げだけど、とにかく苦痛だったたって覚えしか……)

でも、翔のことを考えると、その小さな不安より、大きな期待感でドキドキしている自分がいる。

初めて翔を会社で見た時から、何か惹かれるものを感じていた。車のハンドルを握る翔を見て、触れてみたい、と磁石に惹かれるように強く感じたことをつい思い出してしまって、頬を染めながら包みを抱え店から出る。

スマホを見ると、店に入ってから四十分以上も経っているではないか。急いで翔に、買い物が終わった、とメッセージを送る。

「待たせたな、紗奈。こっちだ」

さっきまでは平気だったのに、ロビーに優雅なその背の高い姿が現れた途端、胸が高鳴る。

「ううん、私こそ、遅くなっちゃってごめんなさい」

「気にするな、おかげで仕事が片付いた。当分電話はかかって来ないだろう」

紗奈だけに向けられる、爽《さわ》やかな笑顔がさんさんと輝いている。

（うわあ、翔の顔がまともに見れない……）

宿泊客の女性たちが翔をチラチラとチェックしているのが、露骨に見える。

慣れない周りの嫉妬の視線に加え、まっすぐ飛んできた笑顔に内心でウッと唸《うな》った。

（私ってば、こんなかっこいい人の彼女なんだ……）

まだ現実味が薄い事実に戸惑う紗奈の手を握り、翔は新館への渡り廊下を楽しそうに歩いていく。

エレベーターに乗ると、一番上の階のボタンをポンと押した。

「父さんたちが取っていた部屋は旧館の庭付きの離れだったんだが、うちの庭に慣れると日本庭園は珍しくなくなるからな。紗奈にはこっちの方が喜んでもらえると思って、新館の方にしたんだ。ちょうど空いていたしな」

そう言って案内されたフロアには、数えるほどしかドアがない。

こっちだ、と突き当たりの大きなドアが開いた途端、目に飛び込んできたのは、湾が遠くまで見渡せる展望台のような素晴らしい絶景だった。

「わあ、すごい景色！」

「気に入ったか？」

「もちろんよ！　翔、ありがとう、こんな景色の部屋に泊まるの、初めて……」

「それはよかった」

床から天井までの大きな窓が正面にあるその部屋は、広い和室だ。

一面に広がる広大な景色の左手には、和風の明かりのついたテラスがある。裸足《はだし》のまま出られるスノコのような造りのテラスに出てみると、そこは景色を楽しみながら入れる露天風呂だった。手《て》摺《すり》の向こうには夕方の淡い色の海が広がり、眼下には温泉街の温かい灯《あかり》が煌《きら》めいている。

紗奈の口から思わず感動の溜息が、ほうっと漏れた。

（これまで家族で温泉旅行にも行ったことあるけど……）

翔の育った環境は、それとは次元が全然違うような気がする。

「……うわー、なんかもう、夢みたい……」

「はは、風呂に浸《つ》かりながら眺める景色は、最高だろうな。さっきちらっと下見に来たんだが、支配人に言って部屋を変えてもらって正解だったな」

「ここのお湯も掛け流しなの？」

「全棟掛け流しだと聞いている。大きな大浴場もあるから、先にそっちに行くか？　帰って来る頃には夕食の準備ができてるだろう。この部屋の風呂はいつでも入れるしな」

そこへ仲居が「支配人からのサービスです」と言って、お茶菓子や浴衣を持ってきてくれた。そのままお茶を淹《い》れてくれる彼女へ、翔は「急に無理言って悪かったね、お世話になります」とどこから出したのか、封筒に入った心付けをさり気なく渡す。

最初は遠慮していた仲居も、翔が大浴場に入るタイミングを教えてもらいたいんだと言うと、心付けを受け取る理由を作ったことを察したのだろう、にっこりと笑って受け取った。

「夕食後は混みますからね。今なら比較的空いていますよ」

「そうか、ありがとう」

スマートな対応に感心していると、翔は「俺は大浴場に行ってくる。紗奈はどうする？」と聞いてくる。

「私も行く！」

そうして浴衣を持つと、紗奈は翔と手を繋《つな》いで大浴場へ移動した。


木の洗面器をタイルの上に置くと、かっぽん、と音が響いて、お湯の流れる音と共に何だか懐かしい気持ちになる。

（ハア〜、いいお湯だった……）

こんな風にゆったりとお風呂に入ったのは、本当に久しぶりだ。

着替え一式を取り出して買ったばかりの桜色のショーツをつけながら、脱衣所まで流れて来る温泉の匂いを意識して嗅《か》いでみる。

（本当に豪華だったな。こんな大浴場でのんびり温泉に浸《つ》かったのなんて、いつぶりだろう……）

着付けはうろ覚えで、スマホでやり方を確認しながらと思っていたら、チャキチャキした従業員のおばさんが現れて、着付けを手伝ってくれる。それからものの数分もかからずに、鏡の前に立たされた。

ほお〜、馬子《まご》にも衣装、と鏡の中の自分の浴衣姿に、いたく感心してしまう。

髪を整えてから鏡の前で、くるりと回って後ろを向くと、普通の帯より太めの帯で作られた大きなリボンが背中でユラユラ揺れていた。

いつものように結い上げた髪も、化粧気のない素顔に近い自分の顔も、浴衣姿だと違って見える。

温泉効果でツルツルのお肌に頬も桃色で、少しほつれた髪もいい雰囲気だ。

瑠璃色《るりいろ》と青紫が混ざった生地に、濃淡のピンクで桜の花びらが染めてある浴衣は、大浴場に飾ってある貸出浴衣にはない柄で、あわせの紫色の蝶々柄の帯も紗奈によく似合っている。

浴衣を着るのは本当に久しぶりで、温泉でポカポカ温まった素肌に浴衣が擦《こす》れる感触が懐かしく、新鮮な気持ちになる。

暖簾《のれん》を潜《くぐ》って休憩所に出ると、濃紺の浴衣姿の翔が、ゆったり座っているのが目に飛び込んできた。タブレットから顔を上げてこちらを見た彼は、一瞬目を見開いた後、嬉しそうに破顔した。

「紗奈、浴衣姿、可愛いな」

(う、わあ……笑顔全開！　可愛いのは翔の方よ……)

翔のあからさまな賞賛のまなざしと言葉に、ただでさえ温泉で茹《ゆ》だって桃色だった頬が、さらに真っ赤に染まっていく。

「ありがと。翔も浴衣姿、かっこいいよ」

これは単なるお世辞ではなく、正真正銘の本音だ。

三つ揃いのスーツ姿も半端なく似合ってると思ったが、立ち上がって近づいてくる浴衣姿の翔は、想像を遥《はる》かに超えていた。

（これは、まさにあれよね、男の色香……）

翔の浴衣姿は、高校時代に友達に読ませてもらった小説を彷彿《ほうふつ》とさせるモノだった。

あの本で初めて知った男性にもある色気って、まさにこれのことだったのね、と大いに心の中で納得する。

まだ少し湿った艶々《つやつや》の黒髪に、すらりとした立ち姿。

広い肩に、綺麗な喉仏から続く鎖骨の線。

衿《えり》からはちらりと逞《たくま》しい胸元が覗《のぞ》いているし、引き締まった腰と胸部の線は、目を見張るような大人の男性の色香を感じる。

長い社会人生活でいろんなタイプの男性を目にしてきたが、この浴衣姿の翔ほど、惹き寄せられるような艶《つや》を感じさせる人はいなかった。

（ダメだ、これ、私の方が煽《あお》られてどうするの……）

翔も目を細めて、可愛いと言ってくれるのだが、態度はいつも通りで落ち着いている。対して、紗奈の心臓はドックドクだ。

まともに翔の顔が見られず耳まで真っ赤になった紗奈は、恥じらうように目を伏せてしまった。

（うぅ……照れくさい、裸を見たわけでもないのに、翔の顔が見れない……）

「そうだ、紗奈、何か欲しいものあるか？」

「ん？」

目線を逸らすチャンスとばかりに、翔の声につられて、休憩所の前にある小さな売店に目を向けた。

店頭にいろんな種類の飲み物が並べてあるそこには、スナックやヘアケア商品だけでなく、小さな雑貨まで置いてあった。そういえば……と洗顔の時の髪留めを買い忘れていたことを思い出し、ちょっと見てくる、と売店を覗《のぞ》きに行く。

目当てのものはすぐに見つかり、レジに向かう。その途中で、ふと可愛いアクセサリーが目についた。子供用のおもちゃの指輪らしいその中から、可愛いデザインのものを一つ手に取って嵌《は》めてみる。

(わあ、ピッタリ！　おもちゃだけどすごく凝ってる。三百円だし、買っちゃおうかな……)

アクセサリーなど仕事場でもしないし、ここ何年も買ったことなかった。

ましてこの歳でおもちゃの指輪なんて、とは思うが、指輪を外してもやっぱり気になる。

(よし、いいや、思い切って買っちゃおう)

久しぶりの無駄遣いに、この三百円で一食分、と囁《ささや》く頭の中の声を無視して、髪留めと一緒に指輪もレジに持っていった。

「お会計は三万六千三百円となります」

「え？　あれ？　指輪っていくらですか？」

「消費税込みで三万六千円となります。……あ、もしかして、この指輪、おもちゃの中に紛《まぎ》れ込んでいましたか？　たまにショーケースの中にしまい忘れて、おもちゃの中に戻してしまう方がいらっしゃるんですよ。誠に申し訳ございません、当店の見落としです」

値札を見間違えた？　と思ったら、本物だったらしい。やっぱりいいです、と口を開きかけた時、頭の上から低い声が聞こえた。

「支払い、カードでお願いします」

「翔⁉　そんな、いいよ、気にしなくて」

「なんだ、紗奈、俺からのプレゼントは受け取ってくれないのか？」

「え？　いや、そうじゃなくって、私、横のショーケースに気付かなくて……」

「じゃあケースの中身をしっかりチェックしろ。他に気に入ったのはあるか？」

「でも……」

もう一度断ろうとして、翔の顔を見上げた途端、茶色の瞳と目が合う。

子犬のようなつぶらな瞳に負けてしまい、口が勝手に動いた。

「……ありがとう、じゃあちょっと見てみる」

「どうぞ、こちらは地元のデザイナーのオリジナルでして、お土産《みやげ》に買っていかれるカップルの方が結構いらっしゃるんですよ」

説明を聞きながら、あの目は反則よね……と心の中で呟《つぶや》きつつ、ショーケースを覗《のぞ》く。

(どれも可愛いけど、お値段が……それにやっぱり、こっちのデザインの方がシンプルで好き……)

もっと控えめな値段の指輪もあるのだが、どう見てもサイズが合わないし、デザイン的にはやっぱり最初にレジに持っていったのが一番好みだ。

（だけど、だけど、お値段が……）

「翔、あの……」

「やっぱりこれがいいんだろ、紗奈の顔に書いてある。――すみません、これでお願いします」

「はい、ただ今。あの、お包みしましょうか？　それともそのままお持ちになりますか？　こちらが専用ケースとなりますが」

店員が尋ねると、翔は紗奈の手を取って、指に指輪を嵌《は》めてしまった。

「あ……」

「このままで結構です」

「毎度ありがとうございます。こちらが保証書とレシートになります」

笑顔で見送る店員を後に、翔はそのまま紗奈の手を引っ張ってエレベーターの方に歩いていく。

「あ、あの、翔、ありがとう。あの……大事にするね」

「ああ、ちょうどよかった、恋人になって初めてのデート記念だ。女性は記念日を大事にするものだろう？」

「……ゴメン、私、あんまりこだわりないかも……」

「そうか？　まあいい、俺は紗奈にプレゼントできて満足だからな」

（翔から、指輪を買ってもらっちゃった……）

初めてのプレゼントが合鍵、次は指輪。

記念日にこだわりがないのは本音だが、それでも心の奥が大きく揺さぶられる。

翔は紗奈の指に嵌《は》まった指輪をもう一度確かめ、手を繋《つな》いだままエレベーターに乗り込む。部屋の前で繋《つな》いだ手をまたじっと見つめ、指輪の形を確かめるようにゆっくり指でなぞってから、紗奈の手の甲にチュッとキスをしてドアを開けた。

(うわあぁ、やっぱり翔って……)

普通、ドラマのカップルでもしなさそうな気恥ずかしい愛情表現を、平気でどんどんしてくる。言葉に飾り気がない分率直で、こっちが余計に照れてしまう。

(私、心臓持つのかしら、これ……)

いちいち反応してしまう自分もどうかと思うが、なんせ免疫がないのだ。

翔のストレートな態度は紗奈の許容範囲を軽く超えていて、自分をコントロールできない。加えてそのご満悦顔を見ると、さらに心が緩《ゆる》んでしまう。

親密な甘いムードが漂《ただよ》い、気恥ずかしい思いで部屋に入ると、目の前には、これまたロマンチックな景色が広がっていた。

日没まもない今、遠く彼方《かなた》の水平線までピンクに染まった湾の様子に、感嘆の溜息が思わず漏れた。

座卓の前に足を崩して座り込む。お風呂上がりで火照《ほて》った肌に涼しい宵《よい》の風が気持ちいい。

そして素晴らしい海の景色をバックにずらりと並んだ会席料理に、目を輝かせてお箸を取った。

いただきます、と手を合わせ、食事を進めながら楽しくおしゃべりを始める。

翔は相変わらず簡潔なしゃべり方だが、それでも、季節の話題やお互いの好きな色、果てはマクロ経済まで、どんな話題でもちゃんと応えてくれる。

（やっぱり、会社で見た時と顔つきが全然違う……）

口調も表情も柔らかく、こちらを見つめてくる優しい瞳に、まるで自分は特別だ、と語りかけられているようだった。

（や〜、なんか恥ずかしい……）

食事中ずっとそんな風に見られていたので落ち着かない。気が付けば夢見心地の食事はあっという間に終わっていた。二人きりになり、のんびりとお茶を飲んでいる時、ふと思い出して砂浜で疑問に思ったことを聞いてみる。

「ねえ、翔。会社で初めて会った時、エンジニアチーフだって紹介されたけど、それってどんな仕事内容なの？」

「あぁ、そうか、さっきの会話を拾えたのなら、確かに疑問に思うよな」

海岸での話の内容が、紗奈には丸々通じていたことを思い出したらしい。

「誤魔化すのは無理だな」と溜息をついて、翔は打ち明けてくれた。

「俺はサイファコンマ社では、取締役をしている。会社の根本的な立て直しのために、いろんな部署にメスを入れている最中だ」

「取締役……翔の肩書きは一体何？」

「……代表取締役だ」

紗奈の追及に観念したように答えた翔から、「これは、一本取られたな」と呟《つぶや》く声が聞こえる。

（ってことは、最高責任者ってこと？　これはちょっと、想定外かも……）

実質会社のトップという思いがけない答えに、一瞬面食らった紗奈だが、困惑顔の翔を見てさらに頭に浮かんだ疑問を口にする。

「……ねえ、翔、どうしてそんな顔するの？　私に知られちゃまずかった？」

「違う。紗奈には俺の肩書き関係なく、ドライブで知り合ったただの〝羽泉翔〟として見て欲しかっただけだ」

「……私が翔の肩書きを知ったら、態度を変えると思った？」

「いや、そうは思わないが……変えて欲しくなかった。単に俺のワガママだ」

「ふうん……」

翔は瞳を見つめて真剣に答える。

そんな真摯《しんし》な態度から、彼の言葉に嘘はないということが分かる。

……それに、翔の思考も分からなくはない。

そりゃあ、いくら無愛想で無口で（紗奈はそうは思わないが）、威圧感があっても、若くて男盛りのイケメンが会社のトップだと知ったら、態度が変わる女性は少なくないだろう。

（っていうか、翔って、もしかして……ものすっごくモテるんじゃ……）

思い起こせば、紗奈は会社の顔と普段の素顔とのギャップがあるせいで、翔がどんな反応をするのか、ずっと気がかりだった。

だが同じように、翔には翔の思惑があった。

最初から肩書きをひけらかして口説くこともできたはずなのに、それをしなかったということは……

(もしかして、翔のような男性でも、普通の恋愛がしたかった?)

「紗奈、怒ったか?」

「ううん、怒ってない。っていうか、ひょっとして私って、結構大事に思われてる?」

「その通りだ。自惚《うぬぼ》れていいぞ」

そう言って抱き締めてくる翔を見て、ほんわか胸の中が温かくなってくる。

(うふふふ、今、すごく幸せかも……)

ニコニコと機嫌よく笑い出した紗奈を見て、翔は安堵したような顔になり、そっと囁《ささや》いてきた。

「紗奈に触れていいか?」

首筋にフッと熱い息がかかり、長い指が優しく頬を撫でてきた。

半ば伏せた長い睫毛《まつげ》から覗《のぞ》く瞳が、堪《たま》らないとばかりに煌《きら》めいて、じっと見つめてくる。

先程感じた翔の色気が、一気にこちらに向かってくる。

(きゃあ、いきなり色気百二十パーセント! ダダ漏れ、ダダ漏れ状態よこれ……さ、鎖骨が、近い)

「ま、ま、ま、待ってて っ……」

翔のいきなりの変化に、ドッキンドキドキ、思わずどもってしまう。

二人で食事をしている間も、広い肩や浴衣の袖から覗《のぞ》く逞《たくま》しい腕などが眩《まぶ》しかったのだ。

男の人の身体を見て、こんなにそそられたことは今までなかった。

（うそ、私、翔の浴衣姿に欲情しちゃってるっ⁉）

生まれて初めての出来事でビックリする紗奈の身体に、いつの間にか力強い腕が巻きつき、うなじに沿って温かい唇が這う。

そのまま首筋をペロンと舐められて、背中に、ぞくっと甘い痺《しび》れが走った。

恥ずかしさを隠すように下を向けば、翔の浴衣の前が屈み込んだ姿勢のせいではだけている。

形のいい滑らかな鎖骨とか、硬そうな腹筋とかを、ばっちり見てしまった。

「ちょ、ちょっと待って、翔。いろんな意味で追いつけない……んん、やんっ、そんなところ舐めちゃっ」

「ずっと紗奈とこうしたかった……俺に触られるのは、嫌か？」

「えっ？　い、嫌ってわけじゃあ……」

「なら問題ないな」

「ぁ……っ」

柔らかい首筋に、チュッと口づけられ、濡れた舌先がなぞるように舐めてくる。

（気持ちいい……っ。何で私のいいところ、翔には分かっちゃうの？）

「拒まれると、傷つくんだが……」

「こ、拒んだわけでは……で、でもっ」

「紗奈、俺が紗奈を抱きたいんだ……ん、柔らかくて甘いな、愛している、紗奈」

「え？　なっ、なーっ!!　ず、ずるいっ！　ここでそんなセリフっ」

「思ったことを言っただけだ。何がずるいんだ？」

「だ、だからっ」

（そ、その天然さが！　そんなのっ、う、嬉し過ぎるっ、そんなこと言われたら拒めるわけ……）

そういえば今、愛していると言われなかっただろうか。

するっと大事なことを告白されて、紗奈は大パニックに陥《おちい》った。

「や、やっぱり、ずるいーっ」

「紗奈、観念しろ。俺はもう引き返す気はない……」

そう囁《ささや》きながら翔は、風呂上がりの敏感な素肌をチュッと音を立てて吸い上げ、浴衣越しに肩口を甘噛みしてくる。

「んんっ……」

いつの間にか浴衣の帯が緩《ゆる》められて、胸の膨らみに大きな手が直接触れてきた。

「あん、会社で見た時と……違い過ぎる……」

「そりゃ会社で、そんな雰囲気出すわけないだろ？　怖がらせたくなかったしな。だが俺は紗奈に限っては、据え膳はいただく主義だ。紗奈に振り向いてもらえるなら全力で口説くし、身体が武器になるなら躊躇《ためら》わずに使うぞ」

「え？」

「紗奈、逃さない」

顎《あご》をクイッと持ち上げられると、そのまま翔の唇が重なってきた。

優しく唇が吸い上げられ、舌先でそうっと舐められる。

何度も繰り返されるリズミカルな口づけが、角度を変えてだんだん深くなってくる。

（何これっ、気持ちいい……こんなキスっ……）

今の今まで、身体には相性がある、なんて都市伝説だと思っていた。

だがここにきて、キスには絶対相性があると断言できる。

（うそ、あ、なんて気持ちいいの……）

翔とのキスは、信じられないほど気持ちいい。

いつの間にか自《みず》から翔のタイミングに合わせて唇を開き、熱い舌を絡ませている。

溢れた唾液が口の端からツーと流れるが、そんなこともお構いなしだ。

なし崩しに座布団の上に押し倒されるが、紗奈は翔の首の後ろにしっかり両手を回して、浅く深く夢中で口づけを交わす。

お互いの身体に手を回して固く抱きしめ合い、上下も入れ替わりながら熱い舌を絡め合う。

引き入れては押し返し、くちゅ、ちゅくと、何度も唇を貪《むさぼ》った。

「ん、んっ……」

翔とのキスは映画で観た憧《あこが》れの情熱的なキスそのもので、紗奈の頑固な理性も情欲に勢いよく流される。

（翔、翔っ……）

二人の浴衣は、いつの間にか乱れに乱れていた。

紗奈の浴衣の帯は完全に緩《ゆる》められ、ブラジャーをしていない胸が見えてしまっている。

そんな扇情的な格好が翔をさらに煽《あお》っているのだが、その事実に紗奈は少しも気付いていない。

「ぁん……っ」

「紗奈……」

大きな手が胸の膨らみに沿って動き、確かめるように指先で、そうっとなぞってくる。

(ぁっ……ダメ、止まらない……止めたくないっ……)

びっくりするほど身体が疼《うず》いてきて、夢中になって翔の硬い身体に火照《ほて》るそれをぴたりと押し付ける。

そして手を大きな背中へ回すと、強健な肩甲骨《けんこうこつ》に沿ってゆっくりと下げていった。

しなやかな筋肉の張りを布越しに感じ取り、うっとりとしてしまう。

その感触を指先で楽しむあまり、思わず背中を撫で回していた。

「……紗奈、そんなに煽《あお》るな。もう止めてやれないからな」

熱い息と掠《かす》れた低い声が耳元で響いて、紗奈は完全に落ちた。

(ダメだ、これ……全然勝てる気がしない……)

自分でも、一体何に抗《あらが》っていたのかよく分からなかった。

だが、一つだけ確かなことは、自分はもう引き返せないほど翔を好きになっているということだ。

紗奈は瞑《つぶ》っていた目を、そうっと開いてみる。

すると、身体の上に覆いかぶさってきた翔が、紗奈の意思を確かめるように覗《のぞ》き込んできた。茶色の瞳は熱を帯びたように濡れている。

優しい手で紗奈の顔を挟み込んだ翔は、低い声ではっきりと告げた。

「紗奈、愛してる。俺のものになるな？」

(あぁ翔、もう大好き……好きにして……)

コックリうなずくと、翔は嬉しそうに、ニヤリと笑いかけてくる。

そのままゆっくり顔が下りてきて、ふうっと安堵の息を吐くと、額《ひたい》同士をコツンと当ててきた。

「よかった、嬉しい」

そう紗奈に告げると、チュッと素早くキスをして、身体を起こす。

座布団の上に寝転んだ状態の紗奈の身体の下に、大きな手がすくうように入れられた。

翔は紗奈を抱き上げると、洗い立ての長い髪に頬を擂《す》りつけながら隣のベッドルームに運んでいく。

紗奈はされるがまま翔の逞《たくま》しい首に両手を回して、しっかりしがみ付いた。


二人が今までいた明るい和室と違って、そこは照明が極限まで落としてある、落ち着いた色合いの和テイストのベッドルームだった。

大きなベッドの両サイドのランプが、部屋全体を仄《ほの》かに温かい色で照らしている。

翔はベッドに片膝をついて、紗奈を柔らかいシーツの上に、ゆっくりと下ろす。

白いシーツが目に入った途端、紗奈は気恥ずかしいあまり目をつぶり、翔の首に回した手に、ぎゅっと力をこめた。

すると翔は首に回された両手を優しく外すと、宥《なだ》めるように小さくキスをしてくる。

「大丈夫だ、紗奈。俺はどこにも行かない。すぐ戻る」

「ん……」

実際は恥ずかしくて抱きついたのだが、翔の優しい言葉に胸が温かくなる。だがベッドの傍《かたわ》らのパネルを探る気配に、ぱちっと目を開けて、思わず上半身を起こしてしまった。

(大丈夫、翔はあんなこと、絶対しない……)

心臓の音がドッ、ドッ、ドッと速まっていく。

何年も前のことでも、強張る身体は覚えている。

前戯もほぼなしで、濡れないからとローションを塗ったくられ、ジェルつきゴムでも苦しかった痛み……そんな苦い記憶を頭の隅に追いやりながら、目で翔の動作を追う。

どうやら彼はパネルを操作して隣の部屋の電気を消しただけのようだ。戻ってきた翔を、紗奈はつい、じっと見つめてしまった。

不安が目に表れていたのかもしれない。

「ほら、俺はここだ」

不安を払拭するように、翔は紗奈が無意識に伸ばした手を、そっと握り返してくれる。そしてそのまま、ゆっくりと自分の方に導いた。

重ねた手を浴衣の衿《えり》から逞《たくま》しい胸元に入れ、翔の心臓の上で止める。

(温かい……翔の素肌に触れてる……)

トクン、トクン、トクン……

人肌の温もりを指先に感じると同時に、速まる心臓の音がはっきり聞こえてきた。

(……翔の心音も結構速い……)

その鼓動になぜか安らぎを覚えて、安堵の吐息が零《こぼ》れると、翔が優しく笑いかけてくれる。

「俺も緊張している。ほら、手が微《かす》かに震えてるだろう？　紗奈に初めて触れると思うだけで、こんなザマだ」

「翔……」

「こんな情けないこと、初めてだ。けど俺は紗奈に触れたい。触れていいか？」

(……こんな直球……翔らしい……)

あまりにも率直な翔の言葉に、紗奈は真っ赤になって頷いた。

先程感じた不安は、瞬く間に消えていく。

紗奈の手が自然と伸びて、待てないとばかりに翔の腰帯を引っ張った。

(わ、私ってば、つい……)

「紗奈、嬉しいが、俺も紗奈を脱がせたい」

「え、あの……じゃあ、お互い……」

「脱がせ合い、だな」

「ふふ……」

瞳を見つめたまま笑い合うと、お互いに手を伸ばして、そっと帯を引っ張り合う。

逞《たくま》しい身体に近づいて、帯を解くために腰に手を回すと、翔も背中に手を回して、リボンの帯を解き始めた。

くるくると帯を回し、ついにぱらりと解ける。だが一種の達成感に浸《ひた》る間もなく、紗奈の腰紐も解けて思いっ切り前がはだけてしまった。

「きゃあ！」

「こら、俺が苦労して解いたのに、隠すな」

咄嗟《とっさ》に胸を手で覆うと同時に、顔がブワッと赤く染まる。

「せっかく脱がしたのに、今更出し惜しみするとは、どんな罰だ？」と言われて、首をブンブンと横に振った。恥ずかしいのを我慢しながらも、前を押さえていた手をおずおずとどける。

「ほう、これはこれで、なかなか……」

真っ赤になりながら手をずらしていく姿が、どうやら焦《じ》らしプレイになってしまったらしい。

「翔の、エッチっ！」

目を輝かせた翔のコメントとニヤリ顔に、思わず小さく叫んでしまった。

翔は「ん、そうか。紗奈、可愛いな」と言いながら、剥《む》き出しの胸にそっと触れてきた。

「ふ……ぁ……」

そのまま大きな手にすっぽり両胸を包まれて、ゆっくり、じっくり捏《こ》ねられる。

どうやら指先に食い込む柔らかな弾力を楽しんでいるようだ。

(あ……ん、そんな……私、こんなに感じて……)

胸から広がる快感に耐えるように、少し顔をそむけて目を閉じた。

翔に触られていると意識しただけで、肌や身体の奥が炙《あぶ》られ、ゆっくり熱を帯びていく。

足の間から蜜がじわっと溢れ、下ろしたてのショーツが湿り気を帯びて濡れていく感覚が、太ももに伝わってきた。

恥ずかしいはずなのに、その手に生み出される熱に、うっとりとしてしまう。

身体も少しずつ翔の手の感触を、覚えていく……

「紗奈」

「ん……」

掠《かす》れた声で名前を呼ばれて顔を上げると、待っていたかのように翔の唇が重なってきた。

「っふ……んん……」

(ああ、このキスは何度味わっても、いい……)

お互いの唾液を交換しながらの、熱く深いキスだ。

まるで灼熱砂漠で湧き出る清水を欲するかのように、身体はもっと、もっと頂戴と、キスを要求する。

翔は紗奈の身体を引き寄せながら、たっぷりと長い口づけを交わし、ベルベットで覆われたふかふかのヘッドボードにゆっくりと背中を預けた。

そのまま紗奈を膝の上に乗せて跨《また》がせると、翔はチュッと軽いキスを唇に落とす。

そうして目の前に突き出された膨らみへ屈み込むように、チュ、チュ、と軽い口づけを繰り返した。身を捩《よじ》る紗奈をやんわりと押して、口元に胸の頂《いただき》を寄せてくる。

（あ……）

次に与えられるであろう刺激に対する期待で、一気に胸が高鳴った。

なのに、熱く柔らかい舌は、焦《じ》らすように周りだけをペロリと舐め上げる。

「あ、やん、翔……焦《じ》らしちゃ……」

だけど、翔は悪戯《いたずら》っぽく目を細めて、肝心な頂《いただき》には触れてくれない。

周りだけを舐めたり、チュッと軽いキスを繰り返したりしている。

「ん……紗奈、どこにキスして欲しい？」

（翔の意地悪！　分かってるくせに……）

心から楽しそうに、ツンと立ってきた敏感な頂《いただき》へ、フッと熱い息をかけられて、焦《じ》れた紗奈はとうとう観念した。

「翔、あの、真ん中に……」

「五十点」

「え？」

「ほら、どこにキスして欲しいんだ？」

（あ、甘いけど、Sって……）

「んん、胸の真ん中……」

「八十点。やり直し」

「あの、ウズウズするの、お願い、乳首にキスしてっ！」

恥ずかしくて、なかなか言い出せなかった紗奈も、赤く尖《とが》った周りをゆっくり舌でなぞられ、思わず叫んでしまった。

「ん、もちろんだ」

「は……ぁん……」

散々焦《じ》らされてすっかり敏感になった胸の蕾《つぼみ》を、唾液をたっぷり含んだ熱い舌で濡らされた。

「んんっ……あぁっ！」

強くチュウと音を立てて吸われると、背中に甘い痺《しび》れが走る。続いて身体が小さくビクンと震えた。

（あ、やだ、もう私……）

膝の力が一瞬、抜けてしまう。逞《たくま》しい腕でがっしりホールドされていなければ、身体が崩れ落ちるところだった。

足の間から、トロッと生温かい愛液が伝い落ちる。

翔は胸の頂《いただき》を口に含みながら、極上の笑みを浮かべていた。

快感に翻弄《ほんろう》されている――そんな紗奈の様子を、心から嬉しそうに見ている。

そのまま蕾《つぼみ》に、ちゅくちゅくと強弱をつけて気持ちいい刺激を与え続けてきた。

「んっ……ぁ……んん……」

イッたばかりの身体に、甘美な震えがまた走り抜ける。

堪《たま》らなくなった紗奈は、両手で翔の頭を抱え込んだ。

胸を押し付けるように突き出し、快楽を追いかけて小さく甘く喘《あえ》ぐ。

(なに、コレ、こんな気持ちいいの、初めて……)

お強請《ねだ》りするような紗奈の仕草は、翔を思い切り煽《あお》ってしまったらしい。

突き出した胸の蕾《つぼみ》に、翔がすかさずかぶりついてきた。

「ひゃんっ、あぁっ……あ、ん……」

疼《うず》く蕾《つぼみ》を強く吸い上げられ、熱い舌先で転がすように舐め上げられる。

(や……ぁ……いい……)

自然と揺れる腰と繰り返される胸への刺激で、快感がまた押し上げられる。

気が付けば、じんじんと疼《うず》いてしょうがない下腹部を、翔の逞《たくま》しい身体に、すり、と擦《こす》るように押し付けてしまっていた。

(あ、翔の……硬い……)

すでに硬くなっている翔の感触に、ますます身体が蕩《とろ》けてくる。

「あ……あっ……んっ」

コポ、コポ……

紗奈自身も知らなかった情熱に押されて、身体の奥から熱い蜜がとめどなく溢れてくる。

「っやぁ、きちゃう、あぁっ……」

桜色のショーツの中心はぐしょぐしょに濡れ、小さな布はさらに濃いピンク色にジワリと染まっていく。

温かい液でしとどに濡れた未知の感触……こんなに自身の愛液で秘所をここまで濡らしたのは初めてで、太ももにまで次々雫《しずく》が滴《したた》り落ちてくる。

慌ててお腹にぎゅうと力を入れるが、熱いものが込み上げてくるのを止められない……

背中を支えていた翔の片手が、紗奈の肌を撫で回し、腰や脇の敏感な素肌の上をなぞっていく。

感じてしまった背中がまたビクンと小さく震えた。

「紗奈……」

（や……ダメ……）

低い声で名前を愛おしそうに呼ばれると、熱い身体は一層敏感になる。

背中をさまよっていた大きな手がゆっくり下りてきて、柔らかいお尻の感触を楽しむように肌を撫でだした。

堪《たま》らなく、気持ちいい……

翔は紗奈の臀部《でんぶ》を掴んで腰を浮かせると、トランクス越しに硬くなった屹立を、待てないとばかりに、ぐりぐりと押し付けてくる。

「あんっ……」

布越しでも疼《うず》く蜜口に硬い刺激が与えられて、堪《たま》らなくなった紗奈も腰を強く押し付け返す。

お互いの腰を押し付け合うようにして、二人は同時に動き出した。

「んっ……んん……あぁ」

硬い翔を押し付けられるたび、もっと、もっと頂戴、と心の中で叫んでしまう。

「紗奈、紗奈をもっと味わいたい」

唸《うな》るように告げられると、背中がゾクゾクッと痺《しび》れる。

掠《かす》れた声に触発され、湿ったショーツを再び硬い腹部に押し付けると、お尻が一瞬持ち上げられた。

戸惑いながらも翔の動きに合わせて膝で体重を支えると、逞《たくま》しい身体が素早く動く気配がした。

翔の身体がストンとずれて、気が付けば仰向けになった彼の顔を見下ろす格好になっている。

そのまま腰に手を添えられて、グイッと身体を引き寄せられた。

濡れたショーツの中心に、翔の熱い息を感じてしまう……

(あ、ウソっ!)

いつの間にか、翔の顔を跨《また》ぐ体勢で、膝をがっちり腕で押さえられている。

「あ、ひゃん、や……翔!」

恥ずかしさのあまり腰を浮かそうとしたのだが、ちゅうう、とショーツ越しに湿った部分を強く吸われて、翔の顔の上に思い切り座り込んでしまった。

(やあぁっ!!　……こんなの、恥ずかしい!)

一ミリほど残っていた理性が驚き叫ぶが、疼《うず》いてしょうがない秘所への愛撫によって、すぐに快感に取って代わられてしまった。

そのまま腰が勝手に揺れ出して……

(何これ、気持ちいい……)

翔はショーツ越しに、膨らんだ突起や蜜口の窪《くぼ》みに歯を当てて、甘噛みしてくる。

心地よい刺激が瞬く間に腰や背中へと広がって、恍惚感《こうこつかん》となって脳に伝わる。

(ふわぁ、あ……ぁ……)

しばらく夢心地の陶酔に身を委《ゆだ》ねていた紗奈だったが、いきなり、がじっとショーツに歯が当たって布が捩《よじ》れるのを感じて我に返る。

「えっ?」

「邪魔だ」

(ん? 何が邪魔?)

「翔……?」

「心配するな、いくらでも買い直してやる」

(って……まさかっ……?)

瞬間、びりりっと鋭く布の破ける音が耳に飛び込んできた。

ショーツを噛んだままそれを引っ張り、翔は二人の間から破れたレースの残骸《ざんがい》を、ズルリと引きずりだす。

その上、いまだレースで繋《つな》がれた部分を手でいとも容易《たやす》く引き裂き、残りの部分を歯で噛みちぎって、ベッドからポイッと投げ出した。

「ひゃんっ！」

熱い舌が伸びてきて、蜜が溢れる蜜壺に舌先が、ぐいっと侵入してくる。

(ダメっ、こんなっ、腰が抜けそうっー)

「っ……ぁ、やっ、ぁんーっ！」

強引なようで優しく触れてくる唇が、濡れた蜜口に吸い付く。

翔は紗奈も知らなかったいいところを、どんどん攻めてくる。

いきなり、脳が痺《しび》れるような甘美な奔流に流されそうになり、藁《わら》をも掴む思いで手を上に伸ばした。

指先に触れた、柔らかいベルベットのヘッドボードに、縋《すが》るように手をついて倒れ込む。

「あ……ぁ……ぁん」

必死に、翔の顔を押し潰さないよう膝に力を入れて、ガクガクする身体を支えようとするけれど、じゅる、ちゅく、と舌が中をかき回す音と、それによって与えられる甘く痺《しび》れるような感覚に、身体が悶《もだ》えて下半身に力が入らない。

身体中の血が沸き立つようで、耳まで真っ赤になってしまう。

(も……うそっ……あっ……)

ヘッドボードに指がくい込むくらい必死で縋《すが》りついて、この快感の奔流に押し流されないようにひたすら耐える。

やがて蜜口がすっかり柔らかくなったことに満足したのか、翔が顔を動かした。

やっと甘い拷問から解放された。

ゼエゼエと荒い息をしつつ、紗奈がガクガクする身体の力を、ふっと抜きかけた時――

(あぁ――っ！)

濡れた中心で感じた甘美な刺激に、全ての感覚がその一点に集中した。

翔は今度は、じんじん疼《うず》いて膨らんだ敏感な突起に狙いを定めてきたのだ。

「あんっ……ん……あぁっ」

ひときわ強く感じ、びんとしなった身体が、わなわなと震えだす。

さらに、甘美な飴を味わうように突起を舌で転がされ、じゅうぅ、と強く吸い上げられた。

(ダメ、もうダメ……)

堪《たま》らなくなって、身体がずるずると崩れていくのを止められない。

「だめっ、またきちゃう、あぁぁっ……」

思考を無意識に口にしていることにも気が付かず、前のめりに倒れかけるが、翔を押し潰してはいけないと、咄嗟《とっさ》に枕に手をついた。

「紗奈、おいで」

低い声で呼び掛けられ、わなわなと震える身体を宥《なだ》めつつ、ゆっくり目を開く。

翔はまるで美味《おい》しい獲物を味わった獣《けもの》のように、紗奈の愛液でテラテラと濡れた口周りをゆっくりと手の甲で拭《ぬぐ》い、伏せ目でゆるりと笑っている。

そうして、上気した紗奈の頬を指先でそっと撫で下ろすと、少し開いた口にクチュと指先を沈めた。

（……なんて、艶《あで》やかな表情《かお》なんだろう……）

高鳴る胸のドキドキは、収まりそうにない。

やっと恥ずかしい体勢からやっと解放されたことも、自分の愛液を味わわされていることも、快感にのぼせている今は気にもならない。

紗奈は顔を下ろし、そっと翔の唇にキスをした。

優しくチュッとキスを返した翔は、次の瞬間、紗奈の頭と背中にがっしり腕を回し、深いキスをし始めた。

そしてそのまま、くるっと二人の位置を入れ替える。

「んっ……ふ」

深いキスを繰り返すうちに、二人を隔《へだ》てる布はいつの間にか全てなくなっていた。

翔は硬くなった屹立を、柔らかくなった蜜口に、グイグイと当ててくる。

何度も交わすキスの間も、疼《うず》く身体を二人で擦《す》り付け合うが、気持ち良過ぎて止まらない。

「二人とも擦《こす》るたびにグチョグチョだな。俺は、紗奈が欲しい。挿《い》れていいか？」

ビクビクと蠢《うごめ》く、翔の硬い屹立。

（これが私の中に入ってきたら……あぁぁ……）

想像しただけでトロリと溢れてくる蜜が、次々と太ももを伝ってシーツに染みていく。

「紗奈、傷つけはしない。俺を怖がらないでくれ。愛したいだけだ」

耳たぶを優しく甘噛みされながら、翔にお強請《ねだ》りされて、紗奈の唇は自然に応えていた。

「翔、翔、私も翔が欲しい……」

そう答えた途端、灼熱の塊《かたまり》がゆっくりと挿入《はい》ってきた。

(ん……ぁっ……熱い……ずっと、この人を待っていたような気がする……)

「痛くないか？」

緊張気味だった身体は、優しい愛撫で柔らかく蕩《とろ》けていく。

それどころかまるで熱く硬い屹立を導くように、奥へ奥へと誘い入れる。

「う……ん」

甘えるような上擦《うわず》った声が意図せずに漏れると、翔はそれに応えるように、グチュ、ズンともっと深く挿《い》れてきた。

あっと小さな嬌声《きょうせい》が上がり、その大きな背中に、ぎゅうとしがみつく。

「ぁ……ん……」

ゆっくりと、じっくりと、翔が気を使って動いてくれているのが伝わる。

それが堪《たま》らなく嬉しい……そう思うだけで、熱くて硬い存在を無意識に最奥へと誘《いざな》っていく。

(気持ちいい……あぁ、何これ、身体の奥から……)

「紗奈……」

翔の掠《かす》れた低い囁《ささや》きが聞こえた。

愛しそうに名前を呼ばれると、胸がキュンと締め付けられる。すると、未知の熱の塊《かたまり》が、熱い想いと重なり、身体の奥からふつふつとこみ上げてくる。

（いや、あっ、くるっ……また何かきちゃうっ……翔、翔、大好き……）

「あ、ぁぁぁっ……」

ビクンビクンと身体が細かく震えて、痙攣《けいれん》が止まらない。

「っ……良過ぎて持ってかれそうだ」

きゅうきゅうと膣中《なか》で締め付けてくる紗奈に、翔は堪えるように一瞬眉間を寄せた。

紗奈を抱きかかえると、深く挿入したまま軽々と持ち上げて、もう一度体勢を入れ替える。

「紗奈……俺に跨《また》がれ」

乞われるまま上半身を起こすと、翔は両手を支えるように、しっかり握りしめてくれる。

「ぁ……ん」

（ふ、深い……この体勢、すごく深く感じる……）

感じ過ぎて喘《あえ》ぐ恋人の顔を見て、翔は艶然《えんぜん》と笑い、ゆっくりと腰を突き上げてきた。

（ぁっ……んっ……もっと……翔をもっと、感じたい……）

「翔、お願い……もっと強く……」

「っ……紗奈、そんなに煽《あお》って、俺をどうする気だ……」

いつの間にか理性が溶けてなくなっていた。

翔なら自分の全てを受け止めてくれる——そんな絶対の安心感が胸に広がり、こんな風にして欲しい、と自然にお強請《ねだ》りを口にしている。

（すごい……本当の自分を晒《さら》け出すのって、気持ちいい……）

そんな紗奈に応えるように、翔も深く突き入れたまま上半身を起こしてきた。

紗奈の腰をグイッと引き寄せると、身体に手を回して愛おしむように深く深く口づけてくる。

（あぁ、この体勢、大好き……）

心と身体の最奥に、翔が入り込んでくる感じがする。

二人は今、強く深く繋《つな》がっている……

紗奈を優しく抱擁しながら、やがて翔は激しく突き上げ始めた。

波のような翔のリズムに合わせて身体を下ろすたびに、感じまくってしまう。

切ない胸が熱くなって、目がウルウルと潤《うる》んできた。

ピッタリ合わさった二人の身体は、お互いのために作られたように肌にしっくりくる。

嘘みたいに気持ちいい。

逞《たくま》しい腰に跨《また》がったまま両腕を綺麗なうなじに回し、キスを繰り返す。手のひらでそろりと撫で上げた汗ばんだ肌は、焼けるように熱い。美しい野獣のような引き締まった身体の上を、汗の粒が流れ落ちていく。

「あっ……んっ……っ……んんーっ」

「紗奈、俺の紗奈……愛している」

あまりにも気持ち良くて、二人してこの感覚を極めるのに夢中だ。

「翔、翔、あぁぁ……」

高鳴る胸のリズムが最高潮に達した時、ひときわ強く身体の奥を、ズンと突き上げられた。

ビクビクッと身体中に甘い痙攣《けいれん》が走り、一番深いところを探ってくる翔を、きゅううっと膣中《なか》が
うねるように強く締め付ける。

（翔、愛してる……）

「くっ……」

どくんっ、どくっどくっ……

紗奈の中の翔が蠢《うごめ》いて、身体の奥に温かい精が勢いよく流れ込んでくる。

身体の奥深くに注がれるのは翔の熱い情熱だ。

最奥が温かく濡れていくその初めての感覚が、堪《たま》らなく気持ちいい。

翔は注いでいる間も唇を離さず、キスを深めていく。

（なんて気持ちいいんだろう……まさに愛を交わすってこんな感じ……）

二人の気持ちを確かめ合う、翔との初めての行為に、心が喜びで震えてしまう。

心も身体も余韻で甘く痙攣《けいれん》している紗奈の中に、翔はまだ留《とど》まっている。

呼吸も整わずキスの間に荒い息継ぎをすると、ドキドキしている心音が耳に響いてきた。

翔はキスを貪《むさぼ》りながらも、また押し倒してくる。

（あ！　嘘っ、ゴム忘れてた……信じられない！）

元カレとは妊娠するのが怖くて、ゴムだけでは安心できず、危険日は会うのさえ避けていた。

あんなに用心深かった自分が、翔と結ばれることに夢中で、ゴムの存在をすっかり忘れるなんて。

（確か……今日は安全日なはず。でも、万が一のことがあっても、翔の赤ちゃんなら、私……）

もしもの時は一人でも産もう、と一秒で人生を左右する重大決心をした。

翔とのこの恋は、一生ものの恋だ。

自分は、翔を愛する以上には、他の人を愛せない。

赤ちゃんどころか結婚さえ考えていなかった自分が、思わず産みたいという願望が生まれたことにびっくりする。

もちろん、未知の経験に対する不安はいっぱいある。

けれど、その居心地いいポジションから動く気は一ミリも起きない。

（翔と結ばれた愛の証《あかし》なら……）

感動に浸《ひた》りながらも極めて重大な決心をした紗奈の胸中を知らず、翔は押し倒したまま髪を優しく撫でている。

「しょ、翔、あの……」

「ん？　重いか？」

「……ううん、そうじゃないけど……」

（ど、どうしたらいいんだろう？　……終わって、だいぶ経つ、んだけど……）

紗奈の中に留《とど》まったまま顔中にキスの雨を降らせてくる翔への対応に、今とても困っている。

まだ少し硬さが残る屹立を、時々楽しむようにグリグリとかき回し、そのたびに、グチュ、グチュ、と恥ずかしい音が、静かな夜の部屋にやけにはっきりと響く。

紗奈はそれを聞くたびにいたたまれない気持ちになってしまって、ますます顔に血が上る。

「あの……っ」

「もう少し、このまま。嫌か？」

「い、嫌じゃないけど、恥ずかしい……」

「その顔、堪《たま》らないな。しゃべるとナカが締まるし」

ニヤニヤ笑って一向に抜こうとしない翔に、紗奈は真っ赤な顔で抗議する。

「もしかして、からかってる？」

「からかうつもりはない。単に俺がこうしたいだけだ。すごく具合がいいしな」

濡れたような瞳で見つめた後、長い睫《まつ》毛《げ》を伏せてゆっくり腰を動かしてくる翔は、紗奈のキャパをとっくに超えていた。

（……なんだろう？　大型肉食獣に押さえ込まれているような気がしてきた……）

それに気のせいか、だんだん固さが戻ってる？　と思った途端、翔の動きが力強くなった。

「ぁ……んん」

「紗奈……」

奥のいいところに、何度も俺のものだとばかりに突き入れられて、紗奈は自然と甘い声を漏らしてしまっていた。

4　紗奈の小さなお引っ越し

オフィスの窓から望むビルの合間に、曇り空が見えてきた。

(もうすぐ、降りそう……)

どんよりとした雨雲の接近に、念のための置き傘が入っているかと引き出しを開けてチェックする。

月曜日の遅い午後。いまだに残る甘い週末の名残《なごり》で、動いた拍子にかすかに腰の奥に痛みを覚える。

あっと、思わず手をやってしまいながらも平静を装《よそお》い、会議録の修正を続ける。ふう、とメガネの縁《ふち》を押し上げると姿勢を正して、細かい文字の並ぶディスプレイに目を戻した。

(ダメだ。どうしても思考がお花畑に飛んでしまうわ……)

今日は一日中こんな調子で注意力が散漫だった。それでも気力で何とか保っていたのだけれど、夕方はそれでなくても気が散りがちで、さっきから同じ箇所を何回も読み直してしまいちっとも仕事が進まない。

こんなことは入社以来、初めてだった。

それほどにも、翔と初めて一緒に過ごした夢のような週末は、何もかもが忘れられなかった。ふとした拍子に、甘く濃密な記憶が蘇《よみがえ》る。

一見無愛想の塊《かたまり》の翔が、あんなしなやかで色気たっぷりの肉食獣だったとは。

（……あれは、無愛想で気まぐれな猫、なんて可愛いもんじゃないわ。同じネコ科でも、なんかもう全然違う生き物よ、絶対……）

あえて言うなら、黒豹だろうか？

しなやかな動作に、逞《たくま》しい身体から滲《にじ》み出る強い雄の雰囲気。

敵だと認識すれば容赦しなそうな感じといい、心を許すと甘え上手で甘やかし上手なところといい、そのままだ。

一緒に過ごす時間が増えれば増えるほど、翔の違う顔がどんどん見えてくる。

昨日の夜、寝る前に届いた短いメッセージは『おやすみ、愛してるよ』の一言だった。それだけで、胸のドキドキがしばらく収まらなかった。

今でもその一言を思い出すたびに、翔が側にいなくても間近であの低い声に囁《ささや》かれたような気がして、指輪を弄《いじ》りながら一人で照れてしまう。

そう、今日は翔からもらった指輪を、金のネックレスに通して出勤してきたのだ。

こんな幸せいっぱいの紗奈ではあったが、指輪を堂々と嵌《は》めてオフィスで仕事する勇気と覚悟はまだない。

この五年間、アクセサリーの類《たぐい》はネックレスしか付けていなかったし、自分で言うのもなんだが、ずっと枯れたOL生活一直線だったのだ。鉄の杉野女史とまで呼ばれた紗奈が指輪をすれば、目敏《めざと》い同僚たちに弄《いじ》られまくるのは目に見えていた。

「杉野さん、ちょっといいですか？」

「ええ、どうしたの？」

後ろから声を掛けられて、いつも通り返事をしながら仕事モードにスイッチオン。

今週は、このところ必死で準備していた半期に一度の会議続きで、秘書室は気が抜けない状態だ。

時折り疼《うず》く腰の奥を感じるたび、ニヤけないよう必死で仕事に集中した。

そんな一日の帰りの電車の中、ガタンゴトンと揺られながら、疲れた頭に浮かんでくるのはこれからの二人のことだ。この男性《ひと》に甘えたい――そんな風に思える人は翔が初めてで、一緒に暮らすという案には案外抵抗を感じていない。

思えば就職してからこっち、仕事に必死で、健康を顧《かえり》みない生活を送ってきていた。

けれども、翔と一緒に暮らすとなれば、ずっとコンビニ食で済ませるわけにはいかないだろう。

(それに、もうちょっと生活を見直して体力もつけなきゃ、かも……)

翔に求められたら、たとえ平日でも応えたい。

だけど毎回するたびに今日のような身体の状態では……と、こんなことを気にしてしまう自分に赤面する。

会社に出勤するのに差し支えがない程度には体力をつけて、健康に気を使わないと、翔にも自分にもよくない気がする。将来のためにも、彼のためにも、もっと自分を大事にしなければ。

考えてみればドライブの魅力に目覚めるまでは、早朝や夕方など頻繁に散歩に出掛けていた。昔は一駅二駅ぐらいは、平気で歩けていたと思う。

(よし、明日の朝からでも、ちょっと近所を散歩してみようかな)

夜更かしが癖になってしまった今の生活を、少しずつでも見直さなくては。

手始めにいつも夕食を買って帰るコンビニには寄らず、通りを挟んだ向こうにあるスーパーに寄ることにした。これまでは仕事帰りに疲れた身体で、少し遠回りになるこの店に寄る気にはなれなかった。だが今日、この数十メートルのハードルを越えて店に入り、焼くだけ、炒めるだけ、そのまま食べられるお惣菜などの豊富な品揃えを見て、これからはできるだけこういう店で買い物をしようと決心する。そして新鮮な食材を買い込むと、ゆっくり歩いてマンションに帰ってきた。

(ふむ、慣れれば結構大丈夫かも……)

身体が辛い今日を乗り越えたら歩く距離も増えることだし、ちょうどいい運動になるのではと思える。そんなことを考えながら、コツコツと部屋の前まで歩いてくると、待っていたかのように部屋から出てきた中年の男性に遭遇してしまった。この男性は紗奈の家の隣人だ。

思わず、うわ、ついてない……と内心で大いに顔をしかめたのだが、男性はこちらを見ると、

「こんばんは」と下心丸見えの挨拶《あいさつ》をしてくる。

「ああ、ちょうどよかった。杉野さん、醤油《しょうゆ》、分けてもらえませんかね。また切らしちゃって」

「……ええ、いいですよ、ちょっと待っててもらえますか?」

「すみませんねえ、いつも。どうも一人だとウッカリしちゃって」

いえいえ、と言いながら部屋に入ると、前もって用意してあった小さな容器に入った醤油《しょうゆ》を掴ん

で玄関のドアを開ける。男性に醤油《しょうゆ》を渡すと、向こうが口を開く前に、じゃあ失礼します、とさっさとドアを閉めた。

（まったく、何で毎週毎週、醤油《しょうゆ》がなくなるのよ！　それに今時醤油《しょうゆ》を隣人に分けてもらうなんて、ありえない。いい加減にして欲しいわっ）

今日も、嫌なもの見ちゃった……と玄関に塩を撒《ま》いておくのは忘れない。

もう明日に備えて今日は早めに寝よう、と寝支度をしているところへメッセージが届いた。見ると翔からだ。

『紗奈、今週は忙しくて会えそうにない。悪い。引っ越しの準備は進んでいるか？　土曜の朝に業者の手配をしておいた。今住んでいるところを管理している不動産屋の情報を送ってくれ。こっちで手続きをしておく。おやすみ』

（早っ！　昨日の今日で、もう手配したの？）

やはり、これは夢ではないようだ。

引っ越し手配完了のお知らせに、一気に現実が浸透してくる。浮かれるものの、今週は会えないんだった……とすぐにぺしゃんとなったのだが。

届いたメールをもう一度名残《なごり》惜しそうに読み返して、ふうっと溜息をつく。

（今週はうちの会社も忙しいし、社長なんだから、きっとこの時期は忙しいよね……）

寂しいと思いつつも普通に返信して、トランクに荷物を少しずつ詰めていく。

音楽を聴きながらの引っ越し作業は慣れたものだ。それに衣類はラックにかかったスーツ以外は、すべてプラスチック製の引き出しに収まっている。なので引っ越しの準備は比較的楽といえば楽だった。何年か毎《ごと》の引っ越しは当たり前という商社マン一家の定め――荷物は身軽に、が一家のモットーだったために、紗奈は引っ越し慣れしているのだ。

だけど、翔にこの事実を知られていたら、絶対、ドライブ帰りにそのまま翔の家に拉致されていただろう。

事実、昨日帰りに、このまま引っ越して来い、と、あの説得力のある低い声で熱心に口説かれてしまった。

『いやいや、ちょっと待って、普通、付き合ってすぐに同棲に合意するカップルはいないでしょ？』と言っても、『普通じゃなくて結構。俺は紗奈と一緒に居たいからそうするまでだ』と堂々と切り返され途方に暮れた。翔の率直な言葉も嬉しかったが、紗奈自身も翔と一緒にいたいという気持ちが強過ぎて、自分の中の常識が押し流されそうになったのだ。

そしてとうとう、今週末ならと、思い切って決心した。すると、案外悪くないかも、と思えたのだから単純なものだ。いくらか二重家賃を払うことになるだろうが、それでも、あんなに素敵な翔のお家で一緒に暮らせるなら少々の出費は痛くない。

引っ越しの手続きに考えを巡らせた時、そういえば……と今更なことに思い当たった。

（あまりにも急な話で、結奈やお母さんたちにはまだ何も言ってないんだよね、このこと）

どのタイミングで言うべきかと悩むが、出会ったばかりの男性と付き合い始めた次の週から同棲すると打ち明けたら、心配されるだけのような気がする。

翔の両親には挨拶《あいさつ》も終えたし、あちら側は全然問題ないだろう。というか、逆に大喜びで大歓迎されてしまったが。

（……お母さんたちに報告するのは、引っ越しが完了して落ち着いてからにしよう……）

両親の反応がどうなるか予測できず、紗奈は珍しく問題を先送りすることに決めた。

そういえば翔から、両親の名前と住所もしくは勤め先を、と聞かれたので、父の勤め先の会社名を伝えたんだった。挨拶《あいさつ》するってどうやって……？　と思いつつ、隠すことでもないので素直に教えたが、本当に連絡を取る気なのだろうか。

ひとまず今日のぶんの作業はおしまいだ。

電気を消した暗い部屋で、ベッドに入ってぼんやり天井を眺めていると、いろんなことが頭に浮かんでくる。

（……今日はもう寝よう）

カーテン越しに入ってくる外の電灯のぼやけた明かりで、昨夜もらった翔からの永久保存版のメーセージを眺めていたら、いつの間にかぐっすり眠りについていた。

◇　◇　◇

金曜日。終業間近の秘書室の空気は、何となく明るかった。

怒涛《どとう》の如《ごと》く押し寄せあっという間に去っていくという、ここ何週間の仕事も終盤だ。明日からは待ちに待った連休だし、今は一山越えたと、ホッとした雰囲気が秘書室のあちらこちらに漂《ただよ》っている。

終業五分前ともなれば、給湯室からは和《なご》やかな話し声が聞こえだした。

それぞれコーヒーを片手に、週末の計画などを楽しそうに語り合っている。室長が社長に呼ばれていていないこともあるのだろう。

「そういえば、杉野さん。なんか今週、雰囲気違いますよね？」

「そうそう、仕事は相変わらずなんだけど、何かこう、違うんですよね」

「そうかしら？　それより、もう五時過ぎたわよ」

「えっ、あ、本当だ。それではお先に失礼しまーす」

すかさず挨拶《あいさつ》をする同僚に、「お疲れ様です」と挨拶《あいさつ》を返して席に戻っていく。

女性陣が帰り始めると、男性陣もいそいそと帰り支度を始める。

室長を筆頭に頼もしい男性陣は、なぜか女性陣が帰るまで帰り支度を始めない風潮があり、ベテランの紗奈も男性陣が待っているのが分かっているので、さっさと身支度を整える。

「お先に失礼します」

「はーい、お疲れ様です」

夕方の混雑した街中を駅の方へ歩きながら、さっき言われた、雰囲気が違うというのはどういうことだろう？　と考え始めた。自分では何も変えていないつもりなのだが……

（あ、でも確かに、早朝のお散歩を始めてから、体調いいかも？　それに自炊もよくするようになったし……）

少しずつだが、帰りにスーパーに寄って、簡単な夕食を作ることが楽しくなってきた。

メンドくさいと思っていたスーパーの買い物が、その日の気分によって食材を選ぶことで買い物欲が満たされて、ある意味いいストレス解消になっているのに気付いたのだ。

だけど今日はまっすぐ自宅に帰る予定だ。昨日買ってきた食材を調理して、明日の引っ越し前の掃除に取り掛かるためだった。

夜、キッチン掃除をしていると、ピロン、とメッセージが届く音が聞こえた。

スマホを見ると、翔から『明日は生野《いくの》を手伝いに寄越す』とのメッセージが入っていた。

『紗奈も面識があるし、ちょうどいい。こき使ってやってくれ。早朝七時半に引っ越し業者と一緒に、生野が紗奈のマンションに行く。手続きとかはそいつに任せろ。俺は家で仕事をしながら待っている。出る時連絡くれ。おやすみ』

相変わらず簡潔なメッセージだが、引っ越しのために手伝いを寄越してくれるなんて思いもしなかった。

嬉しい申し出に、すぐにお礼のメッセージを返す。

土曜日にまで駆り出される生野という人には気の毒だが、引っ越しは確かに、人数が多いほうがスムーズに作業が進む。なので翔の申し出はとってもありがたかった。

それにしても、生野とは誰のことだろう？　会社で紹介された人たちの中には、そんな名前はなかった。でも、この名前には覚えがある……

（あ、もしかして、居酒屋で翔の横にいた茶髪の人？）

朧《おぼろ》げながらも、生野さん、と女性たちが呼んでいた記憶がある。この間翔の両親との会話に出てきた友人は彼のことなのかもしれない。かなり親しいのだろう。

これから顔を合わせる機会も増えるかもしれないし、失礼のないようにしなければと思い、大慌てでもう一度ベッドやプラケースの下に変なものが落ちていないかチェックした。

そうして準備を万端に整えると、翔に『おやすみなさい』のメッセージを送る。この部屋で寝るのも、今日が最後だ。

同棲という未知なる体験へのドキドキと、翔に会えるという嬉しさいっぱいでベッドに潜り込んだ。


重い瞼《まぶた》を開くと、いつもの天井が薄《うっす》ら見えてくる。外はまだ夜明け前なのだろう。

綺麗な群青色《ぐんじょういろ》の空が、留め具が外れているカーテンの隙間から覗《のぞ》いている。

ぼんやりした頭で、今日は引っ越しの日だと認識した途端、一気に目が覚めた。

身支度を整えると、スニーカーを履いて早朝の街へ散歩に出る。朝の清々《すがすが》しい空気を肌で感じながら、すうっと大きく深呼吸をした。

今日は連休の土曜日だというのに、結構な数の人々が街のあちこちを走っている。

暖かい太陽の光を身体に浴びて歩いていると、日の出につられるように気分も弾んでくる。

ようし、今日はちょっとだけ、と気合を入れて、少し先の前の角までジョギングをしてみた。だけど調子に乗って走っていると、何分もしないうちに息が苦しくなってくる。荒い息のまま家にようやく辿り着いたものの、座り込んだら最後、絶対に動けなくなると思い、手早くシャワーを浴びた。最後に洗面道具を旅行鞄に押し込み、そのまま朝食を用意して、やっとのことで椅子に座り込む。

朝食を終えて、翔の家の家賃はどれくらい払えばいいのだろうかなどと考えていると、七時半ぴったりにインターホンの音が部屋に鳴り響いた。

「はーい」と返事をしながらドアを開けると、そこには、居酒屋で見かけた茶髪のイケメンがにこやかに笑って立っていた。

(あ、やっぱりこの人だったのね。タイプは違うけど、この人もイケメンだし……王子様みたい)

目の前で愛想良く笑っているのは、これまたすらりとした立ち姿の男性だ。

朝日を浴びているせいか全体的に色素が薄いものの、華奢《きゃしゃ》な感じはまったくしない。

翔と同じように一人でいると、何となく声を掛けにくい――そんな凛《りん》とした美しさのある人だった。

「おはようございます。杉野紗奈さんですか？　僕は羽泉の友人で生野と言います。今日は引っ越しのお手伝いに来ました」

「ええ、伺っています。杉野紗奈です。一度お会いしたことがありますよね？」

「そうです。ええと、新宿の居酒屋です」

「やっぱり、あの時の方だったんですね。あの、とりあえずどうぞ、中に入って下さい」

「それでは、お邪魔します」と言う彼を、「狭いところですが」と奥の折りたたみ机に案内する。

女性の部屋だからか遠慮がちに入って来た彼も、一目で見渡せる部屋にプラケース五個と、段ボール箱二つ、大小二つのスーツケースに小さな旅行鞄が置かれた空間を見て、驚いたように立ち止まった。

「あの、失礼ですが、荷物ってこれだけですか？　えっと、すみません。女性の引っ越しっていうから、荷物が多くて男手が必要だろうって、羽泉に僕から言い出したんですが」

「ああ、私の荷物が特別少ないだけだと思います。あの、引っ越しには慣れているので、身軽に移動できるような癖がついてしまって」

翔の家に合わないだろう、とスーツを掛けていたラックもバラして捨ててしまった。そうなると家具はベッドとアウトドア家具の折りたたみ机と椅子のみ。彼が驚くのも無理はない。

「もしかして、僕、お邪魔だったでしょうか？　こんな朝早くからご自宅に押し掛けてしまって」

「とんでもない、気に掛けていただいて嬉しいです」

申し訳なさそうに言う彼に、そんなことはないとニッコリ笑いかけた。

翔の友人にも一度ちゃんと会ってみたかったし、休日の土曜にわざわざ来てくれたのだ。それに、友人の彼女の引っ越しを手伝うと自分から言い出すなんて、なんて優しい人だろう。

一つしかない椅子をすすめると、段ボールから小鍋を取り出し、お水を入れてコンロにかける。

ソワソワしていた彼も、湯呑みに入ったお茶を飲むと、ちょっと落ち着いたようだった。

「あの、失礼ですが、羽泉とはあの居酒屋で初めて会ったのですか？　すみません、あいつ何にも言ってくれないんです。いきなり結婚することにしたとか言い出すから、ちょっと驚いてしまって」

好奇心というより、不思議でならないといった感じの彼の態度に、それはそうよね……と思わず同調してしまう。

「えっと、彼とはその前に一度会社で顔を合わせているんですけど、個人的には話をしませんでしたし、実際に二人で話らしい話をしたのは、ほんの二週間ほど前なんです」

「え？　ええと、確か……あの居酒屋は三週間前でしたよね？　じゃあ、知り合って一ヶ月程度ってことですか？」

「……はい、そうです」

「……いや、何ともこれは」

頷いた紗奈に、彼は本気で驚いているようだった。

綺麗な顔が呆気にとられた顔のまま、湯飲みが空中で止まってしまっている。

まあ、それはそうだろう。

当人でさえ、いまだに夢を見ているんじゃないのかと疑って、胸にぶら下がる指輪の存在を確かめては、スマホのメッセージを読み返してしまうぐらいだ。

紗奈には、言葉に詰まった彼の心情が痛いほどよく分かる。

（うん、うん、普通はこういう反応よね？　よかった、この人は常識人だ……）

生野の反応に、紗奈は胸を撫で下ろした。翔の友人は幸い、普通の感覚を持った人らしい。翔には、普通の感覚がやや通じない傾向があるが……

先週末、温泉帰りの車の中で、『ねえ、翔、結婚って本気なの？』と勇気を振り絞って聞いてみたら、『俺たちは付き合っているんだから、当たり前だろ』とあっさり返された。『でも普通は……』と反論しようとしたら反対に問いかけられてしまった。

『紗奈は、俺と別れるつもりで付き合っているのか？』

『は？　ええええっ？　まさかそんなっ！』

『俺も別れるつもりは絶対ない。ならいずれは結婚だ。別に今から計画してもおかしくないだろ』

『へっ？　いや、確かに別れるつもりなんて、毛頭《もうとう》ないけど……あれ？』

容易《たやす》く言いくるめられた会話を思い出すたびに、どこからずれたの、何かおかしいよね？　と思うのだが……いまだに、翔に上手く言い返せる自信はないのだ。

翔との非常識な会話はひとまず置いて、常識人らしい生野に心内を吐露してみる。

「私自身、いまだにちょっと信じられないんですけど。付き合おうって言われたのも、ほんの一週間前なんです。だけど、翔は本気みたいで」

「……羽泉から言い出したんですか？」

目を見張った生野は、次の瞬間、ハァーと重い溜息をつき、同情するような憐《あわ》れむような、何とも言えない目でこちらを見た。

「羽泉は本気ですよ。あいつが動いたのならもう決定的だ。すみません、諦めて下さい」

「えっ？　あの……？」

諦めて下さい、と言われて一気に紗奈の血の気が引き、脈拍が速くなってきた。

（えっ、何？　諦めるって何を？　翔をってことだとしたら、まさか生野さんは私たちのお付き合いに反対ってこと？）

考えてもみなかった展開に、心臓がドキンと音を立てる。

居酒屋で何か悪い印象でも与えてしまったのだろうか？

（あ！　あの時新卒に紛《まぎ》れて参加したから……きゃー、もしかして変な奴だと思われてる？）

うわあ、どうしよう、恥ずかしい！　と焦るあまり、妹の代わりに参加したと説明した方がよいのだろうかと内心ワタワタする。

冷静に考えれば、生野はそんなこと百も承知でここに手伝いに来たはずなのに、この時の紗奈の思考はちょっと飛んでいた。

一方、生野は、突然青くなったり赤くなったりしている紗奈を、どうしたんだろう？　と不思議そうに見つめている。

だが、ようやくその理由に思い当たったらしく、慌てて大きく手を振ると声を高めて否定した。

「違うんです！　交際に反対するとかじゃなくて、『諦めて』と言ったのは、あいつからは逃げられないという意味です。誤解しないで！　すみません、説明が足りませんでした」

「逃げられない？」

ホッとしつつも不思議に思い聞いた紗奈に、生野は申し訳なさそうな顔をする。

「……僕は彼の幼馴染《おさななじみ》なんですが、羽泉は欲しいと思ったものは必ず手に入れる男です。交際を迫ったのがあいつなのであれば、本気だということです」

そう言いながら部屋を見渡して、まさかと心配そうに聞いてきた。

「もしかして、この引っ越しも、あいつに強引に同意させられたのでは？　だって付き合って、ええと、二週目で同棲って……」

「それは違います。確かに翔も賛成はしていましたが、言い出しっぺは翔のお父様です。それに私も同意した以上、翔一人で決めたことではありません。二人でいい考えだと思ったから実行することにしたんです」

ここは生野の目を見て、はっきり否定しておく。

まあ、実質付き合ってまだ一週間だし、強引に誘われたのは否めないのだが……

それも彼女だと言われたその日のうちに最後までいってしまい、マーキングのように何度も中出しされた。その上、同棲どころか結婚するつもりだと、彼の両親にも婚約者として紹介されてしまっている。だけどここでもし本当のことを言ったら、きっとさらに困惑されるだろう。

世間の一般常識では考えられない、というか軽率過ぎる行動だと分かってはいる。自分でも到底信じられないのだから……

結婚する時は、もっと理性的に振る舞うだろうと思っていたのに、翔に関しては理屈じゃないのだ。

世間体とか、常識とかを軽く飛び越えて、気持ちは一直線に翔に向かっていく。

心が、身体が、魂が、紗奈の全てが、この人がいいと訴えてきて、まるでコントロールが効かない。

なので、その辺は訂正せずにぼかしておく。

紗奈のきっぱりとした口調に、生野は何かを感じ取ったようだった。イケメン顔が驚いたようにポカンとして目を見開いたかと思うと、突然、大声で笑いだした。

「なるほど、何となく羽泉があなたを気に入ったわけが分かりました。杉野さんって見かけによらず強いんですね。あ、これも誤解しないで下さい。精神的に強いって意味です」

ククク、とおかしそうに笑って、「安心しました」と納得顔の生野だ。

一方、紗奈は困惑していた。

そんなに面白いやりとりをした覚えがないのに、何だか異常に受けている?

なぜだろう? と内心で首を捻《ひね》っていると、玄関の外からガヤガヤと騒がしい人の気配がした。

ピンポーンとインターホンが鳴り、生野は「あ、来たようですね」と、サッと立ち上がってドアに向かう。「あの」と紗奈が言いかけると、生野は振り返ってウインクを寄越した。

「一人暮らしの女性は用心しないと」

と言って、ガチャ、とドアを開けて対応する。

そして業者を招き入れると、生野の協力もあって紗奈の家はあっという間に空っぽになった。

掃除もバッチリ昨夜のうちに済ませておいたので、スッキリと綺麗なものだ。

端から端まで歩いて数歩の部屋は、こうして見ると結構狭かった。

二年住んでいたが未練はないと、カチッと玄関の鍵を掛ける。

一緒に残ってくれていた生野に「お待たせしました」と鍵を渡すと、連れ立って廊下を歩き出す。

生野は機嫌よく、ニコニコ顔だ。「いい天気ですねえ、引っ越し日和だ」などと気さくに話しかけてくれる。こんな天気のいい日に、他人の引っ越しの手伝いをさせられても嫌な顔一つしないなんて、本当にいい人だ、と嬉しくなってしまう。

さすが、翔が気を許して手伝いに寄越すだけの人だ。こちらも自然と笑顔で答えた。

「はい、晴れてよかったです」

「杉野さん、よかったら僕の車で送りますよ？」

「ありがとうございます」

紗奈の車は、前週から翔の家のガレージに収まっているので、親切な彼の申し出をありがたく受けて、翔の家まで送ってもらうことにした。

彼の車は、紗奈もよく知っているシルバーブルーの国産スポーツカーだった。この人はこんな車が好きなのね、と星のマークに目を向ける。

「車、お好きなんですか？」

「羽泉一家に毒されまして。全輪駆動、運転しやすいんですよ」

と王子様はふわっと笑った。

「それにしても、もう羽泉のご両親とも面識あるんですね。あいつ、やっぱり攻めるのめちゃくちゃ速いな」

「はあ、それに関しては、同意見です」

翔が意図的に両親に会わせたわけではないが、これ幸いと、話を結婚にまで強引に持っていかれたのは否めない……

(普通、付き合うイコール結婚する、なんて、ホントあり得ないから)

翔の思考回路は一体どうなっているのだろう？　とは思うが、流されてしまった自分の思考回路も解析できない紗奈には、所詮、翔が考えていることなど分かりはしない。

「そういえばあいつ、中学や高校の時に部活の助っ人でバスケやサッカーの試合に何度か出たことがあるんですよ。チャンスがあると、迷わず速攻でドンドン攻めるんですよね。それであっさりどの試合にも勝ってしまって」

生野は、「小さい時から全然変わってない」と面白そうに翔の昔話を語ってくれる。

確かに、翔の本気の攻めを経験させられた身としては、生野の言葉の意味がものすごく骨身に染みる。

思わず紗奈は、大きく頷いた。

「なるほど、何となく想像できてしまいます……。ちなみに、生野さんは何の部活だったんですか？」

「ああ、僕は弓道部でしてね。今でもたまに道場に通う程度ですが、続けています。羽泉と都合が合えば一緒に行ったりしますよ」

「え？　翔もですか？」

「ええ、高校の時にちょっと教えたら、すぐについて来れるようになっちゃって」

そう言って、二人の高校時代の思い出を懐かしむように語ってくれた。そして紗奈が高校時代には学級委員だったと話すと、やたらと感心してくれる。そうこうするうちに、車は引っ越しトラックが路肩に止めてある道路に入っていた。

「僕は不動産屋に戻って、手続きを済ませてしまいますから、後のことは心配しないで。じゃあ今日はこれで。また今度ゆっくりお会いしましょう」

生野は翔の家に続く道路の路上で、紗奈を降ろしてくれた。

（生野さんって、見た目よりずっと芯が強い人って感じ）

そのまま車で走り去る優しい王子様に、紗奈は軽くお辞儀をする。

閑静な住宅街の静かな道路には、引っ越しトラックが通行の邪魔にならないよう、路肩ギリギリに寄せてあった。新緑の清々《すがすが》しい香りを含むそよ風が、さやさやと枝葉を揺らして、見上げた先には青空が広がっている。まだ五月なのに、早くも夏の兆《きざ》しを肌で感じる。

いつの間にか季節は、移り変わっているのね……としみじみ思いながら翔の家に辿り着いた。

周辺を歩いて改めて実感した。翔の家は、この辺りのどの家より敷地が広い……

敷地を囲む長い長い生垣を眺め、開いた門を通り過ぎると、風情のある敷石の小道へと一歩踏みだす。見事な景石やツツジで彩《いろど》られた庭を通り抜けると、立派な正面玄関に到着した。

重厚だが優美なドアは開けっぱなしで、入っておいでと紗奈を誘っているようだ。

これから始まる新しい生活へのちょっぴりの不安、だけどそれ以上のワクワク感を象徴するようなドアの前で深呼吸をしてから、うんよし、と気合を入れる。

今日から紗奈の住む家でもある大きな玄関口で、「お邪魔しまーす」と声を張り上げ中に入っていった。

（あれ？　何だか家具が増えてる？）

何もなかったはずの廊下には、小さなアンティークテーブルが、まるで最初からそこにあったような顔をして収まっている。その上には、鍵入れにちょうどいい感じの編み籠が品良くのっていた。

なんかいい感じ、とテーブルのツヤツヤした木の表面を手で撫で回していると、「壁に当てるなよ」や「見た目より重い！」という複数の男性の声が頭上から降ってきた。

首を伸ばして見上げると、業者らしきユニフォームを着込んだ人たちが、階段上から、うんせ、と重そうに家具を運び下ろしている。家具はこれまた凝った造りの可愛い飾り戸棚と、花に見立てた優美な曲線が華やかなアール・ヌーヴォー調の床ランプだった。

この構図に、あれ？　と違和感を覚えた。

どうして家具が二階から下ろされている？　一体どこからこの見事な家具類は湧いて出てきたのだろう？　二階の部屋は、全て空っぽだったはずだ。唯一家具が使われていた翔の部屋にも、こんな華やかな家具はなかった。

不思議に思った紗奈は、家具を抱えた一団が通り過ぎると、トントンと階段を上っていった。

続く廊下に目をやる。

（あ、開いてる……）

この間は閉まっていた一番奥の両開きの扉が、今は開けっぱなしになっている。奥から聞こえてくる翔の低い声を認めて、トコトコと扉に近づいていった。

その途中で足が一瞬止まる。

扉の向こうに、ベッドルームらしきものが見えたのだ。どうやらそこは、納戸ではなかったらしい。どぎまぎしながら、初めて見る大きな部屋に足を踏み入れてみた。

「わあ……」

これは、すごい。

真正面は小さなベランダに続く、白い縁《ふち》のフレンチドア。白いカーテンがそよ風でフワフワと揺れている。ベランダから少し離れたところには、庭先の大きな大木の幹が見える。

それはそよ風でさわさわと揺れ動き、若葉の間からは木漏《こも》れ日《び》が透けていた。

柔らかい陽射しが、この部屋全体にプリズムのような光を生み出している。

さらに、掛け軸のような細長い窓が、天井の高いこの部屋の奥まで穏やかな春光を届けていた。

扉の横にある小さな階段は、ロフトに続いている。

(……なんてロマンチックなお部屋なの……)

「紗奈、おはよう」

賛嘆の声をあげた紗奈に、屈み込んで作業をしていた翔が気付いた。

「おはよう、翔」

「ちょうどよかった、ベッドの位置はここでいいか？　それから、一応化粧台は紗奈が使うだろうと思って、ウォークインクローゼットの方に移動させた」

翔は、前にベッドルームで見かけた大きなキングサイズのベッドを、業者と一緒に壁に移動させている最中だった。

「あ、そこ、足元気を付けろ」と注意されて足元をよく見ると、ベッドの置かれている床部分に大きなカーペットが半分広げて敷いてある。落ち着いた淡い萌黄色《もえぎいろ》とターコイズブルーの唐草模様が、このロマンチックな部屋にはよく映える。カーペットの残り半分は、まだクルンと丸まったまま紗奈の前方に転がっていた。

(危ない、危ない……)

掃除機がその側に放り出されていて、もうすぐでコードに足を引っ掛けるところだった。慎重にコードを跨《また》ぐと、ベッドの位置は……と、部屋をぐるりと見渡してみる。

「その位置が一番いい感じ。コンセントもあるし、ベッドからもフレンチドア越しに景色が見えるし。それに窓からも離れてるから直接陽が当たらなくて、いいんじゃない？」

「よし、分かった。じゃあ、ちょっと階下に下りて、下に移動した居間の家具の指示を出してくれるか？　俺は絨毯《じゅうたん》を直して掃除機をかけておく」

「了解よ」

下に行く途中、私の部屋はどこだろう？　と扉が開いている他のベッドルームを覗《のぞ》いてみる。階段に近い部屋に、紗奈のパイプベッドが設置してあるのが見えた。荷物はまだ運び込まれていないらしい。

そのまま階段を降りて居間に入ると、家具が一番しっくりくる場所を熟考する。

（うん、ここところに、決めたっと）

するると、タイミングよくキッチンに段ボール箱が運び込まれてきた。業者の人に、「すみません、それを運び終えたら」と声を掛けて、手早く家具の移動の指示を出す。

家具が上手く収まると、よし、今度は……と、キッチン用品の整理に取りかかった。

パントリーをせっせと片付けていると、年配の業者の人に「奥さん、もう他に移動する家具はないですか？」と声を掛けられた。咄嗟《とっさ》に、「ここは大丈夫です。お疲れ様です」と答えたものの……

（……奥さん……奥さんって！）

予告なしのハプニングとはいえ、笑って否定することもできたのに、そんな気はもちろん起きなかった。嬉しくて声が上擦《うわず》ってしまったので、不審に思われなかっただろうか。

ドキドキしながら作業を続けるが、それでも、ついつい口元が緩《ゆる》んでしまう。

「紗奈、業者を帰すけど、何かあるか？」

ちょうど二個目の段ボールを開いたときに、翔がキッチンに入ってきた。

「こっちは大丈夫。もうほぼ片付いたし」

真っ赤になった顔をパントリーの扉で隠しつつ、翔からは見えないのに、わざわざ首をブンブンと振ってしまった。

しばらくすると、玄関の方から挨拶《あいさつ》を交わす声が聞こえてきた。

バタンと扉が閉まって静かになった部屋に、何かに話しかける翔の低い声が聞こえると思ったら、心地よい音楽がどこからか流れ出した。

「紗奈、手伝うことはあるか？」

「ないわ、ここはもう終わりよ。お茶でも淹《い》れようか？」

「俺が淹《い》れる。疲れただろう？」

「大丈夫、ありがとう」

翔の労《いた》わるような気遣いの言葉が、何だかすごく、くすぐったい。ふふふ……と気持ちが、また浮き立ってしまう。

その言葉に喜んで甘えよう。よいしょ、と声を出して立ち上がるとテーブルに向かう。ふと卓上にあった経済ジャーナルが目に入ると、手が自然に伸びた。

経済誌としては一、二を争うメジャーな雑誌の表紙に、まるでモデルのようなイケメン男性がでかでかと載っている。

（えっ、これって、翔？　……ではないよね。すごく似てるけど雰囲気がまるで違う。この人の方が年上っぽいし）

男性は一見翔にそっくりで、やはり長身でスーツ姿が様《さま》になっている。

けれどもにこやかに笑うその顔は、輪郭と目の形が翔と微妙に違っていた。そのため頼もしそうな印象は同じなのだが、この人の方がもう少し大らかな雰囲気がする。

経済ジャーナルには、「今話題のホテル界のプリンス、羽《は》泉《いずみ》彰《あきら》副社長、独占インタビュー」と大きく見出しがついている。苗字が翔と同じだ。

（この間、挨拶《あいさつ》をした翔のお父様が社長と呼ばれていたから、この人はもしかして、お兄さん？）

そう思い当たり、紗奈は興味津々で雑誌を読みだした。

気が付けば翔の父の会社である、クイーンズウイングホールディングの記事を読み終えていた。最後の簡単なプロフィールにまで目を通すと、次のページもめくってみる。その時鼻孔に、ベーコンの美味《おい》しく焼ける香りが漂《ただよ》ってきた。

「紗奈、お昼が近いし、ついでにピラフを作った。お腹空いてるか？」

「わあ、うん、空いてる。翔、ありがとう」

「ああ、じゃあ、今お茶と一緒に持って行く」

壁時計はまだ昼前の時刻を指していたが、朝から引っ越しで動いていたせいでお腹はもうペコペコだ。

運ばれてきた美味《おい》しそうな匂いのするピラフに、ありがたく「いただきます」と手を合わせた。

「この記事の人って、翔のお兄さんよね？」

「ああ。それはあき兄が送ってきたんだ。そういえば、兄さんにはまだ紗奈を紹介していなかったな。紗奈、都合が良ければ金曜の夜にでも、時間取ってもらえるか？」

「来週？　大丈夫よ、うちは終業時間は絶対厳守なの。室長が厳しい人で、『業務時間内で仕事を回せないような無能は、秘書室に要りません』って方針だし」

「ほお、面白い人だな」

「厳しいけど有能な人よ。うちの社長は、方針はビシッと決めるけど、基本はおっとりしてるから、室長はとっても頼りにされてるの」

「紗奈は、今の会社が好きなんだな」

「ええ、働き甲斐のある会社に就職できて、ラッキーだったと思ってる。グローバル化や世界経済の冷え込みで、厳しい業界ではあるけどね」

「そうか。まあ、その辺の事情はどこの業界でも同じだろう。じゃあ金曜日、兄さんの都合が合えば一緒に食事でもしよう。俺の方も調整する」

「分かった。あ、ねえ、ところで家賃っていくら払えばいいの？　光熱費とか食費は折半するにしても」

「……紗奈、俺は自分の嫁から家賃を取るつもりはない。どうしてもと言うなら、その分を食費に回そう。俺は結構食べるしな」

当たり前のことをなぜ聞く？　と翔に不思議顔でじっと見つめられてしまった。

(嫁！　翔のお嫁さん……その上、家賃いらないって……)

「えっ、あの、その……」

聞き慣れない言葉に照れてしまって、みるみる顔に血が上り頬がピンクに染まっていく。

翔はその様子を満足そうに眺めながら、席を立ってお皿を片付け始めた。

「紗奈、荷解きしておいで。ここは俺が洗っておく」

「あ……ありがとう、翔」

「どういたしまして」

紗奈はいそいそと翔にお皿を渡して、一緒に立ち上がり二人のコップをシンクまで運んでいく。

するとゴ「ほら行っといで」と軽く髪にキスをされた。その瞬間、気持ちがふわあと舞い上がってしまい、衝動に駆られてその逞《たくま》しい腰に抱きついた。だがすぐに恥ずかしくなりサッと離れると、パタパタッと廊下に出ていく。

(はっ、しまった。廊下は走らない)

学級委員をしていたせいか、つい自分に突っ込みを入れてしまう。ピタ、と止まると、何でもなかったように歩き出した。

パイプベッドの置いてある二階の部屋に入ると、すぐにプラケースがないことに気付いた。念のためワードローブを開けて確認するも、荷物は見つからない。おかしいな、他の部屋に置いてあるのかも、と順々に部屋を覗《のぞ》いてチェックしてみても、やはり空っぽだ。

(まさか、これってひょっとして……)

半信半疑で、両扉が開いたままの大きなベッドルームに足を運ぶ。

入って左手には、翔が設置したベッドが置いてある。反対側は、と思って首を回すと、扉の右手側に大きなウォークインクローゼットが見えた。五つのプラケースが、すべて置いてある。

三面造り付けのクローゼットがある衣装部屋は、紗奈の元いたマンションの部屋と同じぐらいの大きさがあった。翔が先程言っていたフレンチ風ドレッサーも、ここに収まっている。

(……クローゼットって、普通はハンガーを掛ける棚がある慎ましいものよね。これって、もう衣装部屋っていうか……)

真ん中にベルベットの座り心地よさそうな腰掛け椅子が置いてあるその空間は、半分は翔の高級そうなスーツなどで埋められていた。ネクタイ掛けや、引き出しなどもずらっと並んでいる。その中には紗奈には一生縁のなさそうな、腕時計やネクタイピンなどが収まっているジュエリー専用の引き出しまであった。ここも、半分は空っぽだ。

(……半分空けてあるってことは、そういうことよね……)

部屋はいくつもあるのだし、紗奈のベッドも他の部屋にあったので、一つ屋根の下とはいえ居候《いそうろう》的なものかな？　と思ったりもしたのだが。

いや、まあ、本音を言えば、紗奈だって考えなかったわけではない。

まだ日が浅いとはいえ、付き合ってる恋人同士なのだから、部屋が別々だったら絶対がっかりしただろう。だから、当然のように二人一緒の部屋を用意されると嬉しい。

紗奈のために取ってあったスペースの前に佇《たたず》んで、スーッと息を長く吸う。今日から翔と一緒の家、同じ部屋で暮らす心づもりを整えるのだ。

(翔と多少のバックグラウンドの違いはあるけど、同じ人間なんだし、何とかなる……はず。一緒に暮らす以上、これくらいのことで動揺しない。洗濯物だってこれからは一緒なんだし)

それにどっちみち下着は、先週末の旅館で、両手に持てないどころか足の指を入れてもまだ足りないほどの数を買ってもらってしまった。古い下着は捨ててきたし、今日運んできた荷物の中の下着は、ほとんど翔からの贈り物で占められている。

勇気付けに鼻歌を歌い、半分も埋まりそうにないなぁ、と思いながら、せっせとプラケースの中身をクローゼットに移していく。

作業はあっという間に終わって、空のプラケースはそのままクローゼットの足元の空いた隙間に置いた。後は洗面所の物をしまうだけだと、慣れた手順で次々と作業を進める。

クローゼットの横にあった扉を開けると、そこはベッドルーム専用の大きなバスルームとトイレだった。

一つ小さな溜息をついて、もう何が出てきても驚かないことに決めた紗奈は、上品なクリーム色でまとめられた洗面所の引き出しに、次々と髪留めや歯ブラシをしまっていく。

それが終わると、曇りガラスの扉の中が気になってきた。

好奇心を刺激され、そっとバスルームを覗《のぞ》いてみる。

(うわっ！　すごい、高級シャワーに大きな浴槽だわ……)

そこは、優しい陽の光に照らされた、まるで一流ホテルのバスルームのような空間だった。

憧《あこが》れの大きいお風呂を目にした途端、それらが堪《たま》らなく魅力的に見えてきてしまった。朝からの引っ越しで汗も掻いたし……と目の前に広がる誘惑に勝てず、紗奈はちょっとだけとタオルを取り出し服を脱ぎ出した。

使われた様子がまるでない大きなバスルームに入り、シャワーの蛇口を捻《ひね》ってノズルを調整してみる。

(わあ、やっぱりいろんなオプションがある)

お湯が霧のようなミスト状になったり、滝で打たれるような一点集中のお湯がドバッと出てきたりして、なかなか面白い。一通りノズルで遊んだ後、手早くシャワーを浴びて、さあ引き揚げようとノブに手を伸ばすと、不意に扉が開いて、裸の翔が入ってきた。

「翔っ⁉」

「俺が紗奈に触りたいのを我慢して、ロフトの整理をしていたのに……シャワーの音と笑い声なんか聞こえたら、我慢できるわけないだろ」

「えっ？」

翔の逞《たくま》しい身体が、真昼の光に惜しげもなく晒《さら》されている。

紗奈の目は、そのしなやかで美しい体躯《たいく》に釘付けだ。

さらっと落ちてきた前髪を何気なく掻き上げる仕草に、またも匂い立つような色香を感じて、胸がさらに高まった。

（あ……空気が、変わった……しなやかで、逞《たくま》しい……凄艶《せいえん》な雄の……）

「紗奈、おいで」

「ん……」

こちらを見て愛おしそうに微笑む翔に、フラリと近づいていく。

そして乞われるまま二人で一緒にシャワーを浴びた。

手を引っ張られてバスルームを連れ出されると、タオルで全身を拭かれる。

だけど真昼に全裸で立っているのはさすがに恥ずかしくて、翔が身体を拭き取っている間に、何とかショーツだけは……と、素早く下着を身に付けた。

「無駄なことを」

翔は身体を拭きながら、ゆっくりと妖しく笑って流し目で見てくる。

（フギャー、や、うそっ？）

目が合った途端に、黒豹にロックオンされた小動物になってしまった。

「しょ、翔、まだ、お昼なんだけど！」

「それがどうした」

あっさり肯定されて、ええっ、と思っているうちに、ショーツだけを着けた姿で、ゆっくり抱き込まれた。

「この一週間、紗奈に触れなくて、地獄だった」

低い声で唸《うな》るように囁《ささや》かれて、それで全て語り尽くしたというように翔は黙る。そして、着けたばかりのショーツのラインギリギリを、指先で優しくツーと辿っていく。

（き、きゃーっ、こんなことされたら、私……）

真昼間のバスルームに、いきなり黒い夜の帝王が舞い降りた。

今すぐ逃げ出したいほど恥ずかしいのに、豹変した翔に心を鷲掴《わしづか》みされて、紗奈は一歩も動けない。

翔の長い指は、呼吸を忘れた紗奈の脇や上腕の肌を上に上にと辿っていく。

「は……ぁ……」

背中が快感で小刻みに震える。

悪戯《いたずら》な指先はやがて紗奈の口元で止まり、唇の形をそうっとなぞって開かせる。あっ、と小さく呟《つぶや》いた隙に、指がクチュッと口内に入り込んできた。

（ん……ぁ、翔……）

じっと見つめながら、大人しく、チュク、クチュッと指先を愛おしそうに吸ったり舐めたりする紗奈に、翔は目を細めて艶《あで》やかに笑いかけてくる。

（なんてそそられる微笑み……）

翔から匂い立つような色香が溢れ、ゾクッと甘い痺《しび》れが身体中に走った。

微熱を帯びた昏《くら》い眼差しに引き込まれて、ボーッとなる。

長い指を口から、ちゅぽっと引き抜かれると、別れを惜しむ紗奈の唾液が、ツウッと糸を引いて翔の動きを追う。

髪をふんわりと梳《す》かれて、魅入られたように翔の一挙一動に煽《あお》られてしまう。

力強い腕で、ぐいっと腰を引き寄せられ、紗奈の下腹部に灼熱の塊《かたまり》がグッと押し当てられた。

（あ、熱くて、硬い……）

翔に触れて欲しくてジリジリしている身体は、それだけでもう火照《ほて》ってきた。

呼吸が速くなり、翔の熱い眼差しから目を逸らせない。

そして強く主張するように、濡れた先端がおへそあたりに何度も押し当てられる。

身体がキュウンと反応すると、背中がゾクゾクして、思わず両手を翔の首に回して顔を引き寄せた。

（待てない……）

紗奈は、自分から翔に、そっと唇を合わせた。

足の間がすでにヌルヌルに濡れているほどで、優しい唇の触れ合いでは、この熱は収まりそうにない。

そう思ったらすぐに柔らかい舌が侵入してきて、キスが一気に深くなった。

お互いの唇や口内をたっぷり貪《むさぼ》ってから、舌が誘うように唇をそろりとなぞってくる。

翔の長い両腕が紗奈の背中を辿りながら下がっていき、お尻をグッと掴むと、そのまま身体を持ち上げてきた。

（きゃ！　落ちちゃう……！）

咄嗟《とっさ》に、紗奈は両脚を翔の腰に絡ませた。

それでも二人共、キスを交わす唇を離さない。

そのままいつの間にかベッドに優しく下ろされた紗奈の身体は、白いシーツの上で小さく弾んだ。

胸に軽く歯を当てられて、悪戯《いたずら》な指先がショーツの上からすでに膨らんできた突起を弄《いじ》る。

「や、同時に触ったら、ダメ、あっ」

ピリリ、と腰が痺《しび》れて触れられたところから、ドロリと蕩《とろ》けていく。

太股にトロリと垂れた雫《しずく》を感じると思ったら、ショーツがあっけなく剥《む》かれていた。

長い指で愛蜜が溢れてくる中心を撫でられると、脳まで痺《しび》れて腰が砕けそうになる。

「あっ……ぁ……」

足のつま先からゆっくりと辿っていく唇に、膝や太腿の内側など敏感なところをくすぐられる。びくん、と震えると、宥《なだ》めるように濡れた舌先で肌を舐め上げられ、愉悦の溜息が思わず唇から漏れる。

「紗奈はどこも敏感だな」

紗奈がどこをどうしたら感じるのか、翔は一つ一つ確かめるように、丁寧に愛撫を施《ほどこ》す。

「翔が、触れてる、から……」

切れぎれの悩ましげな声は、自分の声じゃないみたいだ。

満足そうな溜息を漏らした翔の力強い手によって、紗奈はうつぶせにされた。

ヒョイッと紗奈の腰を持ち上げると、しなやかな黒豹がのし掛かってきて、背中越しに「紗奈、可愛い……」と囁《ささや》いてくる。

（ひぁっ……や、感じちゃう……）

翔の息が、濡れてヌメヌメと光っている秘所に、フッとかかる。

次の瞬間、クチュと柔らかい舌が蜜口を舐め、溢れる雫《しずく》を味わうように、じゅうっと音を立てて吸った。

「やっ、だ、ダメっ、そんなっ……」

（メチャクチャ、恥ずかしい！）

真昼間の明るい部屋で、お尻を突き出した格好で、翔に恥ずかしいところを口で貪《むさぼ》られている。

あの綺麗な唇がそんなところに触れていると想像するだけで、死にたくなるほど恥ずかしいのに、素直な身体は翔に可愛がられて蜜口から蜜をどんどん溢れさせる。

（あぁ……どうしてこんなに、気持ちいいの？）

恥ずかしいと思うほど身体は濡れていき、翔を受け入れるためにゆっくり開く。

翔の口づけで広げられた蜜口はトロトロに蕩《とろ》けて、待てないとばかりにヒクヒク伸縮し始めた。

腰がうねって、少しもジッとしていられない。

「紗奈、欲しいか？」

（こんなタイミングで、聞かないで……）

いつの間にか身体の下に潜り込んだ翔の唇が動くたびに、膝で体重を支えきれないくらい感じてしまう。

「そんなとこで、しゃべっちゃ……」

「聞こえないな」

甘美な身震いに耐えて大きく頷いたのに、翔はわざと焦《じ》らしてくる。

（もう……絶対S、入ってる……）

「翔、もう、お願い……」

「六十点」

小さな膨らんだ突起をペロンと舐められると、身体は大きく仰《の》け反《ぞ》った。

ちゅるっという濡れた音が耳朶《じだ》に届いた途端、甘く鋭い快感が一気に身体に広がる。

（もう、もう……）

「やぁっ、あぁっ……」

一層強くジュウッと吸われると同時に、蕩《とろ》けた蜜口がひくひくと痙攣《けいれん》して熱い蜜が溢れた。

陶酔の連続で緊張していた身体が、フッと緩《ゆる》む。

だが、翔の熱い舌が敏感なピンクの覆いをクイと押しやり、ツルンとした真珠の粒に絡みつく。

（ぁ……そんな、いやっ……今盛大にイッたばかりなのに……）

わなわな震える絶頂感にとめどなく襲われる中、刹那《せつな》、鋭い痛みにも似た快感が身体中を支配した。

（あぁぁっ）

一瞬で頭が真っ白になるほどの恍惚《こうこつ》に襲われた。

翔が膨らみに鋭い犬歯を当てて、カリッと甘噛みしてきたのだ。

紗奈は声も出せず、ぎゅううとシーツを掴む。ビクン、ビクン、と大きく太ももが痙攣《けいれん》して身体に力が入らない。

両腕で支えきれなくなった上半身が枕に投げ出されると同時に、うつぶせのまま無意識に脚を広げていた。

「あっ……やぁぁ……翔、お願い……来て……」

「ん、行くぞ」

快感に翻弄《ほんろう》され、荒い息で小さく叫んだ紗奈に、満足そうな翔がゆっくり後ろから挿入《はい》ってきた。

（熱い……翔、翔……）

「はぁ……あん」

小刻みに腰を揺らしながら、深く深く侵入してくる翔に、紗奈は喜んで身を委《ゆだ》ねる。

「ここ、か……感じるか？」

「う、ん……ぁあっ」

敏感な内壁をゆっくり擦《こす》られて、否応なく絶頂に押し上げられる中、素直に頷く。

どこまでも深く受け入れる紗奈を、翔は愛おしそうに目を細めて見つめる。

そして堪《たま》らないとばかりに大きく腰を引いて、ズン、と最奥まで一気に貫《つらぬ》いてきた。

「ああぁっーっ」

「すまない、加減できそうにない」

灼熱の塊《かたまり》が、最奥を先端で抉《えぐ》るように力強く突いてくる。

身体の芯を揺さぶられるような恍惚感《こうこつかん》に、膣内《なか》の屹立を思わず締め付けた。

「っ……こら、持たないだろ」

翔は貫《つらぬ》いたまま、くるっと紗奈の身体を回して正面から抱き合う体勢になる。そして紗奈の膝を曲げさせると、深く突いたまま大きく円を描くように腰を動かして、グリ、グリと中を掻き回す。

「あ、だ……めぇ……」

「……聞けないな」

「あぁ……ぁ……ぁ」

翔の腰が動くたび、身体は凄《すさ》まじい快感に襲われて、目が潤《うる》んでくる。

もうまともな受け答えはできず、感じるまま大きく揺さぶられ、脳天まで痺《しび》れてしまう。

紗奈を味わいつくそうとする翔の卑猥《ひわい》な動きで、声を上げることもできず、酸素を求めて激しく喘《あえ》いだ。

「紗奈」

翔の律動が一層力強くなり、最奥に何度も屹立でキスされて、悦《よ》くて、悦《よ》過ぎて……

「もう、もう、ダメ……ぁーっ」

膣内《なか》にいる翔を、きゅうんとうねるように締め付けた。

「……っ……」

ドクッ、ドクンと熱い奔流が紗奈の中で放たれ、身体に浸透する。

「……愛して、る」

耳元で荒い息のまま囁《ささや》かれた低い声に、紗奈の心が敏感に反応した。

翔に心ゆくまで愛され陶然としていたところに、悦《よろこ》びがまた押し寄せる。

ビクン、と腰が疼《うず》いて、またドロッとした愛液が溢れると、紗奈はあっけなくもう一度イってしまった。

5　華やかなプレリュード

連休明けの木曜日は、延長して休みを取っている人が多いせいか、オフィスはいつもより人気《ひとけ》がない。

紗奈たち秘書室勤務の人間は相変わらず業務に追われていた。

だが、普段は忙しい秘書室も今日は人が半分ぐらいで、出勤しているのは紗奈たちベテラン勢ばかりだ。今日と明日を乗り越えれば、また週末がやってくる。

（今日は空いてるだろうし、久しぶりに社内食堂に行こうかな？）

去年改装が終わった食堂は明るいカフェのような内装で、工夫されたメニューが結構充実している。なかなか好評のようで、お昼時になると混雑するため、紗奈は、滅多に利用しない。総務の女性に人気だと教えてもらったヘルシー定食をトレイにのせると、おしゃれなテーブルに向かった。

すると、「杉野さん、こっちこっち、空いてるよ」と、総務の情報通である同期の今野が手を振って呼びかけてきた。紗奈は「ありがとう」と言って女性ばかりが集まっているテーブルに座ると、早速話しかけられる。

「杉野さんも、ヘルシー定食？　全然ダイエットの必要なさそうなのに？」

「まあ、嬉しい。でもね、本当はこれでも結構努力しているのよ」

「うっそー、そんなお肌ツルツルで？」

「それはきっと、早朝ジョギングのおかげね」

「すごーい！　やっぱり、私も何か始めようかなあ」

紗奈の日課になりつつある早朝散歩は、この二日で早朝ジョギングへとレベルが上がっていた。

（だって、翔も一緒に起きて、掃除とかしてるし……）

それは紗奈の身体が習慣で五時ごろ勝手に起きてしまうからであった。

翔の家に引っ越してきた翌日から、今までの習慣で早朝五時に目覚めると翔も同じ時間に起きてきて、まず一番に情熱的に紗奈を抱くのだ。

恋愛体質からは程遠いと思っていた自分だが、色香たっぷりの翔に甘えるように身を寄せられ、妖しく光る瞳に見つめられると、たちまちトロンと蕩《とろ》けてすぐに欲望に火がついてしまう……

一方の翔も、仕事と実家のホテルの会員制スポーツクラブに出掛ける以外は、『離れられない』と言って連休は紗奈とずっと一緒に過ごした。

出勤日の今朝も、いつものように目が覚めた二人は、いつものように愛し合った。そしていつものように一人で散歩に出て、緩《ゆる》い坂を昨日よりもっと距離を伸ばして走る。

一時間ほどして紗奈が帰ってくると、一緒にご飯を食べて、翔は七時前に車で出勤する。

そして紗奈は朝ご飯の後片付けをして、電車で出勤してきたのだ。

こうして紗奈は日課のお散歩兼ジョギング、翔は朝ご飯の支度や掃除に仕事と、二人の生活リズムはだいぶできていた。

「あ、そういえば、杉野さんて引っ越ししたの？　届出が出てたけど」

「そうなの、前より少し通勤時間は掛かるけど」

「引っ越しなんて、余計な出費が出ていかない？」

「そうなんだけど、私の場合、前のマンションで留守の間に物を盗まれてね」

「わあ、それはちょっと怖い。私でもすぐ引っ越すわ」

「そうよね。……ねえ、その雑誌はなあに？」

紗奈は、テーブルの中心に置いてある雑誌を不思議に思い、尋ねてみた。

翔のお兄さんが表紙を飾るその経済ジャーナルは、総務の女性の目を引く話題が載っているとはとても思えなかったからだ。

「杉野さん、知らないの？　この人、今話題のイケメン副社長よ」

「そうそう、ホテル界のプリンスですって。結婚してるのが残念でならないわ」

「え〜、こんなカッコいい人、私たちには絶対手が届かないわよ」

「でも、いい目の保養よね〜、こんな人が会社の上司だったら……」

ハア〜、とみんなが憧《あこが》れの溜息をついている。

（……そうよね、翔もあの態度がなかったら、会社や私生活で女性たちが放っておくわけないわね……）

翔の一見無愛想な態度は、知らずに威圧感を出して相手を怖がらせないよう距離を取るためなんだろう、きっと。

翔は普通にしていても堂々としているし、仕事が絡むと瞳がさらに鋭くなり厳しい態度になる。

ビジネス以外であんな感じだと、カッコイイから余計に、相手を呑み込んでしまう野獣のようなものすごい迫力が出てしまう。

友人に注意されたと言っていたから、生野あたりに、プライベートではもう少し抑えてと言われたのだろう。

そんな無愛想な翔も、威圧感のある翔も、どちらも可愛いと思えてしまうのだから、かなり重症だと自分でも思う。

だが、さすがに翔にもらった指輪を左手の薬指につけて、会社に出社する勇気は、まだ出なかった。

今朝、朝ご飯を食べている時に、翔が思い出したように言ったのだ。

『今週末は、紗奈の婚約指輪を買いに行こう』

『え!? 婚約指輪って? この指輪も買ってもらったばかりなのに。いいよ、そんな』

こう返事をした時点で、正式に婚約することをすんなり受け入れている自分に、紗奈はもちろん気付いていない。

そんな紗奈の反応に頬を緩《ゆる》ませながら、それでも翔はきっぱりとした口調で言った。

『紗奈が、その指輪を今からずっと左手の薬指に嵌《は》めるなら、来月まで待ってやってもいいが』

『ええっ。あの、どうしても嵌《は》めなきゃダメ？』

『紗奈、お前、自分が俺の婚約者だという自覚があるのか？ ペンダントにしてくれているのは嬉しいが、それではお前が俺の婚約者だという証《あかし》にはならないだろう』

『ふえっ……』

確かにそうだが、会社のみんなに、根掘り葉掘り指輪のことを質問される心の準備はまだできていない。

だんだんと顔が曇ってくる翔に、慌てて紗奈は、違うの、と説明する。

『翔からもらった指輪をつけるのが嫌なんじゃなくて、プライベートなことを会社で茶化されるのが嫌なだけで……』

『茶化される？』

『だって、突然婚約指輪なんて嵌《は》めていったら、絶対根掘り葉掘り聞かれるわ』

『別にいいじゃないか。婚約したと言えば』

そうなのだが、そうなると、「一体いつから付き合ってるの？」とか、「お相手は誰？」とか突っ込んだ質問をされるのが分かりきっている。

相手は取引先の人だと誤魔化すにしても、付き合い始めてまだ二週間弱……

（たとえ、ただの顔見知り期間を合わせても、たった一ヶ月……うわあ、やっぱり……）

誰が考えても婚約まで早過ぎると思える展開に、一応会社で常識人で通している紗奈が不思議な目で見られること間違いなしだ。

『紗奈、俺と婚約していることを言いたくないのか？』

『違う！　そうじゃないの、ちょっと、というかすごく恥ずかしいだけ。……分かった、週末指輪を見に行く』

次第に戸惑いと憂《うれ》いを帯びてくる翔の表情に、いたたまれなくなった紗奈は、電撃婚約ゴシップの生贄《いけにえ》になる覚悟を決めた。

『そうか！　よし、好きなの選んでいいからな』

紗奈のきっぱりとした返事に、翔の顔が綻《ほころ》ぶ。

（うわあ、嬉しそう！）

どうせ、来月に婚約指輪を嵌《は》めて会社に行けば、ゴシップの対象になるのだ。だけどもう少しだけ、心の準備をする猶予《ゆうよ》が欲しかった。

そこでひとまず会社以外の場所でこの指輪を左手に嵌《は》めて、少しずつ翔の婚約者という立場に慣れていくことにしたのだ。

（私が婚約指輪を嵌《は》めて出社しても、誰も気が付きませんように……）

女性たちが雑誌を囲んでワイワイ集まる食堂のテーブルで、それはあり得ないだろうと思いながらも、紗奈は熱心に心の中で祈った。

◇　◇　◇

金曜日の夕方。都内にある高級ホテルのエントランスホールは、着飾った人々で大変な混み具合だった。みんな、待ち合わせなのだろう。

そんな華やかな人々の中、紗奈はティーラウンジで翔を待っていた。

ゆったりと紅茶のカップを傾けながら、聞こえてくるピアノのジャズメドレーの生演奏に、うっとりと聴き惚れている。

(ステキな曲……でも、うーん、なんだろう？　さっきから変な感じが……)

ゆったりしたメロディーに安らぎを覚えるものの、先程から絡みつくような視線を感じる。気になって周りをぐるりと見回すが、結局何も見つからず、ホテルの入り口付近まで確かめた。

今日の紗奈の装《よそお》いは、会社帰りなのできっちりとしたスーツ姿だ。

とはいえ、このホテルのラウンジのような華やかな場にふさわしい淡いグレーで、春の萌黄色《もえぎいろ》とピンクの花柄のシャツを上品に胸元から覗《のぞ》かせている。

柔らかい色の組み合わせのスーツは、紗奈をホテルのラウンジで愛しい人を待つ、上品な大人の女性に変身させていた。会社でも、「お、今日はデートですか？」と同僚にからかわれたほどだ。

(やっぱり……何か……)

また視線を感じて顔を上げる。

するとその時、杖をついた上品な和服姿のお爺《じい》さんが、キョロキョロ周りを見回しながら歩いている姿が目に映った。

(あ！　あのお爺《じい》さん、このままじゃ、荷物につまずくかも)

旅行者らしき人の大きなバッグが通路にはみ出していて、お爺《じい》さんの歩む先に横たわっている。

誰かを探しているらしいお爺《じい》さんは、目の前の障害物に気が付いていない。

紗奈は咄嗟《とっさ》に立ち上がって、お爺《じい》さんに呼びかけた。

「あの、足元に気を付けて下さい。バッグが……」

「おお！　こりゃどうも、ありがとう。お嬢さん」

紗奈の呼びかけで、お爺《じい》さんは間一髪で惨事を免《まぬが》れた。けれどもバッグの持ち主らしい外国人の男性が、いきなり立ち上がってお爺《じい》さんに怒鳴りだしたのだ。

『何をする、この泥棒！　年寄りだからって逃がしはせんぞ』

「へ？」

いきなり英語でわめきだした男性に、お爺《じい》さんは困惑顔だ。

紗奈は、男性が南部訛《なま》りのスラングで、罪のないお爺《じい》さんを突然非難し始めたことにビックリしてしまった。だがすぐに、あまりの不条理さに、つい男性に怒鳴り返した。

『ちょっと、あなたの目は節穴なの？　この人のどこが泥棒に見えるっていうのよ。足の弱いお年寄りに、あなたのその、どデカイ重そうなバッグが持てるわけないでしょ！』

『な、何？　た、確かにそうだが、こんな何もないところで立ち止まって、このクソジジイが疑わしい動作をするから……』

『何を言ってるのよ、あなたのその大きなバッグが道を塞《ふさ》いでいたから、避けようとしただけでしょう。人を泥棒呼ばわりする前に、マナーぐらい守りなさいよ。それからこの人にも謝るのね。いくら言葉が分からないからって、クソジジイ呼ばわりはないいんじゃないの？』

『う……すまなかった』

怒りに燃えた紗奈の筋の通った説明に、男性は自分の非を認め、素直にお爺《じい》さんに謝った。

「お爺《じい》さん、大丈夫です。この方、何か勘違いされていたそうで非礼を詫びましたから、許してあげて下さいな」

「……ハハハ、そうですか、いえ気にしていませんから、大丈夫ですよ。オーケー、オーケー」

目を見開いてちょっと驚いた顔をしていたお爺《じい》さんは、こちらに向かって申し訳なさそうに首をすくめる男性に、お茶目にウインクをした。

そして、荷物を持って立ち去る男性を、にこやかに見送っている。

「お嬢さん、ありがとうございます。二度も助けていただいて。このお礼は必ずお返し致しましょう」

「え？　あっ、いえ、お気になさらず」

「それでは、孫が待っておりますので失礼します」

機嫌よく笑いながら立ち去るお爺《じい》さんを、紗奈は笑って見送る。

ふう、と息をつくと、元いた席に戻って、冷めかけの紅茶のカップに口をつけた。

しばらくすると辺りが騒《ざわ》めく気配がして、人々が何かに注目しているのを肌で感じ取った。グランドピアノから引き剥がした目に、堂々とした背の高い男性の姿が飛び込んでくる。

エントランスからまっすぐに、翔はまるでこのホテルの主のように悠々と歩いている。

高級そうなスーツ姿の男性が大勢いる一流ホテルのロビーでも、すらっとした長身に長い足の立ち姿は、ものすごく目立っている。ラウンジにいる女性のほとんどが、翔を目で追っていた。

何事にも動じない無愛想にも見える厳しい顔のまま、力のある双眸《そうぼう》でぐるっと周りを見渡している。その目が紗奈の姿を捉《とら》えると、たちまち表情が柔らかくなった。まっすぐ向かってきて、紗奈に眩《まぶ》しい笑顔で笑いかけると、両手でしっかりと抱きしめる。

「待ったか？　すまない、ちょっと遅れた」

「い、いい、私も今着いたとこっ」

（うっわあ、朝も思ったけど、翔ってなんでこんなにスーツが似合うんだろ？）

翔の着ているダークブラウンのスーツと薄いブラウンのシャツは、お揃いで高級イタリアブランドのものだということを、紗奈はよく知っている。

着替えている時に、ボタンを留めるのを手伝ってあげたからだ。

同色の革靴も合わせて翔が着ると、本当にカッコよ過ぎて今朝はクラッと鼻血が出そうになった。

今も、身体にしっかり回されている翔の腕を軽く叩いて、やっとの思いで促《うなが》す。

「翔、ほら、約束があるんでしょう？」

翔は名残《なごり》惜しそうに髪に唇を押し当ててから、紗奈の身体をゆっくり離した。

だがすんなりとは離れず、会社帰り限定で紗奈の左手の指に嵌《は》まった指輪にも、嬉しそうに唇を押し当ててくる。

（きゃあ、公衆の面前で何をするの！）

真っ赤になると、今度は俺のものだと見せつけるように、腰に手を回してきた。

「そうだな。じゃあ、行こうか」

周りの目を気にするでもなく、堂々と紗奈をエスコートしながらラウンジから連れ出す。

（まったく、どんどん人目を気にしなくなって……あ、いや、最初からか、これは……）

そういえば営業男を前にした時も、こんな感じで独占欲丸出しだった。

だけど紗奈はこの翔の甘い束縛を、嫌だと思ったことはない。照れてくすぐったいような感じがするだけだ。

二人でエレベーターを待っていると、間もなく、チーンと音がした。

降りる人々に混じって、先程のお爺《じい》さんがエレベーターから出てくる。

「おお！　お嬢さん――と、翔！　久し振りだな」

「爺《じい》さん？　こんなところで何をしてるんだ？」

「ちょっと彰に用があってな」

「そうか、ちょうどよかった。今、いいか？」

「運転手が待っておるので、手早くな」

（え？　何？　この二人、知り合いなの？）

明らかに親しそうにしゃべっている二人を、不思議そうに見つめていると、翔に通行人の邪魔にならないよう、エレベーター脇の生け花が飾ってあるテーブル前に促《うなが》された。

翔は嬉しそうに、お爺《じい》さんを紹介してくれる。

「紗奈、祖父の総一郎《そういちろう》だ。爺《じい》さん、こっちは俺のお嫁さんになる人、杉野紗奈さんだ」

「っ！　初めまして、杉野紗奈と申します」

（ウソ⁉　あのお爺《じい》さんが翔のお祖父さんだったなんて、やっぱり世間って狭過ぎる……）

「ああ、先程はどうもありがとう、お嬢さん。改めて紹介させてもらおう。翔の祖父の総一郎と申します」

「なんだ、二人とも顔見知りなのか？」

「いや、さっきちょっと、お世話になってな。翔、ワシはこの結婚、大いに賛成するぞ。紗奈さん、孫をどうぞよろしくお願いします」

「えっ、あの、こちらこそ、どうぞよろしくお願い致します」

「よかった、爺《じい》さんが賛成なら大丈夫だな」

「おお、末永く幸せにな。すまんがワシは時間が押しておるので、ここで失礼するぞ。紗奈さん、それではまた、お会いしましょう」

翔と一緒に手を振って総一郎を見送ると、ちょうど降りてきたエレベーターに乗り込んだ。

「どうやって爺《じい》さんと知り合ったんだ？」

「ん？　ちょっと転びそうになっていたのを、注意してあげただけよ」

「ふむ」

一日一善、小さい時に祖母に教えられたことを心がけていて、本当によかった。

天国の祖母に、ありがとう、おばあちゃん、と心の中で感謝する。

どうやら翔の祖父にも、二人の結婚は喜んでもらえているらしい。翔のご家族に快《こころよ》く受け入れられるのは嬉しいな、と心が弾んでくる。

目的のレストランのある階に着くと、レストランに向かう人々と一緒にエレベーターを降りた。

翔は相変わらず紗奈の腰を抱き寄せ、何かを思案している。

レストランに足を踏み入れると、「まあ、いいか、紗奈を気に入ってくれたのなら」と呟《つぶや》き、丁寧に頭を下げてくる案内係に頷いて、レストランの奥へと進んでいく。

（うわあっ、すごいっ！　なんて壮観な景色！）

一面ガラス張りのレストランは都内を一望できる、見事な高級レストランだった。

窓際の特等席には、ゆったりと座る男性と、奥さんらしき和服姿の女性が和《なご》やかに話し込んでいる。振り返った男性は翔を認めると、破顔した。

「翔、久し振りだな！」

「……一昨日スポーツクラブで会ったばかりだろ。兄さん……」

「いいじゃないか、可愛い弟に二日ぶりに会えたんだから、ちょっとぐらい大袈裟でも」

「……父さんと兄さんはいちいち大袈裟過ぎる」

「まあまあ。今日はそちらの可愛い女性を、紹介してくれるんだろう？」

翔の整った髪をクシャと崩して、ポンポンと背中を軽く叩く男性が、彼の兄らしい。

顔は翔に大変似ているが、こうして二人で並ぶと、背格好や雰囲気がやっぱり違う。

お兄さんの方が優しそうだが、もっとガッチリした体形で顎《あご》の線もしっかりしている。

ふと紗奈の頭に浮かんだのは、大きな虎と優雅な黒豹がじゃれあっている絵だった。

お兄さんの横には、和服姿の女性がぴったりと寄り添って立っている。

女性は二人の大の男が楽しそうにじゃれあっているのを笑顔で眺めていた。

「ああ、兄さん、義姉《ねえ》さん、紹介するよ。俺のお嫁さん、紗奈だ」

「初めまして、杉野紗奈と申します。お二人にお会いできてとても嬉しいです」

「翔の兄の羽泉彰です、こっちは女房の桜《さくら》。こちらこそ、お会いできるのを楽しみにしていました」

「主人共々、これから仲良くして下さいね、紗奈さん」

「はい、こちらこそ、よろしくお願いします」

色々考えていた挨拶《あいさつ》の言葉をすっかり忘れてしまったので、咄嗟《とっさ》に心に浮かんだままの挨拶《あいさつ》をした。すると、二人は優しそうに、にっこりと笑いかけてくれる。

(よかった、何とか最初の挨拶《あいさつ》は乗り切った！)

ホッとした様子の紗奈を翔が抱き寄せるのを、二人はニコニコと笑って見つめている。優しく促《うなが》されて、周りよりちょっとゆったりした席に座る。

「翔、紗奈さんは随分可愛らしい人だなぁ。一体どこで知り合ったんだ？」

「そうよね、あなた。紗奈さんってなんかこう、構いたくなる可愛らしさがあるわよね」

「兄さん、義姉《ねえ》さん、その手は何だ。紗奈はお触り禁止だぞ」

これまで緊張していて気付かなかったが、よく見るとテーブル上の二人の両手は、何かに触りたそうに指がワキワキと動いている。

(ん？　お触り禁止!?)

「ええ〜、お前も頭ぐりぐりしたら怒るし、この、可愛いものを愛《め》でたい！　という衝動をどうすればいいんだ！」

「そうよね、翔君にも触らせてもらえないなら、せめて紗奈さんだけでも」

「ダメだ、二人ともいい大人なんだから、自分の娘でも可愛がってろ」

「何だ、つまらないな」

「こんな可愛らしい生き物を前にして、触っちゃいけないなんて、翔君、冷たい……」

（……何だか、経済ジャーナルに載っていた人とは随分イメージが……）

二人の口から飛び出た予想外の言葉に、紗奈はビックリする。

今まで、化粧をした顔を綺麗だとか、仕事ができる女《ひと》だなどと言われたことはあったが、可愛い、はさすがになかった。翔はもちろん例外である。

翔に、「ちょっとぐらい触らせてくれても……」と拗《す》ねた顔で強請《ねだ》る副社長夫婦に、翔はにべもない態度で対抗している。心底不愉快そうだ。

（ど、どうしようっ？）

せっかくの家族団欒《かぞくだんらん》に、不穏な空気が流れたら大変だ。

（ここは、私が橋渡しをしなくてはっ！　えっと、何か話題、話題っと……）

「あのっ、この間の経済ジャーナルのインタビュー記事、読みました。サービス業における多角的視野を持った経営論にいたく感銘を受けたんですけど……」

焦るあまりに、ふと頭に浮かんだ記事の感想を口にしてしまった。

（しまったぁ！　仕事のインタビューじゃないんだから、こんなお堅い話題を初対面の家族団欒《かぞくだんらん》の場で言うなんて……）

三人は紗奈の言葉に驚いたような顔をしている。

（……あぁ、私ってば、話題を変えるにしても、もうちょっとマシなトピックはなかったの？）

内心で自分に突っ込みを入れてしまう。

頬がピンクに染まっていく紗奈を見て、三人はなぜか一斉に嬉しそうに笑い出した。

「翔、よくこんなお前にピッタリの人、見つけたな」

「まあな。紗奈は俺の自慢の嫁だ」

「ホント、まあ翔君、紗奈さんなら絶対大丈夫よ」

「今のところ、二人で順調に暮らしている。さっき爺《じい》さんにも賛成してもらった」

「おお！　そうか、あの爺《じい》さんのテストに合格したんだな」

「ああ、どうやらそうらしい。俺は何があったかは知らないんだが」

（へ？　テスト？　何のことだろう？）

会話の意味が、さっぱり分からない。それでも、翔が「よくやった、紗奈」と言って肩に手を回してきて、なぜか自慢げに撫でてくるので、いいことなんだろう、と嬉しくなった。兄夫婦も、ウンウンと大きく頷いている。

それからは、「さあ、お腹も減ったことだし、食べましょう」とすすめられるまま一流レストランでの晩ご飯を美味《おい》しくいただいた。

その晩は翔の家族とお近づきになれて、幸せな気持ちのまま二人で家路に就いた。

週末は翔に連れられて、ピッカピカに磨かれた大理石の階段のある宝石店へ出掛けた。『ダイヤは厳選してあるから、好きなのを選べ』と、候補としてトレイにずらっと並べられたそれぞれの指輪には、肝心の値段タグが見当たらない。

こだわりがないので値段で選ぼうと思っていたのに、巧妙に判断材料を削られてしまい、結局純粋に好みのデザインを選ぶことになってしまった。

あまり大きいカラットのダイヤは好みじゃないし、普段使いには向かないから……と、この中では比較的小粒で控えめなデザインにしたはずなのに、どうやら周りがキランキランの世界だったせいで、スタートライン自体がズレていたらしい。

可憐で慎ましやかに見えた指輪を手に嵌《は》めて、キッチン仕事なんかをしていると、やたらとそこだけ光って見える。メレダイヤが敷き詰められた光の粒を纏《まと》ったデザインに、週が明けた月曜の今朝も見惚れてしまった。紗奈の口から、ほぅ、と小さな感嘆の溜息が漏れる。

二人で選んだ約束の証《あかし》。

紗奈はいまだに、この指輪の値段を知らない。一体いくら払ったの？　と一言聞けばいいだけなのだが、ガードマンが入り口に立っている宝石店のＶＩＰルームに連れて行かれた時点で、想像していたお値段と桁が違う予感がした。聞けば絶対、翔の口から法外な値段が飛び出てくるのだろう。紗奈は答えを聞くのが怖くて、聞くこと自体を放棄した。

薬指で眩《まばゆ》く煌《きら》めく指輪を、今日からこれをつけて会社に行くのね、と嬉しいような緊張するような気持ちで見ていると、スマホのアラームがブーと鳴り出した。

もうこんな時間、遅刻する！　と指輪から目を逸らして、素早くスーツを身につけると、家を出た。

今朝はちょっと早めにオフィスに入って、正式に婚約したことを室長に報告しておきたかったのだ。

両親と妹の結奈には指輪を買ってもらった土曜の夜に、電話で婚約報告をした。

結奈には予想通り、そんな話、聞いてないと根掘り葉掘り電話口で追及されてしまった。お相手は取引先の人だと言うと、今度ぜひ、お友達を紹介してくれ、と頼み込まれたのには驚いてしまった。結奈より結構年上だから、年齢的に合わないかも……と誤魔化したのだが、三十五歳までなら許容範囲だ、とキッパリ言い返されたのだ。

妹の思ったより広い守備範囲にも驚いたが、両親の達観したような態度には、もっと驚かされた。

実は結婚することになった、と恐る恐る話を切り出したら、父と母にあっさり『やっぱりそうか、おめでとう』と返された。確かに反対されるとは思っていなかったが、あまりにも反応があっさりし過ぎているような気がする。

（もしもし？　あなた方の大事な長女が、突然結婚とか言い出したんですけど……）

予想外の反応に思わず内心で突っ込みながら、やっぱりとはどういうことだと尋ねてみた。すると、何と両親の駐在先のタイまで、翔のご両親が手土産《てみやげ》の菓子折りを持って訪ねて来たらしい。確かに挨拶《あいさつ》しておくとは言われたが、こんなに早く、しかもわざわざタイまで出向くとは、ビックリ仰天だった。

父と母は、翔のご両親に『今後ともよろしく』とかなり丁重に挨拶《あいさつ》されたという。

まあこれで、一応報告も終わった……と電話を終えた後、室長にも報告しようと思ったのだ。

自分の婚約なんてごくごくプライベートなことだが、翔は取引先の人でもあるのだから、けじめをつける必要がある。

新人の頃からお世話になった室長には、婚約したことを自分から報告した方がいいだろう。

秘書室の主《ぬし》と呼ばれる前田《まえだ》室長は、毎日秘書室の誰よりも朝早く出勤している。

以前、紗奈が一体何時頃出勤しているのかを尋ねた時に、『朝型人間なので、大抵は七時ぐらいから出社している』と言っていた。

室長の自宅が会社から近いこともあって、早朝出勤が習慣化しているのだそうだ。自分より出社が遅くても気にするなと言い、さりげなく気を使ってくれるようなスマートな上司だ。

すでに中年と呼ばれる年齢に差しかかっているはずなのに、ピシッとしたスーツと組み合わせているネクタイがいつもお茶目で、柄がホットドッグにピザ、犬猫などの動物模様だったり、最近では太陽系の星がずらっと並んだものもあった。そのくせ極めてクールで、仕事には厳しい。

その室長に婚約報告をしたら、一体どんな反応をするのだろう。

ちょっと予想がつかないなぁ、と思っていたら、あっという間に会社のビルに到着した。

ビルの守衛にいつも通り挨拶《あいさつ》をすると、まだ人気《ひとけ》の少ないオフィスに足を踏み入れる。

「おはようございます、室長」

「おはようございます、杉野さん。今朝はやけに早いですね？　急を要する案件など、今日はなかったと思うんですが？」

「いえ、あの、今日は、個人的なことで恐縮なのですが、ちょっと室長にご報告がありまして」

眼鏡をかけた顔が動じた様子も見せずに頷いて、どうぞ、と先を促《うなが》された。室長の胸元のタケノコ模様に気を取られながらも、婚約したことを簡潔に報告する。

「……なるほど、この頃杉野さんの様子が少し変わった理由はそれだったのですね。おめでとうございます。入籍日や式の日取りなどは、もう決まっているのですか？」

「いえ、まだ具体的には何も決まっていません。今は彼の仕事の詰めが最終段階だそうで、それが片付いてからになりそうです」

二人の具体的な結婚式の日取りなどは、まだ決まっていない。

翔の会社のM＆Aが最終段階にかかっていて、この件が片付かないとゆっくり時間が取れないとのことなのだ。翔はそのせいで今週いっぱい海外出張となり、今日の昼には成田から発つ。金曜の朝、帰国予定だ。

ちょっぴり寂しい気持ちもあるが、今朝は出発時刻ギリギリまでたっぷり愛されたし、一人でいることには慣れている。手を振って『心配しないで』と見送ると、『セキュリティ、忘れるなよ。それに少しは寂しがれ』と拗《す》ねられてしまった。

「そうですか。杉野さん、差し支えなければお相手の方の名前と会社名をお伺いしてもいいですか？　ごく個人的なことだとは承知していますが、先程お相手は取引先の方だと言いましたよね？」

「はい、サイファコンマ社の羽泉、といいます」

「ほう！　なるほど、これは何とも……」

滅多に動じない室長が目を大きく見開き、顎《あご》に手を当てて何かを考えている。

以前、翔が肩書きを気にしていたので、調べれば分かることだし役職はわざと伝えなかったのだが、有能な室長のことだから、きっと翔の正体に心当たりがあったのだろう。

ふむ、と大きく頷くと室長は言った。

「いい意味でちょっと驚きましたが、何はともあれおめでたいことです。分かりました。報告ありがとうございます。これからも頑張って下さい」

「はい、ありがとうございます」

これで無事、報告終了だ。

こうして室長に報告を終えた紗奈は、自分の席に戻り、その日のスケジュールを確認する。同僚も次々と出勤してきて、挨拶《あいさつ》を交わすといつも通りに仕事を始める。

けれども、ちょっと休憩と給湯室で湯のみにお茶を注いでいると、早速目敏《めざと》い同僚たちに指輪を見つけられてしまった。

途端に、社内でも評判の有能な女性たちが集まるという秘書室の給湯室は、にわかに女子高の休み時間に早変わりした。

「わ！　杉野さん！　その指輪って……」

「きゃあ！　ウッソー！」

「え〜、見えない！　見せて見せて！」

「お相手は一体誰ですか？」

「いつの間に！　キャリア一直線だと思っていたのに！」

（うわあ、あなたたち、日頃のあの冷静さは一体どこにいったのっ）

一気に騒がしくなった女性たちに、紗奈は慌ててシーと指を口に当てる。

「こら、ダメでしょ、社内でそんなに騒がないの！」

「だってー、杉野さんったらそんな素振り、全然見せなかったのに〜」

「そうですよ、彼氏がいるなんて言ってなかったじゃないですか！」

「もしかして、隠れたお付き合いですか？　ってことは会社の人？」

「え〜、まさか。社内恋愛なんてリスキーなこと、杉野女史がするわけないじゃん」

（ん？）

なんか野太い声が聞こえると思ったら、いつの間にか男性陣まで輪に加わっている。

給湯室は突如、女子高から共学の休み時間に変貌を遂げた。これは収拾がつかなくなると思い、紗奈は急いで声を張り上げた。

「あ〜、ほらほら、お相手は社外の人、お付き合い期間は内緒、知り合ったのは出掛け先。ささ、仕事に戻った、戻った」

「えーー！」

抗議の声を振り払い、紗奈はみんなと一緒に秘書室に戻る。

だが、席に戻る途中で、「今日のお昼休みは付き合ってもらうからね」と小声でしっかり釘を刺されてしまう。やはり逃げ切れない、と観念した紗奈だった。

「え〜、それではみな様、ただ今から『衝撃！　あの杉野女史が電撃婚約？　やっぱりデキる女は一味違うっ』と題してインタビューを始めたいと思います。はい、こちらゲストの杉野女史、拍手、拍手〜っ」

「……今野さん、あなた、いつどうやってその情報掴んだの……」

「私の情報網を甘く見てもらっちゃ困るわねっ」

昼休み。秘書室の女性たちにがっしり囲まれて、そのまま社内食堂に連行された紗奈を待っていたのは、この間一緒にお昼を食べた総務の女性たちだった。

「なんで、こんなに集まって……みんな暇なのっ⁉」

「違うんです。あの杉野女史が電撃婚約だっていうんで、みんな興味津々で」

「あのって、どの？」

「真面目で実直、美人だけど浮いた噂一つない、あの杉野女史ですよ」

秘書室の後輩にそっと耳打ちされて、そんな風に自分は見られていたのか、と紗奈は初めて社内での評価を認識した。

「だって杉野さんってガード固くって。今までどんなに言い寄られても、なびかなかったし」

「だよね。狙ってる人結構いたのに、みんな肘鉄《ひじてつ》食らって撃沈でしょ。営業の薄川さんなんか、それを聞いて興味持ったみたいで、絶対俺が落としてみせるって息巻いていたのに、あっけなく振られたって噂でしたよ？」

「そうよね、私たちは絶対無理だって思ってましたけど、本人は自信満々で杉野さんが落ちるのも時間の問題だって社内で言いふらしてたみたいで。あっさり振られたって聞いて、ちょっといい気味って思っちゃいましたもん！」

総務の女性の言葉にみんな一斉に頷いている。

(あら、意外に人気ないのね、あの人)

しつこかった営業男は見た目はそんなに悪くないので、モテるんだろうと思っていた。

「ねえ、ちょっと聞いていい？　どうして、『いい気味』って思ったの？」

「だってあの人、見栄えのいい女性を見ればすぐ口説くそうですよ。かなり手を出してたって聞きました。それも何人も同時に」

「あ、それ、私も聞いた」

「私、実際に被害にあった娘《こ》、知ってる」

(あ～、そうか。私、一人で食べることが多くて、噂話に疎《うと》かったから)

どうやら、あのしつこかった営業男は、社内の女性たちの中では要注意人物としてマークされていたらしい。

「なので、杉野さんが歯牙にも掛けなかったって聞いて、みんな拍手喝采でしたよねっ」

「そうなんです。そんな、鉄の女史がいきなり婚約指輪ですよ！」

「さあ、お相手は誰なんです？　結婚予定はいつ？」

手をマイク代わりに向けてくる女性たちに、紗奈はとうとう観念した。

（ううっ、誰も気付きませんようにってお願いしたのに！　神様にホリデーってあるわけ？）

「あ～、お相手は他社の人、結婚予定は……相手の仕事が落ち着いたら、かな？」

「わ～、社外の方なんだ！」

「チクショ～、やられた！」

いつの間にか男性社員も加わって、後ろの方で仰《の》け反《ぞ》っている。

「杉野女史、指輪見せて、見せて！」

「すっごい、綺麗なダイヤ！」

「いいな～、私も頑張ろ……」

結局休み時間中、興味津々の同僚たちに囲まれて、ランチもろくに食べられなかった。

初めて指輪を会社に嵌《は》めて行った初日なだけに、精神をごっそり削られた。だが、疲れはしたものの大ごとにならなくてよかった、とその夜は安心してぐっすり眠れた。

そしてその後は平穏な日々が過ぎていき、翔が帰ってくる前日の早朝。

久しぶりに翔の声を電話で聞くことができた。

『紗奈、明日はうちで会おう』

「うん、夕食は何がいい？」

『簡単なものでいい。そうだな、久しぶりに紗奈の作った生姜焼きが食べたい』

「分かった。じゃあ夕食用意して、身体磨いて待ってる」

『ハハッ！　よし、帰ったら寝かせないからな』

翔は噴き出すように笑った後、低い掠《かす》れた声で色気たっぷりに囁《ささや》いてきた。

（あれ？　あれれ？　今、もしかして私、すっごい大胆なこと、口走っちゃった？）

紗奈の胸は一気に高鳴り、鼓動がトックントクトク、とタップダンスを始める。

（しまったーっ！　先にお風呂入って待ってるって言おうとしただけなのにーっ！）

「あ、あのね、違うの！　今の間違いっ！」

『紗奈、愛してる。しっかり俺のために身体磨いて待っとけ』

「違うー！」

『ははは。じゃあな』

「翔っ！」

あっさり切れた電話に向かって叫ぶが、後の祭りだ。

何という失言。確かに、そのつもりでお風呂に入るのだが、それにしたって言い方ってものがあるだろう。どうして翔相手だと、こう本音ドボドボの溢れまくりになるのだろう？

こうして反省しまくっている今も、耳たぶに、翔の「紗奈……」と囁《ささや》く声と微《かす》かな吐息がかかる感じがして、身体中が甘く騒《ざわ》めいてしまう。

スマホを持つ手が震え、思わず視線を彷徨《さまよ》わせた。

それに何だか、涙腺が脆《もろ》くなってきて……

「ヤダ、私、こんな時に泣くなんて……」

知らないうちに、涙がホロリと頬を伝って流れ落ちていた。

……自分は思ったより寂しかったらしいと、この時、初めて気付く。

今までも一人でいて、たまに感傷的になることはあった。

でも、誰かを想って寂しくて泣いてしまうなんてことは、初めての経験だった。

(ほんの四日会えないだけで、こんなになるなんて……。一人でも割と平気だった私は、一体どこに行っちゃったの？)

溢れてきた涙を手の甲で拭《ぬぐ》いながら、翔を想い、溜息が漏れてしまう。だがしばらくすると、感傷的になってしまった気分を一掃しよう、と気合を入れて、エイッと立ち上がった。

(そう、まずは、目元ケアだわ！)

そうして急いで目の腫《は》れを防ぐべく、目元を冷やす。そしていつも通り朝ご飯を食べて、会社の出勤準備に取り掛かった紗奈だった。

6　スキャンダラスな関係

次の日の金曜の朝。元気に出社した紗奈がエレベーターから降りると、総務の今野が大慌てでこちらに向かってきた。突然腕を、むんずと掴まれ廊下の隅に引っ張って行かれる。

「えっ、どうしたの？」

「杉野さん、この指輪を贈って下さった方って、杉野さんの婚約者よね？」

「もちろんそうだけど？」

「それって、この間杉野さんを会社まで迎えに来てた、超イケメンさん？」

「えっ!?　どうしてそれを！」

「やっぱりそうよね……ここは私に任せて、総務の方は心配しないで！」

「えっ？　ちょっと、今野さん、どこへ……」

一目散に総務課の方へ戻っていく同僚を見送って、紗奈は目をぱちくりさせた。

一体どうしたのだろう？　電撃婚約の噂は、この一週間でだいぶ収まったはずだ。

内心首を傾げながらも、紗奈は平静を装《よそお》って、廊下をコツコツと歩く。

(今日は朝からなんかおかしい……)

朝食のトーストにバターを塗っていた時、パンがさっと手をすり抜けていった。バター塗りたてでペチャッと床にくっついたパンを見下ろして、一瞬胸を過《よぎ》った騒《ざわ》めきを、何かの前兆みたいだと感じた。その時は、今日は翔が帰ってくるからきっと気持ちが昂ぶっているんだと思ったのだけれど……

(やっぱり、何か……)

廊下ですれ違う社員の様子が、いつもと違っている。

丁寧に挨拶《あいさつ》してくれる古株社員たちはもちろん、控えめに目礼してくる新入社員まで、揃いも揃って全員がチラチラと紗奈を見てくる。

相次ぐ不可解な社員の行動に、不快感がだんだんと膨らんできた。

（何なの、みんなして一体！　失礼しちゃうわねっ！）

化粧室に飛び込んで、お化粧の具合でも悪いのか確かめようかとも思ったが、さっきの今野の態度から察するに、自分の見てくれが原因ではないような気がする。

そんなことを考えながら、緊張気味に秘書室に足を踏み入れた。

「おはようございます」

紗奈は、何とも言えない不穏な空気を感じながらも、いつも通りの挨拶《あいさつ》をする。

すると、紗奈の出社を待っていたかのように、途端に周りを取り囲まれた。

「杉野さん！」

「杉野先輩、これ、違いますよね？」

「どうしたの？　なあに、この雑誌？」

同僚に渡された週刊誌を手に取った瞬間、表紙の白抜きでデカデカと書いてある『本誌独占スクープ！』の文字が目に飛び込んできた。背景には見覚えのあるスーツ姿の自分と翔の写真が写っている。

（何これ？）

『時の人、ホテル界のプリンスに不倫疑惑!?　羽泉副社長とＯＬとの密会現場を激写！』

（はぁーっ？）

一通り記事に目を通した紗奈は、危うく絶叫するところだった。

（これってもしかして、あの時の……）

先週の金曜日に待ち合わせした、ホテルのラウンジで撮られたものに間違いない。

紗奈にしてみれば、まさに青天の霹靂《へきれき》であった。

ただの婚約者との待ち合わせが、なぜか翔の兄との不倫騒動として報じられているのだから。

（ちょっと、何よこれっ!!）

いくら三流の週刊誌とはいえ、でっち上げもいいところだ！

紗奈の顔はボンヤリとぼかしてあるが、スーツは色から柄からすべてはっきり写っているし、いつものアップにした髪型もバッチリと写っている。

先週の金曜日に紗奈の姿を会社で見かけた人であれば、この写真のスーツの女性が紗奈であることはいとも簡単に分かる。

翔の顔はぼかしておらず、イケメン顔が優しく微笑んで紗奈を固く抱きしめている。

（バッカじゃないの、この記者！　なんで翔を、お兄さんの彰さんと見間違えるのよ！）

確かに二人は似ているが、見知っている人であれば、写真に写っている男性が彰ではないと一目で分かるだろう。

気が付けばいつも紗奈を慕ってくれている部下の女性たちが、戸惑いの表情でこちらを見ている。

その中の一人が、思い切ってという様子で声を掛けてきた。

「あの、杉野さん。この写真の女性って、まさか杉野さんということは……」

「ええ、そうよ。これは私よ。だけど私の婚約者はこの週刊誌に書いてある羽泉彰氏ではないわ。彼の弟の羽泉翔よ！　この写真は彰氏じゃなくて、翔の写真。一体どこの馬鹿よ、こんなデマを堂々と記事にしたのは！」

「あ、なるほど、そうだったんですか……！」

紗奈がいたって冷静に返すと、酷い中傷だと、秘書室の中は騒然となった。

（大丈夫、大丈夫。振り回されちゃあいけないわ）

「何なのこの雑誌？　いくら三流雑誌だからって、こんな嘘八百……」

「そうよね、信じられない！」

「ていうか、どうしてこんな雑誌が、秘書室に置いてあるわけ？」

「誰が持って来たのよ！」

いつもは和《なご》やかな秘書室の空気が、どこの馬鹿がこんな物、持って来た！　と剣呑《けんのん》なものを帯びてきた。紗奈を取り囲んでいた女性たちが、一気に犯人探しを始める。

険しい顔の女性たちに、男性陣は急いで両手を上げて首を振り、自分じゃない！　と無罪を主張する。

その時、前田室長が足早に入室してきた。

「どうしたんです？　この騒ぎは……もうすぐ始業時間ですよ？」

「あの、室長、申し訳ございません。今すぐ収めますから」

中傷だらけの週刊誌に、紗奈は内心では悔し過ぎて収まりがつかないほど怒りまくりだ。だが、こんなことで、業務を滞《とどこお》らせるわけにはいかない。

（ここで頑張らないと、女がすたる！）

怒り心頭の心の内をギュウウと抑えて、「ほらみんな、仕事に戻って」と同僚たちに優しく語りかける。と言っても、握りしめた週刊誌はその心情を語るように、クシャクシャに丸め込まれていたが。

すると、室長はスッと手を差し出した。

「ああ、ここにも置いてあったのですね。私としたことが、気が付きませんでした。杉野さん、この件については調査中ですから、心配しないで業務に取り組んで下さい」

室長は紗奈からクシャクシャになった週刊誌を受け取ると、涼しい顔をしながらも、さらにギュムムムと握りつぶした。見るも無残な形になった週刊誌を片手に、心配するなと言わんばかりに頷いてくれる。

「あの、室長、ありがとうございます」

「さあ、みなさんも、この件は気にせず仕事に励んで下さい。今日も忙しいですよ」

「はい、室長！」

元気な秘書室の面々の返事に室長は大きく頷いて、秘書室を出て行った。

（室長があぁ言ってくれたからには、絶対大丈夫だ）

頭から湯気が出てお茶が沸かせそうな悔しい気持ちを、今すぐに収めるのはいくら紗奈でも無理だ。けれども、頼もしい室長の言葉と、味方をしてくれる同僚たちのおかげで、悲鳴を上げて軋《きし》んでいた心がいくらか救われたような気がした。

みんな、いつも通りに電話応対を始め、パソコンに向かっている。それを安堵の目で見つめると、紗奈は重役スケジュールの確認を始めた。

その日は、念のため社外に出ず、社内のカフェテリアでランチを食べることに決めた。庇《かば》ってくれる同僚の女性たちに感謝しつつも、お昼がロクに喉を通らない。

たった半日ですでに精神的に削られまくった状態で、午後の業務が始まる。しばらくすると、紗奈は社長室に呼ばれてしまった。

（え？　どうしよう？　社長室に呼び出しって……まさか広報に問い合わせとか来ちゃった？）

紗奈はしおれた気分で、室長と一緒に社長室に向かった。

このバカバカしい週刊誌騒ぎが、思ったより会社に大きな影響を与えているらしい……

目尻に涙が溜まりそうになるが、今は泣いちゃダメ、と自分に言い聞かせて、重い足取りで室長に続く。

「社長、杉野さんをお連れしました」

「おお、わざわざ来てもらってすまないね、杉野さん」

「いえ！　滅相もございません」

いやに腰の低い社長の言葉に慌てて答えた後、来客用ソファーから立ち上がった男性の姿に、紗奈の目が釘付けになった。

「えっ？　羽泉さん、どうして社長室《ここ》に？」

翔の姿を見た途端、不安で揺れていた心に一気に安心感が広がる。

「成田から直接出社したら、この馬鹿騒ぎだ。週刊誌はすでに押さえてあるが、紗奈が心配でな」

頼もしいスーツ姿の翔が、気遣うように優しく答えてくれる。

（うわあ、嬉しいっ！　今すぐ翔に抱きつきたいっ！）

「あ、ありがとうございます、気を使っていただいて」

翔に会えた嬉しさで目を輝かせた紗奈は、頭を下げた。そして社長に向かって、もう一度頭を下げる。

「申し訳ございません。プライベートなことで会社に多大なご迷惑を」

「いや、違うんだ、杉野さん。詳しいことを説明するから、ちょっと待っててもらえるかな？」

紗奈がソファーに座ると、コンコン、と社長室をノックする音が聞こえた。

「社長、呼び出しに応じて参った営業の薄川です」

営業男が顔を引き締めて入室してくるが、ソファーに座っている紗奈と翔を見た途端、目を見開く。

だが、すぐに嘲《あざけ》りの表情に変わり、ニヤニヤ笑いながら営業男は口を開いた。

「お、これは、週刊誌を賑《にぎ》わすホテル界のスター、羽泉彰《しょう》副社長と、不倫相手と噂の杉野さんじゃあないですか」

「——違う、クイーンズウイングホールディングの副社長は羽泉彰《あきら》氏だ。この方は羽泉副社長ではない！　薄川君、君はなんてことをしてくれたんだっ！」

いつもは温厚な社長が、珍しく額《ひたい》に青筋を立てて憤慨している。

「この方は羽泉翔さんとおっしゃる。花霞《はながすみ》グループの御曹司にして、花霞グループ会長、花霞総一郎氏のお孫さんにあたる方なんだぞ！」

「えっ？」

（へっ⁉　今なんて……？）

社長の言葉に、驚きで息が止まりそうになった。

「ああ、なるほど。ただの嫌がらせかと思ったが、彰を『しょう』と読み違えたのか。漢字０点だな。羽泉彰は私の兄だ。私は翔《かける》と書いて『しょう』と読む。花霞グループの役員だ」

「「ええっ⁉」」

（えーーっ‼　翔が⁉　そんな話、ぜんっぜん聞いてないーっ‼）

花霞グループ。紗奈の会社の重要な取引先企業、かつ日本有数の巨大複合企業でもある。

思いがけない真実に、営業男だけでなく、紗奈もドッキリビックリ、思わず目をパチクリさせた。

見た目は平静を装《よそお》っているが、心の中では叫びまくりである。

さらに、サイファコンマ社の社長を補佐するため、そこの代表取締役も務めているという話が続く。

（つ、嘘でしょうっ？　あっ！　代表取締役って、そっちかーっ！）

取引先の内部のことだし……と思って突っ込んで聞かなかったが、てっきりサイファコンマ社の代表取締役社長だと思っていた。

けれど実際は、社長ではなく、サイファコンマ社の親会社である花霞グループの役員だった。――つまり翔は、経営立て直しのため、本社から子会社に送り込まれ、サイファコンマ社の代表取締役を務めているわけだ。

（あぁ！　でも、そういえば……）

思い起こせば、今二人で住んでいる家は、元々実母の物だったと翔が言っていた。

都内の一等地にハンパでない坪数のあの敷地、その上由緒《ゆいしょ》ありそうな館《やかた》と美術品の数々。翔の実母はかなり裕福な家の出だとは思っていたが、花霞グループ会長のお嬢さんなら説明がつく。

（……つまりは、この間お会いしたお祖父さんが花霞グループの会長、花霞総一郎氏で、翔のお母さん側の企業。羽泉家が経営するクイーンズウイングホールディングは、翔のお父さん側の企業ってこと？）

点をつなげて行き着いた先は、予想だにしない結果だった。

（うわあー！　知らなかったとはいえ、これはちょっとどころか、かなり超大型バックグラウンドだわ……ということは、翔のお嫁さんになるっていうのは、もしかして……？）

辿りついた結果は、もちろん想定外だ。

（いやいやいや、今は深く考えちゃいけない。ともかく今を乗り切ろうっ！）

「薄川君、週刊誌に載っている女性が杉野さんだとなぜ断言できるのかね。この雑誌にはある企業のＯＬとしか載っていないが」

「あ、あの、ええと、それは、今朝もっぱら社内で噂だったからですよ。そう、そうです。ですので、てっきりそうだと、僕も勘違いして……」

その時、社長室のドアがコンコン、とノックされた。「入りたまえ」と社長に促《うなが》されて、いつの間にか部屋を出ていた室長が入ってきた。

「社長、裏が取れました。サーバー室の前のセキュリティーカメラに写っていました。総務課はサーバー室の前ですからね」

「あ！」

途端に薄川の顔色が悪くなる。

「さて、用もないのに今朝六時半、わざわざ今朝発売されたばかりの週刊誌を持って総務課を訪れた薄川君、何か弁明することはあるか？　君が例の雑誌を持って朝早く社員食堂と秘書課を訪れていることも調査済みだ。我が社にこの雑誌が置かれていたのはこの三カ所だそうだが」

「えっ、あの、その」

「ああ、ちなみにそこの羽泉代表取締役の手によって、この週刊誌の記者へネタと写真を提供したのが我が社の薄川という名前の者だということは、すでに突き止めてある」

室長の言葉に、ますます薄川の顔色が悪くなり冷や汗が流れ落ちる。

「クイーンズウイングホールディングと花霞グループの両方から、問い合わせが来てね。参ったよ。まさかそんなことはあるまいと、君の疑いを晴らすために調査に乗り出したのだが、非常に残念な結果になった。記者は君と同窓だそうだね」

「あの、これはきっと、何かの間違いで」

「君が最近杉野さんにしつこく迫って、思わしくない結果になったことも、そのことを逆恨みしていたことも、複数の社員が目撃しているよ」

「ああ、もういい。前田室長、彼をここから連れ出してくれたまえ。非常に不愉快だ」

社長の鶴の一声で、室長は「ホラ、こっちにおいで。人事部長も交えてゆっくり話し合おうじゃないか」と言いながら、薄川を引っ張っていく。

その時、低く唸《うな》るような声が社長室に響き渡った。

「ちょっと待て。お前、薄川、だったな」

声の主《ぬし》である翔は、本気モードで超厳しい顔だ。

瞬く間に、その場に緊張感が走り、空気が怖いほどピーンと張り詰めた。

(うわあ！　久し振りに本気モードの黒豹さんが、お出ましだわ……)

一歩でも動いたら襲いかかられそうな雰囲気に、みるみる部屋中の人々の顔色が変わっていく。

営業男はすでに逃げ腰だ。

「えっ、ぁ、はいぃっっ」

タジタジになった営業男に、翔は堂々とした態度で向かいあう。

「お前、営業なら、ある程度成績はあげているのだろう。だが、最後の詰めの甘さと事前のリサーチ不足による取り零《こぼ》しも多いのではないか？」

「うっ……」

ズバリ図星だったのだろう、営業男は何も言い返せない。

「お前にこれだけの執着心と行動力があるなら、それを仕事に生かさないでどうする？　今までの失敗と欠点を反省して、男ならきっちり仕事で巻き返せ！」

「あ……」

「それから、これからは人との付き合い方も考え直すことだな。いい人脈は何物にも代え難《がた》い。せっかくこんな優良企業に入れるほどの頭があるのなら、この機会に人生を考え直せ」

「……」

がくんとうなだれた営業男は、最後は神妙な顔をして翔の言葉に頷いた。

そして、社長や紗奈、翔に震えながらもお辞儀をし、黙ったまま室長と一緒に社長室を出て行った。

「誠に申し訳ございません。このたびの件では弊社の社員が多大なご迷惑を」

「御社のせいではないことは分かっています。私の婚約者が勤める会社でもあるし、取引先に報復処置などはしないので安心して下さい。彼女から、あなたを含めいい上司に恵まれて、とても働きがいのある会社だと伺っていますよ」

「ありがとうございます！　杉野さんも、ありがとう」

「いえ、そんな、社長、とんでもないです」

今後の会社への影響を懸念していたのだろう、社長は翔の言葉に心から安堵したようで、ふうっと額《ひたい》の汗を拭《ぬぐ》った。

「この馬鹿げた週刊誌騒ぎも、すぐに収まります。クイーンズウイングホールディングと花霞グループ連名で、雑誌を発売した出版社へ正式に抗議して雑誌の回収を要請しましたから。元々向こうのでっちあげですからね。あちらにはキッチリ落とし前をつけてもらいますが」

翔の迫力ある目が本気で不愉快だと物語っていて、その余波を食らった社長は、ひっ、と小さく悲鳴をあげた。

紗奈だって平静を装《よそお》っているが、内心では文句タラタラだ。

(何が本誌独占スクープよ！　人違いなのはちょっと調べれば分かることでしょうに……！)

日本有数の企業三社、いや、サイファコンマ社を加えれば四社に多大な迷惑をかけたのだ。

それでなくても、もともと休刊寸前と噂のあった三流雑誌である。このでっち上げ記事を独占スクープと載せた時点で信用はガタ落ちになり、その運命は風前の灯火《ともしび》だろう。

翔はゆっくり腕時計に目を落として口を開く。

「申し訳ないが、私はこれで失礼します」

「は！　こちらこそ、ご多忙の中、弊社にわざわざご足労いただきまして、誠に申し訳ございませんでした」

「ああ、気になさらないで下さい。こちらこそ、私の婚約者を呼んでいただき、業務の邪魔をして申し訳ありませんでした」

一緒に立ち上がって見送る紗奈を、社長が「杉野くん、下までお送りして。よろしく頼む」と気を使ってくれる。

「杉野さん、どうぞよろしく」

悪戯《いたずら》っぽくキラキラした目で笑う翔を見て、社長も紗奈もホッと胸を撫で下ろした。

「紗奈、大丈夫か？」

「平気！　翔も来てくれたし。それより、疲れてない？　帰国した途端、こんな騒ぎで」

「ああ、これくらい何ともない」

人気《ひとけ》のない廊下とはいえ社内だというのに、翔は紗奈の腰に手を回して抱き寄せてくる。

翔に聞きたいことはいっぱいあったが、場所も時間も適切ではないことは分かっていた。

そのまま二人で黙って歩いていると、前方に給湯室に向かう今野の姿が見えた。

「あっ、今野さん、さっきはありがとう」

「杉野女史！　もしかしてそちらは例の？」

「そうなの。翔、こちらは同期の総務課勤務の今野さん。いろいろと庇《かば》ってもらって、とっても助かったの。今野さん、こちらは私の婚約者の羽泉翔さん」

「そうか。今野さん、紗奈がお世話になりました。どうぞこれからもよろしくお願いします」

上機嫌な翔に、にこやかに笑いかけられて、たちまち今野の顔が赤くなった。

「あの、いえ、こちらこそ」

「例の雑誌が総務にも置いてあったのだけれど、今野さんが否定してくれたおかげで、ほんと助かったわ」

そう、例の雑誌は室長が言った通り、秘書室だけでなく、総務課の女性の机とカフェテリアにも、これ見よがしに記事のページを開いて置いてあったらしい。

出社した女性はびっくりして情報通の今野に相談し、今野は紗奈に真相を確かめた後、事態収拾に乗り出した。

『こんなの嘘っぱちに決まってるじゃない。私、杉野女史の婚約者の方を実際見たことあるもの』と、情報通の今野がキッパリ否定してくれたおかげで、やっぱりガセネタか、と総務課や人事課、広報課などの部署は静かになったのだ。

お昼休みはこれらの女性たちにがっしりガードされて、紗奈はカフェテリアでランチを食べた。

『上司よりも怖い』と噂される女性たちを敵に回す勇気のある男子社員はおらず、からかい半分で声を掛けた営業課の男性たちも、ジロッと睨まれて貝のようにパクッと口を閉じていた。

「それは本当にありがとう。結婚式にはぜひ出席して下さい」

「は、はい、もちろんです」

「ごめん、私、翔をちょっと見送ってくるから、また後で」

「う、うん、じゃあ、また後で」

そのままエレベーターに乗り込むと、ビルの地下にある来客用駐車場に止めてあった翔の愛車まで歩く。

すると翔は、近くの柱の陰に紗奈を引き寄せて囁《ささや》いてくる。

「今夜、家で待ってる」

「翔、会社は？」

「さっき出社して、急ぎの用事は全部済ませてきた。残りの仕事は家で片付ける。紗奈、詳しいことは家に帰ってから話す」

「分かったわ……」

翔は紗奈を愛おしそうに見つめると、肩にコトンと額《ひたい》をのせて甘えてきた。

「今日も残業はないよな？」

「もちろんよ。終わったら、飛んで帰るから」

「ん、そうか」

「あ、こら、翔、カメラに……んん……」

「気にするな」とセキュリティーのカメラに背を向ける形でしっかり抱き込まれて、キスをされる。

その甘い感触に、紗奈の身体からたちまち力が抜けてしまった。

キスの最後に紗奈の唇をペロリと舐めると、翔は残念そうに身体を離して車に乗り込んだ。

「紗奈、夕食は俺が作っておく。身体を磨いて待ってるから、早く帰って来い」

「なっ！　翔！　だからアレは……！」

「ははは」

笑いながら遠ざかっていく翔の赤い車を見送り、紗奈は振り上げた手をゆっくりと下ろした。

(うん、たとえ翔が御曹司でも、何も変わらない……)

翔のお嫁さんになりたい気持ちは揺らがないし、翔もそれを強く望んでいるのが紗奈には分かる。

後はいくつもある分かれ道の中から、まっすぐ翔に向かう道を進むだけ。

（……思ったより階段が多そうなんだけど、とりあえずは一歩ずつ上っていくしかないよね……）

大丈夫、翔と一緒なら……と、ドキドキする心臓の上に手をやる。

今、見送ったばかりの頼もしい姿に、早く会いたい、と想いを募らせながら、エレベーターのボタンを、そっと押したのだった。


その夜、「ただいまー」と言って玄関のドアを開けると、キッチンの方から「おかえり」と嬉しそうな声が返ってきた。今ではすっかり慣れた広い玄関でパンプスを脱いでいると、翔がキッチンからわざわざ出迎えに来てくれる。

「会いたかった、紗奈」

そう言って強く抱きしめてくる翔は、エプロン姿である。

（うわぁ、翔のエプロン姿って、やっぱり何度見ても……）

そう、何度見ても、見惚れてしまう。エプロンの紐を後ろでキュッと結んだその姿の、華麗なことといったら。引き締まった腰の線に逞《たくま》しい胸、長い足が強調されて、疲れた仕事帰りに拝むと、いつにも増して、ぐっと来る。癒《いや》し効果はてきめん、だ。

（はあ、なんて偉大なイケメン効果……）

おかえりなさいのキスをどちらからともなく交わすと、すぐにそれは甘く長いキスに早変わりした。

濡れた音がしばらく玄関に響き、やがて名残惜《なごり》しそうに、ちゅっと音を立てて唇が離れた。

「紗奈、疲れただろう。飯、できてるぞ。それとも先に風呂に入るか？」

週刊誌騒ぎでクタクタになった紗奈には、どちらも魅力的な提案だ。

その上、こんな新婚ホヤホヤの新妻のようなセリフを、魅力たっぷりの低い声で囁《ささや》かれると、疲れがいっぺんに吹き飛ぶような気がする。

（もうほんっと、幸せだわ、私……）

いっそこのまま温かい腕の中で、ずっと抱き合っていたい。

だが、お腹を空かせた身には、キッチンから漂《ただよ》ってくる美味《おい》しいそうな匂いが堪《たま》らなくこたえる。

図《はか》らずもお腹の音がクルルと鳴り出してしまった。

「お風呂も魅力的な提案だけど、とりあえず翔の作った美味《おい》しいご飯が食べたい……」

「そうか。じゃあ、おいで」

大事そうに腰を抱かれて、そのままダイニングに足を踏み入れた。

「うわあ、美味《おい》しそう！　翔、ありがとう」

「どういたしまして。さあ、食べよう」

テーブルに並んでいる、できたての豚の生姜焼きやお味噌汁などに、目を輝かせる。早速手を合わせて、いただきます、と箸を手に取った。

翔の料理は見た目が綺麗なだけでなく、いつ味わっても最高に美味《おい》しい。

「翔、お仕事はどうだった？」

「ああ、上手くいった。問題のあった部分も上手く交渉して、契約成立だ」

紗奈に全てバレてしまったからなのか、翔は本社で役員会議が開催されることまで丁寧に説明してくれる。そして、「このサイファコンマ社の件が片付いたら、結婚式の日取りを決めるぞ」と話題を飛躍させる。

「そんな一気に進めなくても……それに翔は、来期はもっと忙しくなるんじゃない？」

「忙しくなる前に挙式すればいい。それに俺は最初から紗奈に決めていた。一気ではないぞ」

翔は微笑んだままなのに、なぜかぞくりと身体が騒《ざわ》めいた。なんだろう、このロックオン感は。

「最初って……？」

「紗奈と高速のサービスエリアで会った時からだ。覚えていないか？　だいぶ前になるが、お年寄りを助けていただろう。あの時から紗奈が忘れられなかった。次に紗奈の会社の会議で偶然出会えてからは、逃がすつもりはなかったぞ」

「……ええ？　あの時の人って、まさか翔だったの……？」

予想もしなかった翔の言葉に、そういえば、と何ヶ月も前の雨の日の出来事が蘇《よみがえ》った。

それはほんの五分ぐらいの出来事だった。

ドライブで知り合ったお年寄りが高速道路のサービスエリアで休憩中、突然意識朦朧《もうろう》となり、痙《けい》攣《れん》と共に昏睡《こんすい》状態に陥《おちい》った。食事がまだでお腹が空いたと聞いたばかりだった。彼女は糖尿病の患者で、亡くなった祖母も何回か起こした低血糖の状態に似ていたから、急いで近くにいた人に手伝ってもらいジュースを飲ませたのだ。

その人が、翔だったということか。あの時は雨で視界が悪かったし、声を掛けたその人はパーカーを被っていた上、目の前の出来事に気を取られて相手の顔など全然見ていなかった。

普通なら、あれだけの出会いでそれは気が早過ぎると思うが、素直に嬉しいとしか感じない。

心の底から驚いていると、翔が優しく抱き込んでくる。そのまま髪にそっとキスを落とされた。

「そうだ、あれは俺だ」

ぎゅうと抱きしめられ、低い声で内緒話のように囁《ささや》く。

「式は紗奈の好きな形式でいいからな。予算も気にするな」

未来の夫の頼もしい言葉をドキドキしながら聞いていると、少し不安だった将来も、彼と一緒なら大丈夫という気がしてきた。

「紗奈は何も心配しなくていい。今まで通り何も変わらない」

「うん、ありがとう」

確かにそう言われれば、二人の生活は何も変わってはいない。

久しぶりに翔と一緒の楽しい夕食を終え、紗奈はお気に入りのテレビ番組を観始めた。すると翔に、自分は風呂を済ませたし、後片付けはしておくから入浴しておいでとすすめられる。疲れた身体に「お風呂」の一言は絶大な効果がある。

なのですすめられるまま、テレビもそこそこにお風呂に入ることにした。

（ハア〜、今日は疲れたし、のんびり浸《つ》かりたい……）

何だか、いつもより長い一日だったような気がする。そんなことを考えながら、紗奈はバスルームの脱衣所に着替えを持って入る。

すると、包み紙に包まったお土産《みやげ》らしきものが洗面台の上にのっていた。

（何だろう？）

好奇心に駆られて包みを開いてみると、どうやらそれはバスソルトのようだった。

（わ、可愛い！　それにいい匂いがする……）

パッケージの可愛らしさと、香りにつられて、早速使うことにする。

説明をよく読んでから、お風呂に放り込むと、肩までしっかりお湯に浸《つ》かった。

花の香りと蜂蜜のような甘い匂いのするお湯は、心身ともにリラックスできて極楽気分になる。

（あ〜、いいお湯……）

最後にちょっと熱めのお湯を浴びると、何だか身体がすっかり目覚めたような気がする。

スッキリした気分でベッドルームに戻ると、翔が待っていたようにタブレットから顔を上げた。

そのまま何か言いたげにこちらをジッと見つめてくる。

いつもは鋭い目が熱を帯びていて、何となくだけど直情的な気がする。

長い睫《まつ》毛《げ》に縁《ふち》どられた茶色い瞳で熱心に見つめられると、羽織っているバスローブを目で脱がされているような気がしてきた。

（え？　うそっ！　私ったらこんな……視線を投げかけられただけで……）

ベッドの手前で足を止めてしまった紗奈に、翔は逃さないとばかりに、ゆっくり笑いかけてきた。

そしてベッドサイドの明かりを極限まで落とすと、逞《たくま》しい身体に羽織っているお揃いのバスローブをわざと見せつけるように、ゆるりと脱ぎ落としていく。

ドッキンっ！

妖艶な姿に、口から心臓が飛び出そうになる。

「翔！　何をいきなりっ」

広い肩、逞《たくま》しい胸元、引き締まった腰に見事な腹筋――次々と晒《さら》されるその美しい姿に、心臓が大きく跳ね出すわ、慌てて声が掠《かす》れるわで、みっともないほどパニック寸前になる。

（や、ダメ、そんな、グラビアアイドル顔負けの色香で迫られたら……）

「紗奈……」

その上、囁《ささや》くような低い声で、甘～く名前を呼ばれてしまった。

心臓が、また大きくキュンと音を立てた。

夕食時とは明らかに違う艶《あで》やかな表情が、明らかな意図で誘いかけてくる。

魅入られたように身体がわずかに震え、黒豹のような翔の逞《たくま》しい前肢で、しっかりと押さえつけられたような気分になる。

「紗奈、おいで……」

もう逃げられない、この感じ。

こんな追い詰められたような状況でも、身体は蕩《とろ》けるような反応をしてしまう。

翔は、今にも飛びかかりたい情熱を抑えながら、見えない尻尾をゆっくり振っているようだ。

ドキン、ドキン、ドキン。

翔にも聞こえているんじゃないかと思うぐらい、胸は早鐘を打ち続ける。

（……くうっ、もうダメ、あの滑らかな腰の線と腹筋が……）

視覚的快感に肉体的、精神的欲情が、頭と心でミックスされる。

煩悩さん、こんにちは、と心の中で挨拶《あいさつ》すると、紗奈は呆気なく陥落した。足は勝手にベッドへ向かい、手はいつの間にか翔の身体を撫で回していた。

（はあ、なんていい肌触りなの……）

翔の身体を思う存分撫で回していると、引き締まった腹筋が微《かす》かに揺れたような気がした。

途端、身体にガシッと逞《たくま》しい腕が回り、あっと思った時にはベッドに組み敷かれていた。

「風呂は堪能したか。土産《みやげ》、気に入ったか？」

「う……ん……あぁっ……」

返事もままならないうちに、紗奈のバスローブの前が大きくはだけられた。ショーツ一枚の恥ずかしい姿だ。

そのまま翔の顔がゆっくりと近づいてくると、思わず彼の首に腕を回して、キスを強請《ねだ》るように目を瞑《つぶ》ってしまった。

「ん……んんっ」

ゆっくりお互いの唇を舐め合い、嬲《なぶ》りながら甘噛みをする、戯《たわむ》れるようなキス……けれども、そんな緩《ゆる》い触れ合いではすぐに物足りなくなってきて、大きく口を開き一気にキスを深める。

（あぁ、翔が私の腕の中に、帰ってきた……）

柔らかい舌を絡め合い、寂しかったと訴えるように何度も唇を重ねる。

上に下にと、もつれ合い、お互いの身体を押しつけ合って、心ゆくまで熱い口づけを交わし続ける。半分脱げかかっていたバスローブは、すでにベッドの下へと消えている。大きな手が遠慮なく素肌を撫で回してきて、鼻の頭、頬、耳たぶまで啄《ついば》まれた。

「ひゃん、そこ弱いのよ……」

「……知ってる、ここもだ」

羽で身体をくすぐられるような感覚に、身を捩《よじ》ってしまう。

温かく濡れた唇はそのまま素肌を辿り、紗奈の喉元から鎖骨、そしてもっと感じる胸元へと躊躇《ちゅうちょ》なく下っていった。

「印が消えてしまったな」

翔がそう言った途端、素肌を強く吸われて、ピリッと軽い刺激が走った。

「あっ……」

その淫《みだ》らな感覚は、胸の膨らみ、脇腹、おへその周りにまで点々と続いていく。

翔は太ももや膝などを味わうように舐め、足のつま先までしゃぶられる。

そこで一旦紗奈をうつぶせにさせると、今度はふくらはぎや背中をじっくり舌で舐め上げていった。翔以外には見せることのないお尻には、きっちりと痕を付けられてしまう。

全身を味わい尽くして満足すると、翔は紗奈の身体をひっくり返す。ピンと尖《とが》ってジクジクする胸の飾りを、悪戯《いたずら》な唇でわざとゆっくり掠《かす》めていく。

触れるか触れないかの絶妙な接触に、紗奈の中の感覚が一気に鋭くなった。

ズキズキと切ない蕾《つぼみ》に、ふうっと熱い息がかけられると、もう堪《たま》らなくなってしまって……

「や、乳首にキスして……」

身体が疼《うず》いて、もう待てない、と掠《かす》れた声で懇願してしまった。

強請《ねだ》るように反らした胸に、即座にカプッと齧《かじ》りつかれる。

「あん……あっ……んっ……」

尖《とが》った蕾《つぼみ》を嬲《なぶ》るように舌や唇で刺激されると、喘《あえ》ぎ声が自然に喉から漏れる。

(気持ちいい……)

紗奈は、そのまま胸から離れない翔の頭を両手で、クシャリとかき回す。

指先で感じる柔らかい髪や形のいい頭でさえ、愛おしくて堪《たま》らない。

やがて、絶え間なく繰り返されていた、ちゅく、ちゅくと蕾《つぼみ》を舐《ねぶ》る水音が不意に止まると、突然、蕾《つぼみ》の尖《とが》りをやわやわと甘噛みされる。

一段と強い刺激に堪《たま》らず胸を反らすと、翔の頭を抱く手に力がこもる。

「いい香りだな……約束通り俺のために、身体を磨いてくれたんだろう？」

「はぁ……んっ……ぁ……や……」

胸から、ジンジンと広がる甘美な快感に翻弄《ほんろう》されながらも、翔のこの一言でバスルームに置いてあったバスソルトの意味が分かってしまった。

どうやら自分は巧妙に仕掛けられた罠に、まんまと引っ掛かってしまったらしい。

それとなく置いてあった、あの可愛らしいお土産《みやげ》――あれは紗奈を美味《おい》しくいただくために用意してあった、味付けスパイスだったのだ。

そんなことも知らず手放しで喜び、わざわざ美味《おい》しく食べて下さいとばかりに身体にまんべんなく翔好みの甘い味付けまで施《ほどこ》してしまった。

やはり、翔の手のひらの上でコロンコロンに転がされている気がしてならない。

なのに、身体は性急に翔を欲しがっている。足の間で愛蜜が、じわっと湧き出し、ショーツに染みてしまう。

抗《あらが》えない衝動に駆られ、紗奈は翔の引き締まった身体に脚を巻き付け、湿ったショーツを押し付けた。

紗奈の甘い降伏の仕草に翔の腰も動いて、硬くなった屹立を身体に擦《す》りつけてくる。

「紗奈、どうして欲しい？」

「翔、焦《じ》らしちゃ、いやっ」

「五十点。……ここか？」

「お願い、ウズウズするの」

「このまま手で触って欲しいか？」

「……口でして、お願い……」

「もちろんだ」

翔の手が紗奈の膝にかかり、太ももを大きく開かれる。

秘所を晒《さら》すことになるこの格好は、やっぱりいつまで経っても慣れない。

翔の顔をまともに見れなくて横を向いた途端に、大きな手がショーツにかかった。

中心が濡れたショーツを少しずつ脱がされていくたびに、身体全体がさらにピンクに染まっていく。

そんな紗奈を愛《め》でるために、翔は撫で回しながらわざとゆっくりとした動作で脱がしているのだ。

翔に恥ずかしいところを見られている——そう考えただけで、トロリと透明な蜜が溢れるのを感じる。その愛蜜の香りに誘われるように、翔が下腹部に顔を近づけてくる。

あ、と小さく声をあげると同時に、熱い息を内股に感じ、温かい舌が太ももに滴《したた》る蜜をなぞった。

「んーー……っ」

びくんと腰が揺れ、秘めやかな喘《あえ》ぎ声が喉から漏れる。

濡れた舌が滴《したた》る蜜を舐め取り、そのまま流れ出た蜜を追いかけて蜜口に辿り着く。そして愛蜜が溢れる熱い蜜壷に、グジュッと侵入してきた。

「……ぁあ……ん……」

味わうように、労《いた》わるように、尖《とが》らせた舌先でクチュクチュと中を掻き回されてしまう。

デリケートな中心に心地よい刺激が絶え間なく与えられ、恍惚感《こうこつかん》で揺れ動く身体が、さらにとろとろに溶けていく。

（はぁ、気持ちいい……）

快感を逃がすように身体が捩《よじ》れて、自然と両手が翔の髪を掻き乱す。

そんな恍惚《こうこつ》状態の紗奈の耳は、時々、水音を啜《すす》る大きな音を捉《とら》えた。

翔はわざとこの音を聞かせるように濡れた蜜を舐め取っている。なぜなら、紗奈が恥ずかしがると、余計に感じてしまうのが分かっているからだ。

そうするうちに、水音がグジュグジュと蕩《とろ》けた音になり、蜜壺が柔らかくほぐれてきた。

満足したのだろう、翔は今度は腰を小さく揺らすたびに膨らんできた一番敏感な突起に、そっと舌先を当ててきた。

身体が勝手に、次に来る鋭い快感を期待するように緊張する。

強い刺激が欲しくてウズウズしている敏感に膨らんだ突起を、翔は舌先で焦《じ》らすように優しくツンツンとつついてきた。

「あ、や、そん……ぁっ」

予想外に与えられた、ふわりとした刺激に身体は震えるものの、頭は愉悦に浸《ひた》る間もなく、もっと欲しいという欲求でいっぱいになってしまう。

（物足りない……）

心と身体がもっと強い刺激を求め、腰の奥から、とろりと熱い蜜がまた溢れてくる。

「翔っ、やっ……焦《じ》らしちゃ……」

「どうして欲しい？」

哀願も虚《むな》しく、優しい刺激をヒクつく一点に連続で与えられる。

（や……あぁ……もっと……）

限界近くまで焦《じ》らされて、知らずに頭を揺らし髪が乱れる。抗議をするように翔の髪も指で乱してしまった。もうこれ以上は耐えられないと思う寸前で、切ない願いがやっと聞き届けられた。ジンジンと疼《うず》いてどうしようもない突起を、クチュッと強めに舌先で舐めあげられたのだ。同時に、突起の覆いが舌で押し上げられる。

刹那《せつな》、ヒクヒクとひくつく剥《む》き出しの粒を、ちゅうっと強く吸い上げられた。

「っ……ぁぁあっ……」

甘美な極まりが連続で訪れる。

感じ過ぎて知らず知らず閉じそうになった太ももに、そうはさせまいとする翔の大きな手が巻きついて、余計に大きく広げられてしまった。

「まだだ」

「あ……ぁん……っ……ぁ」

ちゅる、ちゅう、と小さな水音が部屋に響く度に、甘い刺激が電流のように身体中を走る。背筋を這い上がってくるような快感に腰が揺れて、ひくひくと震えてしまった。

(溶けそう、もうダメ、こんな……)

舐めしゃぶられ、執拗《しつよう》に舌先でクニュクニュと弄《いじ》られ、脳みそまでとろとろに蕩《とろ》けてしまう。

「や、ダメ……ぁ……ぁ……ん……っ」

刹那《せつな》、背中が大きく仰《の》け反《ぞ》って、また盛大にイッてしまった。

身体は緊張でこわばった後、どっと弛緩《しかん》する。腰の奥から流れ出てくる熱い愛蜜を止めることはできず、後から溢れては太ももを濡らしていく。

それを翔はわざと、じゅるると音を立てて啜《すす》った。

「翔の意地悪……！」

「紗奈が言わないからだ」

（こんな盛大にイッちゃって、ただでさえ恥ずかしいのに……）

息も絶え絶えに詰《なじ》ると、愛蜜まみれでヒクつく蜜口に、翔の熱くて硬い屹立が押しつけられた。

（ウソっ、今挿《い》れられたらっ）

「ダメ、そんな、今イッたばかり……」

慌てて、激しい息を吐きながらも抗議するが、翔は紗奈の愛蜜で濡れた口の周りを手の甲でぬぐいながらもキッパリ言い切った。

「聞けないな」

「あぁっっ……」

ズッと灼熱の塊《かたまり》が蜜口に侵入してくる。

（翔、翔、好き、大好き、もっと来て……）

口では、ダメと言っておきながら、翔が入ってくると、もっとと強い欲求が生まれる。

紗奈の想いとリンクした身体は翔を迎え入れて、奥へと誘い込むように小さく震えて痙攣《けいれん》し始めた。

「愛してるよ、紗奈」

（私も、愛してる……）

感じ過ぎてしまって言葉にできない想いを伝えるように、中の翔をキュンと締めつける。

うねるような締めつけに、唸《うな》るように応えた翔は、滾《たぎ》った屹立をギリギリまで引き抜くと、ズンと最奥まで突いてきた。

「あん……ぁ……ん……ぁっ」

翔は逢えなかった時間を埋め尽くすためか、飢えた獣《けもの》のように、絶え間なく力強く突き上げる。

最奥に熱い屹立でキスをされるたび、脳天が痺《しび》れるほどの快感が身体を駆け抜けて、その奔流に押し流されそうになってしまう。

翔の激しい動きに、紗奈も自《みずか》ら腰を動かして迎え入れた。

翔は腰を突き入れながら、熱い吐息の合間に紗奈の名前を囁《ささや》いてくる。

「紗奈、紗奈……」

こんな風に名前を何度も呼ばれると、愛おしさで胸がいっぱいになる。

狂おしく求めてくるその想いの深さに応えるように、きゅうんと中の翔をますます強く締めつけた。

「くっ……」

堪えるような息の後、翔ははっきりと告げた。

「愛してる」

一際強く突き上げ、深く穿《うが》つような動きに、脳天が真っ白になった。

「あぁぁっ――……っ」

甘美で胸が締めつけられるような快感に、たちまち派手にイってしまった。

（えっ、ぁっ……もう、だめ……っ）

大きく震えているのに、何度も何度も力強く突き上げられて、そのたびに身体の芯を甘美な電流が駆け抜ける。

恍惚《こうこつ》と陶酔でイキッぱなしの感覚が続き、知らず知らず中の翔をきゅうきゅうと締め上げてしまう。すると翔は腰を奥深く、ぐっと紗奈の中に埋め込んでくる。

重ねられた唇から息まで絡めとるような舌が侵入してきて、キスが止まらない。

「っ……」

腰を、ぐり、と押し付けるように回されると、ほとばしる飛沫《ひまつ》で最奥が熱く濡らされるのを感じた。身体の奥深くに注ぎこまれる翔の想いが、堪《たま》らなく気持ちいい。

温かい精が身体に侵入してくる感触に、幸せな陶酔に浸《ひた》ってしまう。

愛する人に心ゆくまで愛された……そんな甘い満足感が、ふつふつと湧いてくる。

すると翔は繋《つな》がったまま、額《ひたい》と鼻を擦《こす》り合わせ、甘えるようにして聞いてきた。

「……幸せにする、結婚してくれ……」

（あっ……初めて、言ってくれた……）

「紗奈、返事は？」

荒い息で確かめるように懇願される。

息もままならない状態だったにもかかわらず、紗奈はしっかりと答えた。

「もちろん……喜んで……翔、愛してる」

翔は目を輝かせて、蕩《とろ》けるような満面の笑みになる。

「紗奈、いつまでも一緒だ……」

呼吸困難になりそうなほど、強く抱きしめられた。

さらに、いつもは体重を支えてくれる翔も、今ばかりは余裕がないのか全体重でのしかかってくる。

けれども、小柄な紗奈には重過ぎるはずのそれは、翔に正式なプロポーズをされて幸せで酔いしれる心には、ただの甘い余韻にしか感じられなかった。

エピローグ　これからは二人で一緒のドライブを……

「ねえ翔、本当にこのドレス、おかしくない？」

「ああ、よく似合ってる。今日は会社の謝恩パーティーだし、俺のスーツの色とも合って、いいんじゃないいか？」

紗奈に愛情を込めて返答した翔は、いつものきっちりとしたスーツ姿だ。

オーダーメイドである高級スーツを逞《たくま》しい身体に着込むと、高い背や形のいい頭、長い脚が余計に強調されて、やっぱりどこぞの雑誌モデルみたいだと思ってしまう。

今日は少し気が張っているからなのか、スマートに着こなしているスーツ姿にも、野獣のようなオーラが見え隠れしている。

（ふう、いつ見ても惚れ直しちゃう。なんてカッコいいの……）

近い将来の夫の姿を見るたび、ガラスの心臓は早鐘を打つ。

けれども困ったことに、その射貫くような瞳の美しい獣《けもの》が紗奈を見つめる目元には、甘さが含まれている。妖しい光が目に灯《とも》ると、ダメっ、こんなところで！　と慌てて後ずさりをした。伸びてくる長い腕から逃れるように、慌てて両手を前に出し、向かってこようとする翔にストップをかける。

間一髪で逃げ切った。危うくまた、翔の巧妙で甘い罠に捕らわれるところだった。

「翔、ダメでしょ！　今日は仕事！　ビジネスモードだからね！」

「たまには仕事とプレジャーを混ぜるのも、人生に必要なスパイスだぞ」

「そんな言い訳、聞けません！　ほら、さっさと髪を直して」

軽く睨みつつ、残念そうな顔をした愛しい姿を心の中で愛《め》でながら、紗奈は姿見に向き直った。

覗《のぞ》きこんだ鏡には、エレガントな濃い紅茶色のドレスを纏《まと》った自分の姿が映っている。

流れるようなデザインが際立つサテンのシンプルなドレスは、小柄な紗奈を年相応の大人の女性に見せてくれる。先程翔に「キスができない」と眼鏡を外されたために、今日の紗奈は眼鏡なしバージョンだ。

コサージュとお揃いの真紅《しんく》の薔薇《ばら》を結い上げた髪にさすと、ドレスとのバランスを念入りに確かめた。

本日は、翔の婚約者として出席する、初めてのパーティーである。

翔の家族が経営する豪華なホテルの会場は、もうすでにたくさんの来客で埋め尽くされていた。

二人のために用意された会場近くの控え室で、紗奈は少し緊張していた。

そんな紗奈にもう一度、愛してるよ、と心のこもったキスをして、翔は笑いかけてくる。

「大丈夫だ、結婚式の予行練習だと思って、気楽にな」

「……こんな大袈裟な予行練習、聞いたことない……」

「紗奈の好きそうな有名人も来ているぞ。大手銀行の頭取《とうどり》とか、テレビにも出ている経済評論家とか。女性は有名人が好きなんじゃないのか？」

「有名人の定義がまるで違う！　そんな人たち、プレッシャーにしかならないわよ！」

「ははは、そうか。さあ行こう」

『サイファコンマ社、設立十五周年記念謝恩パーティー』と書かれた豪華な会場に、二人で向かう。

紗奈は内心慄《おのの》きながらも、ニッコリ笑って仲良く腕を組み、翔の隣を歩く。

サイファコンマ社の社長と代表取締役である翔がにこやかに挨拶《あいさつ》を述べ、立食パーティーは滞《とどこお》りなく進行していった。紗奈の会社の社長と上司にも先程挨拶《あいさつ》された。

（分かってる、これはほんの前哨戦《ぜんしょうせん》なのよね。翔と結婚すればこんなパーティーは珍しくなくなる……）

翔によれば、二年前にグループ本社の役員に昇格したばかりで、今回のサイファコンマ社の立て直しは、役員として初めてのプロジェクトだったそうだ。

再建が期待されていた中、翔はその才覚を見事に発揮した。業績回復の手応えを感じ、経営陣とグループ内外での彼の評価はますます上がったのだ。

そんな高い評判が会場のあちらこちらから漏れ聞こえてくる。

紗奈は分厚い人の輪に囲まれた翔を、誇らしげに眺めていた。

そして、騒《ざわ》めく人混みの会場を見回していると、ふと栗色頭が視界に入った――生野だ。

(あれ？　隣のご老人はもしかして……)

「おお、紗奈さん！　いつぞやはお世話になりました」

「あ！　いえ、こちらこそ。挨拶《あいさつ》が遅れまして」

(やっぱり翔のお祖父さん！　でも、どうしてふんわり王子様――じゃなかった、生野さんと一緒なの？)

「杉野さん、ご無沙汰しています。聞きましたよ、会長も真っ青な迫力だったそうで。やっぱりお強いんですね」

「え？　あの……」

「ああ、生野。紗奈さんはご存知ないのじゃよ」

「そうでしたか！　これは失礼しました」

「いえ、あの、生野さんって……」

「ああ、僕も花霞グループの社員なんですよ、一応、羽泉の片腕を目指して精進中です」

「そうだったんですか！」

「この生野から、どんなに見合いをすすめても首を縦に振らない孫にな、素晴らしいお嬢さんが現れたと報告があった時には驚きましたよ。いやあ、紗奈さんは生野の報告通りの方だった。ワシもこれで安心して隠居生活を楽しめます。改めて、孫と一緒になること、承諾して下さってありがとう」

「いえ、そんな……こちらこそ、これからもよろしくお願いいたします」

「もし、翔の奴がおいたをした時には、うんと叱ってやって下さい」

「え⁉」

「はは、いいな、それ。ぜひ、その時は僕もその場に呼んで欲しいですね。羽泉の叱られている姿、想像できない……ははは」

（……さっきも叱ったばっかりですが、全然反省の色、ありませんでしたよ、あの人……）

そんな感じで和《なご》やかに談笑を続けていると、翔によく似た見覚えのある二人が連れ立って、こちらに向かってきた。

「紗奈さん！　こんなところに居たんだね。その後、翔との生活は上手くいっているかな？」

「翔のお父さん！　それにお兄さんもご無沙汰しています」

「なんじゃ、お前らも来ておったのか？」

（あれ？　そういや今日はサイファコンマ社のパーティーだよね？　クイーンズウイングホール

ディングは関連ないはず……)

「これは花霞会長、ご無沙汰しております。会場ホテルのオーナーとして、挨拶《あいさつ》に来ただけですよ。ところで翔はどこにおりますかな?」

「……相変わらず、息子離れしてないようじゃな。彰も、カメラまで持ち出してきおったのか?」

「せっかくの可愛い弟の晴れ姿、一枚ぐらい撮ってもバチは当たりません!」

「お前たちの秘蔵アルバムコレクションを翔が見つけたら、大いにバチが当たると思うがな……」

「そんなまたぁ、ちょっと寝顔とか、水着姿とか、隠れて撮っただけじゃないですか」

「……相変わらずですねぇ。羽泉のお兄さん……」

「おお、これは生野じゃないか。今度翔と一緒に道場に行く時は、ぜひ、一枚撮っておいてくれよ!」

「善処しますよ」

「ああ、そうだ、紗奈さんも一枚いいですか?　嫁からちょっと頼まれちゃって」

「え?　はい、もちろんどうぞ?」

「……とうとう羽泉の嫁さんまで、コレクションに加わるのか……」

(なんか、翔のお父さんとお兄さんは嬉々としてるけど、お祖父さんと生野さんは渋い顔をしてる?)

「紗奈、こんなところに居たのか。久し振りだなぁ、元気でやっているか?」

(へ?　この、のんびりした声は、まさか?)

振り向いた先にいた、何年かぶりに見る懐かしい二人組に、紗奈は心から驚く。

(ええっー!? うそっ、この二人がどうしてここに？)

「お父さん、お母さん！ なんでこんなところにっ!? 一体いつ帰国したの？」

「今日だよ。成田からここまで直行だ。生まれて初めてだよ、リムジンのお出迎えなんて……」

ものすごく日焼けをした、健康そのものの父と母の姿。相も変わらず二人とも、あなたは一体何人ですか？ と言いたくなるくらい、現地に溶け込んでそうな外見だ。

「ああ、紗奈さん。せっかくだから、翔の晴れ姿、もといい将来の婿のいいところを見てもらおうと思って、ご両親にご挨拶《あいさつ》に行った時に宿泊券をプレゼントさせてもらったんだよ。びっくりしたかい？」

「これはどうも、羽泉さん。その節はご丁寧な挨拶《あいさつ》をいただき痛み入ります」

「飛行機の予約までしていただいて、本当にありがとうございました」

両親がそれぞれ翔の父にお礼を言う。

何と、紗奈が知らないところで、両親は羽泉家にお世話になっていたらしい。

問いかけるような目を向けると、父が頭を掻きながら答えてくれた。

「本社から、ちょっと休暇でも取って日本に帰って来いと言われてな」

(は？ あっ、そうか、お父さんの会社の筆頭株主ってもしかして……)

「いやあ、孫のお嫁さんのお父上が、我がグループ会社の社員であられたとは、嬉しい偶然ですな」

「こ、これは、花霞会長、このたびは我が娘が大変お世話になります」

「主人と娘がお世話になっております、妻の早苗《さなえ》です」

「これはどうも挨拶《あいさつ》が遅れました、花霞総一郎と申します。いやいや、これから家族になるのじゃから、そう固くならずに。こちらこそよろしくお願いします」

「は、ははは……」

（お父さん、顔が引きつってるよ……）

「紗奈、あなたちゃんと食べてるのね。随分すっきりして顔色もいいわね」

「お母さん。大丈夫、この頃は家で作って食べてるからね」

「まあ、よかったわ。あなたの料理の腕だとちょっと心配だったのよ」

「は、ははは……」

（なんかこっちは、まったく普段通りなんだけど……）

友好使節団のような賑《にぎ》やかな一団に、背の高いシルエットが近づいてきた。

「紗奈、俺のネクタイの予備……あれ、爺《じい》さん――と生野に父さんと兄さんも？　こんなところで集まって何をしているんだ？」

「まあ、紗奈、もしかしてこの方が……ものすごいイケメンなのね～」

「お母さん！」

「母さん！」

久しぶりに、父と自分の声がハモってしまった。

（お母さんってば、普段通りにも程がある……）

思わず固まってしまった紗奈に、翔は向き直った。

「紗奈、もしかしてこちらは……？」

翔の問いに、恥ずかしそうに頷いた。

すると、翔は父と母に丁寧に頭を下げて、話を切り出した。

「紗奈さんのご両親でいらっしゃいますか？　初めまして、お目にかかれて光栄です。羽泉翔と申します」

翔は紗奈の手を握りしめながら、真摯《しんし》な態度で紗奈の両親を見つめた。

「このような場を借りてご挨拶《あいさつ》させていただきますこと、大変不躾《ぶしつけ》だと承知しておりますが、何卒お許し下さい。私《わたくし》はお嬢さんの紗奈さんと一緒に、これからの人生を仲良く共に歩んでいきたいと思っております。必ず紗奈さんを幸せにします。紗奈さんとの結婚をお許しいただけないでしょうか？」

（翔っ!?　会った途端に結婚のお伺いですかっ）

まさかの予告なし、無駄なしの、全速力《フルスピード》攻勢だった。

側で見ていた紗奈の胸の鼓動も、一気にドキドキハイスピードになってしまう。

（攻めるの速いって、生野さんも言ってたけど、まさに電光石火……）

「まあ、本当に素晴らしいご子息でいらっしゃるのね。もちろん、私たちに異存はありませんよ、ねえ、あなた」

（すごい！　お母さん、このスピードにしっかりついていってる！）

「も、もちろんだとも！」

（お父さん……押され気味だ……）

「いや〜、めでたい！　どうですかな、この後、お近づきのしるしに上のレストランでお食事などご一緒に」

翔の父の言葉に、「じゃあ、嫁もぜひ一緒に」と彰がスマホを取り出す。

（うわ〜、このメンバーでお食事かぁ。すごいことになりそうな気がしてならないんだけど……）

思いっ切り濃ゆい面々を前に、紗奈はちょっぴり不安を覚える。

（大丈夫なんだろうか、私のガラスの心臓……）

最後まで持つのか？　と心持ち心配そうな紗奈の様子を見て、「大丈夫だ、俺がついている」と翔が頼もしく肩を引き寄せてくれた。

こんな大勢の前でも、翔はいつもと変わりない溺愛ぶりだ。

気恥ずかしくて頬を染めた紗奈を余所《よそ》に、周りはさらに盛り上がっていくのだった。

番外編　運命の出会い

（ここは一体、どこなんだろう？）

ニューヨークのマンハッタン、ど真ん中のセントラル・パークで、翔はストリートパフォーマンスを眺めていた。

だが、好奇心に駆られてどんどん公園の奥に入り込んでしまった結果、ものの見事に迷子になってしまったのだ。

中学最後の夏休みが終わる頃、翔は父の仕事に便乗してニューヨークに来ていた。

小さな頃から海外に連れ出してもらっていたので言葉は問題ないが、あまり不安そうにしていると、この国ではいとも簡単に犯罪に巻き込まれる。

この大きな公園は、弱肉強食が当たり前な大都会に広がる、オアシスのようだ。

（しまった、俺としたことが、うっかり油断した）

パークの入り口が見えているうちはよかった。

だが、ちらっと見えた面白そうな余興を次々に追いかけていると、辺りはいつの間にか全然見覚えのない景色になっていた。

後ろを振り向くと、道がいくつにも枝分かれしている。

とりあえず道に沿って歩いてみよう、と思うものの、同じような公園の景色がずっと続いている。

(まずいな、どんどん来た道と違う方向に向かっている気がする……)

池に沿って歩いていたはずなのに、気が付けばまったく池が見えなくなった。

(これはダメだ、このままでは本格的に迷う。ちょっと座ってよく考えよう)

ベンチに座ってこれからの対策を練っていると、突然雨がポツポツと降ってきた。

空を見上げると、先程までは晴れていた青空に、いつの間にか灰色の雨雲がかかっている。

(ちぇ、今日は本当についてない)

思わず、はあ〜と長い溜息が出る。

そんな時だった。

顔に降りかかる雨が鬱陶《うっとう》しくて、袖なしシャツに付いているフードを被った途端、目の前がいきなり赤い物で覆われた。

(何だ？)

見上げると、小学生くらいのアジア人らしい女の子が、傘をこちらに差し出している。

『あなた、傘は？』

『持ってない』

『今日の午後はずっと雨って天気予報だよ。もしかして、迷子？』

『……お前こそ、親はどうした？』

『あっちでアイスクリーム買ってる』

女の子の指差した方向を見ると、雨が降り出したというのに、派手なパラソルにはまだまだ長い行列ができている。

大人から子供までずらっと並んだ行列を眺めていると、女の子が翔に質問してきた。

『どこに行きたいの？』

（どこに行きたいのか、か……）

実にいい質問だ。

将来の方向性を探るために、こうやって父にくっついてニューヨークくんだりまで来たはずなのだが……着いた途端、バッチリ迷子だ。

（こんな子供から傘を差し出されるほど、途方に暮れているように見えたのか？）

翔は中学生だったが、背が高く落ち着いて見えるので、普段は高校生に間違われるというのに。

『……とりあえず動物園《ズー》だな……』

あそこまで戻れば、ホテルへの帰り道が分かる。

『こっち』

女の子は、翔の手を引いてベンチの裏側にある道を指差した。

『近道、石橋を渡ったらすぐに分かるよ』

『……そうか。ありがとう』

どうやら、自分のすぐ後ろに道はあったのに、視界に入っていなかったらしい。

すると、女の子は翔の手に傘を握らせてくる。

『……何をしているんだ？』

『あげる。私、妹とシェアするから。じゃあね。今度は迷子にならないようにね！』

翔が止める間もなく、スキップをして遠ざかる姿から、小さな呟《つぶや》きが聞こえた。

「一日一善、今日も任務完了！」

（な、日本語!?　日本人だったのか……）

同じ国の小さな子供に救われたことに、何とも言えない情けなさを感じる。

だが、赤い傘を見上げると、翔の胸が温かい感情でいっぱいになった。

こうして、翔は無事にホテルに戻って来た。

この小さな出会いが後に、自分の将来を定める運命の出会いであったことを、その時の翔は知る由《よし》もなかった。


「翔。お前、迷っているなら、ワシの会社に入ってみんか？」

「爺《じい》さん、何でだ？」

「お前の家の会社は、どうせ彰が継ぐのじゃろう。ワシの会社はいろんな業種を扱っているから面白いぞ。きっとお前の能力を活かせると思うのじゃがな」

「……爺《じい》さん、何か企《たくら》んでないか？」

「何を企《たくら》むと言うのじゃ。会社は生き物だぞ。お前の努力次第では会社を大きくすることも、業績を伸ばすことも可能ということじゃ。世界を相手に戦ってみたくはないか？」

「……ちょっと、考えさせてくれ」

祖父からこの話を持ちかけられたのは、翔が高校生の時だった。

将来父親の会社に就職することに迷っていた翔に、いち早く気が付いた祖父の総一郎は、将来役に立つからと、休みのたびにビジネスの場へ連れ出した。

迷った時は、一歩下がって周りを見渡し、状況を客観的に見る。必要な時には、躊躇《ためら》わず先達に聞いてみる——いつの間にか翔が学んでいた、大切な教訓だ。

結局、家族の後押しもあって、翔は花霞グループに入社することにした。

（やっぱり、自分のすぐ後ろに道はあったのに、視界に入ってなかったんだな……）

前にも、こんな気持ちになったことがあった。

けれども、一体いつのことだったのだろうか？

仕事にはとても厳しく、それでいて公平に判断を下す。その上、上司も部下も大事にするため、翔はあっという間に周りの信頼を得ていった。

やがて、いつまでも独り身の翔を周りが心配し始めた。

一人は気楽だし、女性は苦手ではないが仕事ほどには興味を引かれない。

料理も家事も、小さい頃から忙しい父や兄に代わって翔がこなしていたので、不自由も感じない。

だけど翔も、周りが親切心で見合いや紹介を勧めているのは分かっていた。

（……自分の伴侶ぐらい自分で見つけたいんだがな……）

小さい頃は、子供に似合わない落ち着いた態度と目つきが気に入らない、とよく絡まれたせいで、腕っ節は上がったが、女の子には怖がられた。

ところが中学を卒業するあたりから、反対に女性に囲まれるようになってきたので面倒くさいと思い、高校は男子校にした。

友人の生野も同じような被害に遭っていたので、結局二人で同じ高校に通ったのだ。

家同士の付き合いで腐れ縁だった生野とは、その後も同じ進路を辿った。挙句に就職先まで一緒だ。

(まあ、奴も親が同じ会社だしな)

そんな風に、のらりくらりと周りからのプレッシャーを躱《かわ》していた時だった。

翔は、ある週末の遅い午後、言いようもなく印象に残る女性に巡り合う。


高速の帰りに寄ったサービスエリアは雨が降り出したせいで、一気に人が増えた。

(また雨か……)

傘をさすのが面倒で、パーカーのフードを被って自販機の側を通り過ぎる。

途端、翔は若い女性に声を掛けられた。

「ちょっと、そこのパーカー被った人！　急いで自販で、えっと――ジュース！　フルーツジュースを買ってきて！」

その女性の側ではお年寄りが苦しそうに座り込んでいる。一目見ただけで意識障害を起こしていることが分かった。

「大丈夫ですか？　しっかりして下さい！」

若い女性は、その人が腕につけている銀色のブレスレットのプレートの文字を一心に読んでいる。

どうやらメディカルＩＤのようだ。そして、どこかへ電話をかけ始めた。

「ほら、そこの君！　ボサッとしてないで！　さっさと買ってきて！」

「あ、ああ、ちょっと待ってろ」

若い女性に、そこの君、と年下扱いされてビックリした。

だが、暗い夕方なので、フードを被った翔の顔ははっきりとは見えていないだろう。

翔は、言われた通りジュースを買ってお年寄りのところへ戻り、口に含ませた。

様子を見守っていると、お年寄りがわずかに身動《みじろ》ぐ。少し意識が戻ってきたようだ。

遠くから救急車の音が聞こえて、だんだんこちらに近づいてくる。

心配そうに周りを囲んでいた人たちが、手を上げて救急車を先導してくれた。

救急隊員に後を任せて、二人はホッと胸を撫で下ろした。

そのまま立ち去ろうとした翔を、若い女性はわざわざ呼び止めて、小銭を差し出してきた。

「はい、どうもありがとう。助かったわ」

「いや！　これはいらない……」

「じゃあね」

翔の手に小銭を握らせて、さっさと立ち去っていくその姿に、既視感を覚える。

（この女性、どこかで……）

夕方の薄暗い自動販売機の照明に照らされた、どこか甘さを残した顔。

翔は、特徴のある赤い軽自動車に乗り込んだ女性を、思わず追いかけたい衝動に駆られた。

（何だ、この感情？　彼女を逃してはいけない、そんな気がしてならない……）

花霞グループでも部長クラスの翔に、あんな命令口調で話しかけてくる女性は、ほとんどいない。

プライベートでも翔に接する女性の態度は、媚《こ》びているか、声が上擦《うわず》ったりどもったりして、極度に緊張している。

（生野に言われて、気を付けているつもりなんだが）

普通にしていても、周りの人は威圧感を覚えるらしい。

今まで、それを不自由に感じたことはなかったが、今去った女性にはそんな気負いがまったく感じられなかった。言葉にできない嬉しさと戸惑い――このもどかしい感情は一体なんだろう。

女性の乗った車はとうに視界から消えていたが、翔はしばらくそこから立ち去れなかった。


二月のある日、翔は取締役会での報告書をまとめていた。

「大きな案件としては、ＱＮＣテックス社の引き合いが予定よりかなり遅れているようです」

「何が原因だ？」

「仕様書の擦《す》り合わせ会議が、なかなか進まない様子でして」

サイファコンマ社の社長から重要案件の進捗報告を聞いて、翔はそこで思いついた案を実行することにした。

「分かった。すまないが、私をそこに臨時メンバーとして加えてくれ。これ以上遅らせるわけにはいかないからな」

「え？　では、取締役自《みず》から出席なさるのですか？」

「ああ、話を前に進める。社内には臨時のコンサルタントとでも紹介してくれればいい。社長のあなたからの推薦なら、ある程度話を持って行きやすいだろう」

「分かりました」

「何度も出席するつもりはない。会議の進め方をエンジニアに覚えてもらうだけだ。専門知識はあっても、取引先にそれを的確に伝えることが難しいのだろう。せっかくの技術を相手に売り込まないでどうする」

こうして、翔はＱＮＣテックスとの会議に、エンジニアチーフの肩書で出席することになった。

そしてそこには、夢にまで見たあの女性が、会議の末席にいたのだ。

(こんな偶然もあるのだな！　これで彼女にコンタクトを取るきっかけができた！)

今日は仕事なので、個人的に話すことはできないが、勤め先が判明したのならいずれ親しくなれる機会がやって来るだろう。

翔にしては珍しく妙に波打つ心を、落ち着け、と言い聞かせて会議を終えた。

そしてその夜、翔の心は落ち着きがなく、穏やかとは言い難《がた》い衝動に駆られていた。

(ダメだ、彼女と、どうしても話をしてみたい)

次はいつ、会えるのだろうか？

思ったより早くその機会はやってきた。

その翌週の週末に、翔は生野の後輩が頼み込んできた飲み会に急遽《きゅうきょ》引っ張り出されたのだ。

どのみちその日は生野と飲む約束をしていたので、河岸《かし》が変わるだけだと引き受けたまではよかった。だが、店に出向いた翔は、すぐに生野にはめられたと気付いた。

「傑《すぐる》！　この裏切り者。お前まで爺《じい》さんに唆《そそのか》されたな？」

「まあね、僕も会長の意見に賛成だ。翔にはやっぱり内助の功が必要だよ。それでなくても若過ぎるとなめられる。今後のためにも、翔のためにも、いい人を見つけて会長を安心させてあげなよ」

思わず小さい頃からの呼び方に戻ってしまった友人を軽く睨んだものの、ここまで来てしまったものはしょうがない、と潔《いさぎよ》く諦めることにした。

(同じ会社に勤めていると、内情に通じ過ぎて本当にやりにくいな。特にコイツは人事部だしなぁ)

周りからすすめられる見合いを断り続けるにも限界がある。

ましてや、翔のサイファコンマ社での役員任期が満期に近づいていた。

これ以上の地位を目指せば、普通の恋愛はますます遠のいていくだろう。

そんな話を居酒屋の隅で話し込んでいる翔の目に、突然紗奈の姿が飛び込んできたのだ。

(杉野紗奈！　なぜこんなところに？)

「おい、今日のこれは、お前が計画したわけではないんだな？」

「違うよ！　後輩に頼まれて急遽《きゅうきょ》、だ。出席者が新卒の女性たちだとは僕も知らなかった」

「そうか、ならいい」

（何とか、彼女と二人きりで話がしてみたい。だが、この場は隣のコイツも含めて邪魔が多過ぎる）

そんなことを考えていた翔に、絶好の機会がやって来た。

紗奈がこっそり立ち去ったことに気付いた翔は、すかさず彼女を追いかけた。

飲み屋の前で声を掛けると、後を追ってきた翔に気が付かなかったのか、びっくりさせてしまったようだ。

（だが、こんな絶好の機会を逃してたまるか）

十代にも二十代にも見える不思議な、どこか甘い顔立ち。

印象深かった理知的な瞳。

その姿は努力に裏付けられた自然な自信に満ちていて、女性によく見られる媚《こび》がどこにも窺《うかが》えない。

（あぁ、やっと、また会えたな……）

紗奈の瞳を見るたびに、囚われるように感じる既視感と懐かしい気持ちは何なのだろうか。

彼女と一緒にいると、長い間探していた尋ね人にようやく巡り合えた――そんな安堵感と、二度と離れたくない、自分のものにしたいという独占欲が湧いてくる。

紗奈は、送っていくという翔の唐突な申し出に戸惑っていたが、他意のない笑顔で応えてくれた。

それまで知り合った女性たちとは違い、二人きりになっても機嫌よく隣を歩ける。

初対面に近い翔のことをいろいろ探ってくる様子も、まるで見せない。

(俺も、何だか無理に話すプレッシャーを感じない)

女性と二人きりになってこんな風に感じるのは初めてで、翔は紗奈と一緒にいて、自分が心からリラックスしていることに気付いた。

(普通は俺のことを根掘り葉掘り聞いてくる、もしくは自分を売り込みにくるんだがな。……俺にそれほど関心があるわけではない、ということか?)

自分は大いに関心があるのだが。

さて、こういう時は何をしゃべれば、相手に興味を持ってもらえるのだろうか?

そんなことを考えているうちに、あっという間に駅に着いてしまった。

(……まあ、今日参加していたということは、付き合ってる奴はいないと考えていいよな)

いきなり、そんな不躾《ぶしつけ》な質問をするわけにはいかない。

咄嗟《とっさ》に浮かんだ疑問を呑み込み、だが、思ってもみなかった今晩の収穫に、翔は機嫌よく居酒屋に戻った。

「翔、お前、どこに行ってたんだよ?」

「ちょっとな」

「……そういや、いつの間にか一人帰ったな。確か、杉野さん、だっけ? まさか、お前……」

「傑、帰るぞ」

「分かったよ。ちょっと後輩に断ってくるから」

店を出ると、生野は早速探りを入れてきた。

「なあ、まさか本当にさっきのあの娘、気に入ったのか？　確かに今日の参加者の中ではズバ抜けて頭も良さそうで、どこか雰囲気が違ってたけど、新卒だぞ？　マジか？」

「お前、さっきのあの娘《こ》の情報、分かるか？」

「名前ぐらいかな？」

「他には？」

「えーと、ちょっと待て、さっき参加者の情報を回してもらったから……ああ、これだ。杉野結奈、二十二歳、今年聖宝《せいほう》大学卒業。おっ、丸林商事《まるばやししょうじ》に入社したばっかりだな。やっぱ頭いいんだな」

生野は事前に入手した情報を読み上げる。

「その情報、確かか？」

「ああ、幹事に回してもらったから確かだ」

おかしい。名前が微妙に違うし、QNCテックス社で紹介された時と随分雰囲気が違う。だが、杉野紗奈はドライブで見かけたあの女性と絶対同一人物だ。

（……もしかして、身内の代わりに参加したのか？）

自分たちと同じで、来れなくなった参加者の埋め合わせを急遽《きゅうきょ》頼まれたのかもしれない。名字が同じだから身内だろうか。

（QNCテックスの会議にもう一度だけ出向いて、確かめてみるか）

「なあ、おい何を考えているんだ？　教えろよ」

「何でもない。行くぞ」

翔の簡潔な返事に、これ以上は探っても無駄だと理解している生野は、「お前、絶対なんか隠してるだろ。まあいい、はっきりしたら教えろ」とだけ言った。

そうして、忙しいスケジュールをやりくりして会議に参加したものの、彼女はいなかった。

そういえば前回紹介された時も、今日の会議の傍聴者だからと、正式な紹介ではなかった。

(それで、後でフルネームを確かめたんだったな)

ということは会社繋《つな》がりでキッカケを見つけるのは、思ったよりも困難かもしれない。

(こんな単純ミス、久しぶりだな)

どうやら自分は彼女のことになると、気持ちが舞い上がってしまって、いつもの冷静な判断が下せないようだ。

もちろん、会社繋《つな》がりで彼女の詳細を聞き出すのは簡単だ。だが、そんなことをすれば大ごとになることも分かっている。

(まあ、それを使うのは、最終手段だな)

彼女とは、できるならプライベートで会って、話がしてみたい。

翔はイチかバチかで、ドライブ好きが春に訪れる可能性が極めて高い、芝桜が見頃な公園に週末出向いてみることにした。

そして運良く、というかやっと、紗奈と親しくなるキッカケを掴んだのだ。

「おい、アンタ、一人なのか?」

翔は、紗奈を何と呼べばいいのか分からず、咄嗟《とっさ》に出た言葉が「アンタ」……声を掛けてから内心、いつもの冷静さはどこに行った、と自分でも信じられなかった。

(俺は「紗奈」と名前で呼びたいんだ)

対面してふと感じた既視感と、咄嗟《とっさ》に口にした「迷子」という言葉に心が波立つ。

紗奈と初めて会話を交わした夜、翔は、自分は以前にどこかで紗奈に会っていると確信した。

(絶対そうだ。思い出せないが、大事なことを教えてもらったような気がする)

長い間探していた人に出会えた――そしてそれ以上に、紗奈と過ごす時間はとても楽しかった。

その時には、紗奈は翔の中ですでに可愛くて仕方ない大事な女性になっていた。

(俺が求める女性は、紗奈しかいない)

カフェで初めて話をした時、紗奈から感じられた戸惑いは、翔にではなく紗奈自身に向けられたものであると察していた。

(大丈夫だ、紗奈は少しも俺を恐れていない)

早速デートに誘って、反応を確かめ、彼女も翔を好ましく思っていてくれると再度確認する。

(紗奈、俺の可愛い人。俺の心はもう決まっている。だから早く俺に心を許してくれ)

強引だとは分かっていたが、紗奈が反発して来ない以上、どこまでも紗奈の中に入って自分の居場所を彼女の心に確保する翔だった。

そして、いい機会だ、自分をもっと知ってもらおう、と自宅に連れて帰り、会社の肩書と関係ない普段の翔で接してみた。

可愛い紗奈は、翔がどんなに普段の姿を晒《さら》しても、しっかりと受け止めてくれる。

自分の自宅《テリトリー》に入れるのも入ってこられるのも嬉しいし、やっぱり特別な人なのだ。

翔も気に入っている自宅を、彼女も気に入ってくれたようだし、嬉しくなる。

（そうか、俺は紗奈をこの家に迎え入れることを、強く望んでいるんだな）

翔の自宅でくつろいでテレビを見ている姿を眺めて、改めて認識した。

もとよりチャンスを長々と待つつもりは、毛頭《もうとう》なかった。

そもそも、何事も決めたら速攻で攻める方が得意だ。

付き合っている奴がいないならと、さっさと紗奈を確保することに決め、強引に合意に持っていく。

彼氏彼女だと認識させて、初めて出掛けたドライブデートも、大満足な結果だった。

両親が来ていると支配人に聞いて、「よし、今日は絶対についている」と紗奈を二人に紹介する。

紗奈は二人の関係が急発展したことに混乱はしているようだが、嫌がってはいない。

二人の距離の詰め方は、やはりこれでいいのだと思えて、翔はすこぶるご満悦だった。

それに、付き合ってすぐに自分のものにする機会が訪れたことに、心からラッキーだという喜びしか感じない。

（このチャンスを逃さず、紗奈さえ許してくれるのなら、心も身体も全てを、完全に自分のモノにする！）

湯上がりの火照《ほて》った身体に、可愛い浴衣を着てリラックスした様子を見て、並々ならぬ独占欲を感じる。

髪を結い上げて、白いうなじがピンクに染まっている姿が、可愛くて堪《たま》らない。

上気した肌に一層朱が差して、なんてそそられる格好なんだろうと、恋人を抱く手に力が入る。

目の前のチャンスは、確実に掴む。

（紗奈、絶対に逃さない）

何かに怯《おび》えるように、目に不安がよぎる紗奈を見て、優しく抱いてやりたいとも思ったし、俺の腕の中では気を許して欲しい、俺以外のことは考えて欲しくない、とも思った。

（もしかして、何もかもを急がせた俺を怖がっているのか？）

翔が本気で怒ると、途端に周囲の空気が重くなり、低気圧警報がそこらで一斉に鳴り響きわたるらしい。

それは別に構わないのだが、『あまり普段から周りを威圧して、ビビらせるな』と昔から生野に言われている。

そうしないと周りが重圧に耐えられず、怯《おび》えてしまうそうだ。

翔も高校の時からビジネスを学ぶようになって、会社などでは自然と抑えて振る舞えるようになっている。

ただその分、プライベートでは結構オンオフが激しいのかもしれない。

（どちらも俺ではあるんだがな）

紗奈は今まで翔が自然に振る舞っても、怖がる様子を見せたことはなかったが、念のため、怖がらないでと優しく告げてみる。

そんな自分に、この可愛い恋人は情熱的に応えてくれた。

ふるふる快感に震える様子が、可愛くて可愛くて、食べてしまいたいほどだ。

紗奈に、心も身体も自分に委《ゆだ》ねさせて、お強請《ねだ》りさせてみたい。

自分は紗奈の全てが欲しいのだ。

こんな独占欲は、紗奈にしか感じない。

(俺の可愛い、大切な人、紗奈……)

信じられないほど相性がいい身体に、気持ちも高ぶる。

そして、愛してる、と自分の全てを恋人の中に放つ。

もし紗奈が妊娠したら、確実に彼女との絆《きずな》が強くなる。

それはとても抗《あらが》い難《がた》い欲求で、己《おのれ》を刻み込むように何度も抱いて、翔は紗奈を絶対に離さないとその日誓った。

そして、強引に一緒に暮らし始めて、彼女とますます近づいたような気がする。

もう離れて暮らすことなど、絶対できない。

紗奈と結婚することは、翔の中では初めから確定した未来だった。

そんな矢先にあの馬鹿げた週刊誌騒ぎのせいで、翔のバックグラウンドが紗奈にバレてしまった。

だが、紗奈は、〝翔のお嫁さん〟の意味の全貌を知らされても、全てを受け入れてくれた。

もちろん翔は最初から、周りが何と言おうと紗奈を娶《めと》るつもりだった。

だが、あまりにも事を急いだため、紗奈には折を見て自分の立場を話し、新しい環境に少しずつ慣れてもらおうと思っていたのだが。

翔は紗奈にすでに絶対の信頼を寄せている。

努力家でビジネスに明るい紗奈のことだ、近い未来、翔が頂点に立つ決心をしても、連れ添ってくれると固く信じている。

こうして祖父や家族も快《こころよ》く応援してくれたおかげで、翔は紗奈との結婚に漕ぎつけることができた。

そして紗奈が翔のプロポーズを受け入れて半年が経った今日、二人は結婚式を挙げることができたのだ。

今日から紗奈は、正式に翔の〝奥さん〟になった。

結婚式を無事終えると、今夜はそのまま会場のホテルのスイートに一泊する。

明日から新婚旅行に出掛ける予定だ。

そんな二人は、初夜である今夜をいつも通りの調子で迎えていた。


「紗奈、俺はちょっと仕事の電話をかけるから、先に風呂に入るか？」

「うん、ありがとう。じゃあお言葉に甘えて」

家では、翔が先に風呂に入ることが習慣化しつつある。

それは紗奈が先に入ると、翔が待ちきれなくてバスルームに押しかけてしまうからだ。

翔はそれを何度かやらかしてしまい、とうとうこの間、紗奈から、「お風呂に入っているときはH禁止」と言われてしまった。

そのせいで、ここしばらくは可愛い石鹸まみれの姿を見ていない。

（だが……今夜くらいは……）

大抵のことは我慢できるが、紗奈とお風呂でいちゃいちゃできないのは、そろそろ限界だった。

仕事の電話を済ませると、禁止令などそっちのけでスーツをパッと脱ぎだす。

そして堂々と、バスルームに入っていった。

紗奈はちょうど、煌《きら》びやかな夜景を眺めながらリラックスしてお湯に浸《つ》かっている。

ほんのり色づいた白い裸身を湯船に認めるだけで、身体中の血が沸き立つようだ。

美味《おい》しい獲物を発見。

ロックオン。

驚かさないように「紗奈……」と声を掛けながらゆっくりと近づいていく。

目を見開いたその驚いた顔が、愛おしくて堪《たま》らない。

「しょ、翔、私まだ、お風呂終わってないんだけど——」

「ゆっくり浸《つ》かればいい」

上機嫌で隣に行くと、何かを言いかけた紗奈の唇を塞《ふさ》いだ。

驚いて開いたままの唇に、これ幸いとするりと侵入する。

迷うことなく紗奈の赤い舌を捉《とら》えると、柔らかな身体をお湯の中で抱きしめた。

（ああ、久しぶりだな、この肌の濡れた感覚は）

髪から漂《ただよ》うフローラルの香りを吸い込みながら、お湯に浸《つ》かった紗奈の全身を撫で回す。

「ん……んん……っ……はぁ……」

すると紗奈もついに降参して、腕を翔の首に回してきた。

その白い腕からお湯が流れていく音に、お許しが出たと嬉しくなり、舌を絡ませキスを深めていく。

二人で心ゆくまで唇を貪《むさぼ》りあった後、悪戯《いたずら》を謝るように可憐な唇を啄《ついば》んだ。

小刻みなキスを繰り返し、その唇を舐めては甘噛みをする。

すると、紗奈は微笑みながら顔をゆっくりと離し、くすりと笑いかけてくれる。

その笑顔を見た途端、腰にガツンときた。

きっと紗奈は無意識なのだろう。だが、その蕩《とろ》けるような笑顔は男を奮い立たせるものだ。

濡れた眼差しで、こちらを誘うように見つめ、おまけにその目元は上気して薄《うっす》らと紅色に染まっている。

（――なんて可愛いんだ）

俄然《がぜん》やる気が出てきた。

「紗奈、そんな顔をしたら、今夜は寝かせてやれない」

「へ？　えぇ……っ、あのっ……」

やはり自覚なしだ。だから余計に始末が悪い。こんな紗奈の顔は他の男には絶対見せたくない。

翔は紗奈の左手をそっと持ち上げると、薬指に嵌《は》まった結婚指輪にゆっくりと唇を寄せた。

そしてその子鹿のような瞳を見つめながら、心の中で自分に言い聞かせる。

(大丈夫だ、紗奈はもう俺のものだ)

あの雨の日、サービスエリアで紗奈と出会ってから、この愛しい姿を忘れたことはなかった。

その時から感じている。

紗奈とは、運命の出会いをきっと遠い過去にしている、と。

そして、その記憶はきっかけさえあれば、はっきりと蘇《よみがえ》るだろう。

「心配するな、睡眠なら飛行機の中で、たっぷりとれる」

今回訪れるのは、本来の目的地のハワイだけではない。

仕事でそのまま、ロサンゼルス、ニューヨーク、ロンドンと視察に回る。

せっかくの新婚旅行なのに、機内では紗奈を可愛がれないのだから、時間のある時にこうして二人の時間を楽しまなくては。

「可愛いな、紗奈、もう濡れてる」

片手を足の間に滑らせ、尖《とが》ってきた胸の蕾《つぼみ》を存分に味わいたくて舌を出す。

「あ、待っ……」

「待てない」

ソープのいい匂いのする胸から顔を離さず、まるで誘うように固く尖《とが》ってきた粒を強弱をつけて吸いあげ、舌で転がし押しつぶす。

「はっ……あぁ……んんっ……そんなにしちゃ、また、のぼせちゃ……」

そうだった。

お湯の中で可愛がり過ぎたせいで、バスルームでのH禁止令が出ているんだった。

そのことを思い出した途端、翔の両手は紗奈の身体をお湯からすくい上げていた。

紗奈のことになると、時々こうして普段の冷静さを失いそうになる。

浴槽の外で小柄な身体をバスタオルで包み込むと、バスローブを羽織って今度こそ、と紗奈を横抱きにして大股でベッドルームに運び込んだ。

大きなベッドにそうっと、壊れ物を扱うように優しくその身体を横たえる。

すると紗奈は恥ずかしそうにしながらも、両手を広げて迎えてくれる。

ゆっくり被さって優しいキスを何度か交わすと、衝動の赴《おもむ》くまま顔中に口づけをして紗奈の弱い耳たぶをかじった。

「ふあっ……ああっ、ぁぁ……っ」

「いい声だ。満点だな、奥さん」

耳元で囁《ささや》くと腕の中の身体がびくんと震える。

自分でも初めて紗奈を〝奥さん〟と呼びかけた。堪《たま》らなくなって、そのまま艶《なまめ》かしい首筋から白い鎖骨、そして柔らかな胸や敏感な脇腹を指先でなぞっていく。

辿った後を味わうように舌で舐めあげると、その滑らかな舌触りと甘い味に背筋がゾクゾクした。

「紗奈、どうして欲しい？」

紗奈のお強請《ねだ》りをする声が聞きたい。

翔は焦《じ》らすように太ももの内側を指でゆっくりとなぞっていく。

「あん、翔、そんな……お願い、触って」

「ん、ほら、どこだ」

わざと、すでにヌルヌルと濡れている中心を優しく撫でると、紗奈の身体がまたびくんと震えた。

なんて美味《おい》しそうなのだろう、俺の奥さんは。

「んん……も、翔……そこは、キスがいい……」

「もちろんだ」

組みしいた柔らかい身体を大きく開かせると、見上げてくるその濡れた眼差しが堪《たま》らなく嬉しい。

ヒクつく蜜口からトロリと滴《したた》る雫《しずく》を舌先ですくうように舐めとると、そのまま中心に優しく口づけた。

紗奈の口から溜息のような艶《なまめ》かしい声が漏れる。

そして、身体から一気に力が抜けていった。

「あぁ……んっ……ぁっ……ふ……」

濡れそぼった蜜口を深い口づけで蕩《とろ》けさせ、舌を差し入れてかき乱しては、溢れてくる蜜をジュルルと大きく音を立てて吸い上げる。

ひくんひくんと連続して痙攣《けいれん》する太ももを押さえつけると、蜜壺が蕩《とろ》けきるまで甘い蜜を貪《むさぼ》り続けた。

ひっきりなしに聞こえてくる紗奈の喘《あえ》ぎ声に、腰に熱が溜まってくる。

逃げるように捩《よじ》る腰を、まだだと言わんばかりに押さえ込む。

(紗奈、逃さない)

「や、もう……今日、は感じ過ぎて……これ以上は……」

切れ切れの言葉を聞いた途端、興奮と喜びが湧き上がってくる。

「紗奈、どうして今日はこんなに感じやすいんだ」

「そんなの、翔が私の……旦那様になったからに決まってるじゃないっ」

真っ赤に興奮して、恥ずかしい！　と、手で顔を覆う愛しい人。

衝動を抑えられず、荒々しくその身体を開くと紗奈が最も感じる突起を口に含んだ。

「あっ、や、やぁ……ぁーー」

膨らんだ突起を強く吸い込むと、小刻みにヒクヒクと蠢《うごめ》く蜜口からどっと蜜が溢れてくる。

そこからはもう夢中で紗奈を貪《むさぼ》るように可愛がった。

やがて声も出せずびくんびくんと震えっぱなしの紗奈の身体が、大きく仰《の》け反《ぞ》る。

その身体が、どっと弛緩《しかん》したところで、ベッドに沈んだ腰を力強く掴んだ。

(俺のものだ)

「翔!?　ダメ、まだイッてる、イッてるからぁ」

「……イッてるから……何だ？」

先端をあてがうとそれだけで、ぐちゅ、と甘い水音がした。

「今挿入《いれ》たら、あっ、あぁぁっ……」

みるみる膣中《なか》にズブズブと呑み込まれていく。

なるべく優しく、とは思うもののゆっくり腰を突き入れていくと、温かい締め付けによる抗《あらが》い難《がた》い衝動が数秒ごとに全身を襲う。

「紗奈、愛してる」

心に浮かんだ言葉をそのまま口にすると、堪《たま》らずその腰を掴み直し、一気に突き入れた。

「あぁーっ……！　んっ……ぁん……」

それだけで紗奈の背中が大きく震えて、翔は膣中《なか》できつく締め付けられる。

二人が繋《つな》がったそこから愛蜜が溢れ出してきた。

快感に震える身体をあやすように抱きしめると、首に回された両手首を取りやんわりとベッドに押し付けた。

指と指を絡めてその華奢《きゃしゃ》な手を握りしめる。深いキスを交わしながら、腰をいっそう奥に埋めた。

「あ、翔……深い、の……」

紗奈が気持ちいいからもっと、とお強請《ねだ》りをしてくれた。

「分かった、もっと、だな」

今日の紗奈はいつもより敏感になっている。

本能の命じるまま腰をゆっくり前後に動かして、浅く内壁を擦《こす》りながらさらに奥まで突き立てる。

すると紗奈の唇から掠《かす》れた艶《なまめ》かしい声が、とめどなく漏れてきた。

突き入れた膣内《なか》がまるで引き留めるかの如《ごと》く絡みついてきて、そのうねるような動きに追い立てられていく。

「んんっ……んっ……あっ……ぁ……」

熱い思いを込めて突き上げるたびに、聞こえてくる甘い声にますます鼓動が高鳴った。

呼吸が苦しくなるほど熱く激しく口づけると、心がもっと、と紗奈を求める。

(紗奈も、もっともっと、俺を求めてくれ)

握った手に力が入り、激しく攻め続けると、紗奈の締め付けの間隔が短くなってきた。

もうすぐそこまできている。

とっさに唇を離し愛しい名を呼ぶと、ひときわ大きく腰を打ち付けた。

「紗奈、紗奈……」

「あぁっ、翔っ、きて……」

その可愛らしい唇に名前を呼ばれた途端、抑えがたい衝動が襲ってくる。

「くっ……」

ビクビク震える身体をしっかりと抱きしめ、これ以上ないほど密着させると熱い想いを解き放った。

深い快感と身体が震えるほどの喜びに、心が満たされていく……

「愛してる……」

愛しい気持ちが溢れてきて、じっとしていられない。

その身体の最奥が、己《おのれ》の熱い奔流でひたりきるまでさらに攻め立てる。

紗奈は陶然としていて声も出せないようだ。

小刻みに腰を揺らしながら自分のすべてを注ぎ込むと、込み上げてくる至福感と共に愛する人に囁《ささや》いた。

「紗奈、俺の可愛い奥さん……一生大事にするよ」

そして、ずっと永遠に愛し続ける。

(絶対に、離さない)

今日の結婚式で誓った優しい言葉を口にしながら、心の中では独占欲まみれの誓いをする。

翔はいまだ快感に翻弄《ほんろう》されている柔らかい身体を抱きしめると、もう一度誓いのキスを花嫁と交わすのだった。

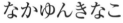

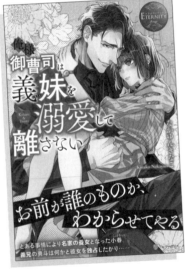

〜大人のための恋愛小説レーベル〜

ETERNITY エタニティブックス

愛情ダダ漏れド執着ラブ！
執着弁護士の愛が重すぎる

ETERNITY エタニティブックス Rouge

エタニティブックス・赤

加地《かじ》アヤメ

装丁イラスト／藤浪まり

カフェでバリスタとして働く二十六歳の薫《かおる》。ある日彼女は、出会ったばかりのイケメン弁護士から、突然、愛の告白をされる。しかし、しばらく恋愛はこりごりと思っていた薫は、丁重にその申し出をお断りした、つもりだったが——何故か彼・真家《しんけ》は、何度断っても熱烈な求愛を続けてきて!?　愛情ダダ漏れハイスペック弁護士と恋に疲れた平凡女子の、問答無用な運命の恋！

※エタニティブックスは大人の女性のための恋愛小説レーベルです。ロゴマークの色で性描写の有無を判断することができます（赤・一定以上の性描写あり、ロゼ・性描写あり、白・性描写なし）。

詳しくは公式サイトにてご確認ください。
http://www.eternity-books.com/

携帯サイトはこちらから！

〜大人のための恋愛小説レーベル〜

ETERNITY
エタニティブックス

君への執着が止まらない

極秘溺愛

エタニティブックス・赤

桔《き》梗《きょう》楓《かえで》

装丁イラスト／北沢きょう

地味だった実優《みゆ》の人生は、ある日、激変した。翠玉色の瞳を持つ超美形外国人に、なぜだか見初められてしまったのだ。彼は、仕事で日本を訪れた一介の会社員だというけれど、すべてのスケールが桁違い！　とびきりゴージャスなデートと、惜しみない愛の言葉に、実優は目眩を覚える。彼はいったい何者なの……？　不思議に思い始めた矢先、彼の驚くべき正体が発覚して——

※エタニティブックスは大人の女性のための恋愛小説レーベルです。ロゴマークの色で性描写の有無を判断することができます（赤・一定以上の性描写あり、ロゼ・性描写あり、白・性描写なし）。

詳しくは公式サイトにてご確認ください。
http://www.eternity-books.com/

携帯サイトはこちらから！

～大人のための恋愛小説レーベル～

エタニティブックス ETERNITY

エタニティブックス・赤

一夜から始まる運命の恋！

私はあなたに食べられたいの。

森野《もりの》きの子《こ》

装丁イラスト／石田惠美

恋人に振られてから三年、さっぱり恋愛に縁のない生活をしてきた百合佳《ゆりか》。けれど同級生の結婚式の帰りに、ひとりやさぐれてお酒を飲んでいた彼女は、端整な顔立ちに野性的な雰囲気を持つ男性と出会い、なりゆきで甘く熱い一夜を過ごす。けれども彼は本来、彼女が出会うことのないような人物で——!?　刹那的な密夜から始まる、スパイシーロマンス！

※エタニティブックスは大人の女性のための恋愛小説レーベルです。ロゴマークの色で性描写の有無を判断することができます（赤・一定以上の性描写あり、ロゼ・性描写あり、白・性描写なし）。

詳しくは公式サイトにてご確認ください。
http://www.eternity-books.com/

携帯サイトはこちらから！

原作 有允ひろみ
Hiromi Yuuin

岩田凛子《いわたりんこ》は紡績会社の経理部で働く二十八歳。無表情でクールな性格ゆえに、社内では「超合金」とあだ名されていた。そんな凛子に、新社長の慎之介《しんのすけ》が近づいてくる。明るく強引に凛子を口説き始める彼に動揺しつつも、凛子はいつしか惹かれていった。そんなおり、社内で横領事件が発生！　犯人と疑われているのは……凛子!?　「犯人捜しのために、社長は私に迫ったの…？」傷つく凛子に、慎之介は以前と変わらず全力で愛を囁き続けて……

B6判　定価：本体640円+税　ISBN 978-4-434-27007-9

化粧品会社で働く二十七歳の碧《あおい》。ある日彼女は、双子の妹の身代わりとして面倒なお見合いに駆り出される。渋々お見合い場所のホテルへ赴いた碧だったけど…そこに待っていたのは、超絶イケメンながらも、一目でクセ者とわかる身勝手&ヘンタイ男!?　しかも思わず素でキレたら、なぜか気に入られてしまったみたいで…!?

B6判　定価:本体640円+税　ISBN 978-4-434-26847-2

この作品に対する皆様のご意見・ご感想をお待ちしております。

おハガキ・お手紙は以下の宛先にお送りください。

【宛先】

〒150-6008 東京都渋谷区恵比寿 4-20-3 恵比寿ｶﾞｰﾃﾞﾝﾌﾟﾚｲｽﾀﾜｰ 8F
（株）アルファポリス　書籍感想係

メールフォームでのご意見・ご感想は右のＱＲコードから、
あるいは以下のワードで検索をかけてください。

アルファポリス　書籍の感想　検索

ご感想はこちらから

本書は、「アルファポリス」（https://www.alphapolis.co.jp/）に掲載されていたものを、
改題、改稿、加筆のうえ、書籍化したものです。

極上《ごくじょう》エリートは溺愛《できあい》がお好《す》き

藤谷藍（ふじたに あい）

2020年 3月 25日初版発行

編集－羽藤瞳
編集長－太田鉄平
発行者－梶本雄介
発行所－株式会社アルファポリス
〒150-6008 東京都渋谷区恵比寿4-20-3 恵比寿ｶﾞｰﾃﾞﾝﾌﾟﾚｲｽﾀﾜｰ8F
TEL 03-6277-1601（営業）　03-6277-1602（編集）
URL https://www.alphapolis.co.jp/
発売元－株式会社星雲社（共同出版社・流通責任出版社）
〒112-0005 東京都文京区水道1-3-30
TEL 03-3868-3275
装丁イラスト－アオイ冬子
装丁デザイン－ansyyqdesign
印刷－図書印刷株式会社

価格はカバーに表示されてあります。

落丁乱丁の場合はアルファポリスまでご連絡ください。

送料は小社負担でお取り替えします。


ISBN978-4-434-27218-9 C0093